IMF
견문록

IMF
견문록

세계경제의 중심 IMF 700일간의 기록

최광해 지음

21세기북스

들어가며

———

  나는 엑스포로 유명해진 전라남도 여수에서 태어났다. 버스커버스커가 노래한 그 바닷가 사람이다. 여수에는 구항과 신항, 두 항구가 있다. 엑스포를 했던 곳이 큰 배가 들어오는 신항이다. 우리 집은 부산이나 거문도, 나로도 같은 여수의 주변 섬으로 가는 배가 출발하는, 구항에서 걸어서 5분 거리였다. 진남관 바로 앞이었다.

  나는 어린 시절 구항에서 정박해 있는 여객선 사이를 뛰어다니며 놀았다. 조그만 나룻배들도 좋은 놀이터였다. 여수에서 부산까지 뱃길로 9시간 걸리던 시절이다. 가끔씩 사람을 빼곡하게 싣고 부산으로 가는 배를 보면서 나도 가고 싶다는 생각을 했다. 1인당 국민소득이 300불도 되지 않던 시절이었다. 그때의 나는 지금의 나를 꿈꿀 수 있었을까?

그렇지 못했을 것이다.

신기하게도 우리나라 경제발전사는 내가 태어나던 해 시작되었다고 하니 내 삶과 거의 일치한다. 지난 50여 년간 우리는 300배 이상 성장했다. 1960년, 우리의 1인당 소득은 100불도 채 되지 않았다. 한 달에 1만 원도 못 벌던 사람이 이제 300만 원쯤 벌게 된 것이다. 다른 나라는 몇백 년 걸린 일이다. 3만 불짜리 삶의 모습이 100불 시대와 함께 내 머릿속에 공존할 수 있는 것은 대한민국이었기에 가능하다. 지구상에서 역사적으로도 유례가 없는 일이다.

마이카가 현실이 되었고 세계 어느 곳이나 어려움 없이 갈 수 있게 되었다. 초등학생 시절 학교까지 걸어서 30분 이상 걸렸다. 그때는 걸어 다니는 게 당연했다. 지금은 차를 안 타고 그 거리를 어떻게 갈까 생각할 것이다. 타임머신을 타고 미래로 간 사람들처럼 경제발전으로 시간과 거리에 대한 생각이 바뀌어버린 세상에서 우린 살고 있다.

배 타고 부산 가는 사람이 부러웠던 나는 세계의 수도 미국 워싱턴 D.C.에서 살고 있다. 그것도 세계경제를 주무르는 IMF에서 우리나라 대표로 일한다. 여전히 부러운 일도 있고 꿈꾸는 것도 많지만, 어려울 때는 어린 날을 돌아보며 위안을 얻는다. 여수 촌사람이 여기까지 온 것만도 대견하다.

IMF는 위기해결사(Crisis Fighter)로 태어났다. 경제위기는 전염 가능성이 높다. IMF는 개별국가의 어려움도 해결하지만 동아시아 외환위기나 유럽 재정위기처럼 글로벌 경제를 위협하는 큰불이 번지면 존재감이 거의 절대적이다. IMF는 위기를 예방하기 위해 세계 대부분의 나라 경제를 감시하고 있다. 189개국이 회원국으로 가입되어 있다.

난 이곳에서 경제위기를 겪고 있는 나라들을 많이 보았다. 우리도 숱한 위기를 겪었고 IMF 지원을 받았다. 그렇지만 우리처럼 대차게 위기를 극복하는 나라는 없었다. 성공 여부는 차치하고 자신감 있게 전 국민이 단결하는 나라도 별로 못 봤다. 어려움을 겪고 있는 나라 중 상당수는 자원이 많다. 그걸 보면서 유형의 자원이 그 나라의 성공과 국민의 행복을 담보하지 않는다는 것을 느꼈다. 오랫동안 '기름 한 방울 안 난다'는 말로 우리 처지를 비관하곤 했는데, 그것이 축복일 수도 있음을 이곳에서 배운 것이다. 또 우린 아직도 노력하는 나라이다. 역동적이다. 문제도 있지만 해결하기 위해 고민하고 도전한다. 이 또한 당연한 일이지만 선진국을 포함해서 그러지 못하는 나라가 많다.

IMF에서 우리 한국의 위상은 달라졌다. 영국에 처음 간 1991년에는 많은 사람들이 한국이 어디에 있는 나라냐고 물었다. 그들이 오랫동안 식민지로 경영했던 아프리카의 나라만큼도 몰랐다. 1999

년 OECD에서 근무했을 때, 우린 가입 초년병이었다. 다른 나라들의 움직임을 따라 하기 바빴다. 사무국에서는 우리나라에 별로 신경도 쓰지 않았다. 15년이 지난 이곳에서 나는 달라진 대한민국, 선진 강국 대한민국을 만나고 있다. 지분이 곧 국력인 이곳 IMF에서 우리는 189개 회원국 중 16번째 나라이다. 미국, 일본, 중국보다는 낮다. 그 나라들은 서열 1, 2, 3위이다. 이곳 사무국 사람들은 우리나라를 각별히 신경 쓴다. 접대한다는 뜻이 아니다. 우리의 발언을 경청하고 지적 사항을 귀담아듣는다는 의미이다. 우리를 설득시키고 이해를 구하려 애쓴다. 그리고 도움을 청하러 온다.

  미국은 세계 최강대국이다. 가장 앞서가는 나라이다. 나는 미국과 그다지 인연이 없어서 외국생활 세 번을 모두 미국이 아닌 곳에서 했다. 그런데 공무원 생활의 마침표를 이곳 미국에서 찍게 되었다. 미국도 어렵기는 마찬가지이다. 금융위기는 지나가고 있지만 미국도 양극화로 몸살을 앓고 있다. 우리나라 인구만큼의 사람이 가난하게 산다. 분노도 팽배해 있다. 인구고령화로 모든 게 줄어들 수밖에 없는 미래, 스마트폰과 같은 새로운 동력이 보이지 않는 시계 제로의 상황에서 모두가 고통 받고 힘든 시간을 보내고 있는 것이다.
  이 책은 지난 2년, 정확하게 700일 동안 미국과 IMF에서 생활하고 일하면서 보고 느낀 것들을 쓴 것이다. 미국에 도착해서부터 중요한 일이 있을 때마다 계속 메모하고 정리하여, 그것들을 SNS에 올려두었다. 한국에서처럼 바쁜 일상에서 조금 비켜 있다 보니 살아온 날들, 나를 도와주었던 사람들, 곁에 있는 사람들에 대한 생각도 많이 했다. 그렇게 써둔 것들을 모은 것이다.

이 책의 초고를 읽은 사람들의 공통된 반응은 맘이 편해진다는 것이었다. 남몰래 고민하던 일이 나만의 문제가 아닌 것을 알게 되면 마음이 편해지는 것과 비슷한 이치일 것이다. 많은 나라들이 우리보다 힘들게 살고 있다. 심지어 우리나라를 외계인처럼 부러워하는 나라가 지구상 국가의 반을 넘는다.

이런 세상을 꿈꾸던 선배들 입장에선 황당한 일이 벌어지는 곳이 지금 대한민국이다. '금수저, 흙수저'니 '이생망(이번 생은 망했다)'이니 하며 절망과 비하가 우리나라 곳곳을 채우고 있다. 잘살고 있음에 대한 감사와 행복함을 이야기하기가 낯설어진 지 오래이다. 양극화가 심각하고 노인빈곤으로 스스로 생명줄을 놓는 사람이 너무 많다. 젊은 사람들은 일자리를 구하지 못해 발만 동동 구르고 있다. 현실이 심각하고 절망적일 수 있다는 데 동의한다.

이런 절망 속에서도 우리의 모습을 다른 나라와 비교해서 객관적으로 본다면, 조금은 희망이 생기지 않을까? 그것이 문제의 명확한 해결은 아니더라도 실마리는 찾을 수 있지 않을까? 그런 희망과 기대를 가지고 나의 이야기를 여러분과 나누고자 한다.

이 책은 내 지난 2년간의 삶의 기록이다. 누구라도 이해할 수 있는 살아가는 이야기이다. 다만 IMF와 미국경제, 그리고 글로벌 경제에 관한 내용들이 등장하다 보니 이해하기 힘든 부분이 생길 수 있다. 깊이 있는 내용이 필요한 독자를 위해 참고자료를 부록으로 덧붙였다. 한번 읽어보면 좋지만 바쁜 분들은 건너뛰기 바란다.

　IMF 이야기를 하다 보면 쿼타(Quota)와 SDR(Special Drawing Rights, 특별인출권)에 대한 얘기는 피하기 힘들다. 차이가 있지만, 쿼타는 민간 회사의 지분이라고 이해하면 쉽다. 쿼타 대신 지분이라는 표현을 쓴 것은 이해를 돕기 위해서이다. SDR은 IMF가 사용하는 화폐 단위이다. 1달러의 1.6배쯤 된다. 친숙한 용어가 아니라서 미국 달러로 환산해서 표기한 곳이 많다. 그렇지만 IMF에서는 SDR을 사용한다는 점을 염두에 두기 바란다.

　나는 이 책이 우리 사회를 위협하고 있는 자기비하의 에너지를 조금이라도 순화시키고 우리 사회가 상생과 협력으로 가는 길을 밝히는 작은 촛불이라도 되기를 바란다. 한마디로 우리 국민이 조금 더 편안해지고 행복하게 살게 되기를 소망한다. 우리 국민은 그럴 자격이 있다.

2016년 10월, 워싱턴 D.C.에서 저자

Contents
● ● ● ● ● ● ● ● ● ● ●

1부
—

IMF의 한가운데에서
IMF에서의 시즌 ONE이 시작되다

IMF의
한가운데,
나

—

　　IMF로 들어가는 문은 삼엄하다. 출입구는 돌기둥으로 바리케이드가 쳐 있다. 미국 중요기관의 입구는 돌기둥으로 방어되어 있다. 차량으로 돌진할 가능성에 대비한 것이라고 한다. 각 출입구는 경비원들이 철통같이 지킨다. 출입증이 없는 사람은 방문객센터에 가서 내부직원을 불러야만 들어갈 수 있다. 명색이 이사인데도 출입증을 받는 데 2주 이상이 걸렸다. 그 기간 동안 꼼짝없이 방문객센터에서 행정직원을 불러야 했다. 지금은 경비원들과 안면이 생겨 인사도 살갑게 한다. 그래도 출입증을 안 가지고 오는 날은 안면 몰수한다.

　　IMF는 두 건물로 구성되어 있다. HQ(Head Quarter)1과 HQ2로 구

분하는데 HQ2건물이 그나마 분위기가 좋다. 이 건물은 1997년 우리나라 외환위기 때 IMF가 우리나라에 돈을 빌려주고 받은 이자로 지은 것이라고 한다. 비교적 최근 건물이라 유리를 많이 써서 빛이 잘 든다. 그러나 여기도 출입 분위기의 묵직함은 크게 다르지 않다.

이런 기분을 느끼는 건 IMF 위기를 경험했기 때문일 것이다. IMF 위기가 1997년 말에 발생했으니 벌써 20년이 다 되어간다. 당시 IMF는 우리 자존심에 큰 상처를 입히며 진주했다. 1인당 국민소득 100불에서 출발해 한 세대 이내에 1만 불을 넘어섰고 1996년에 OECD 회원국이 된 우리 경제 발전사는 문자 그대로 기적이고 신화였다.

그러나 OECD에 가입한 지 1년도 되지 않아 IMF행 열차를 타면서 칭송은 온데간데없고 샴페인을 일찍 터뜨렸다는 비아냥을 들어야 했다. IMF가 들어오면서 우리는 정책주권을 잃었다. 한마디로 IMF가 하라는 대로 해야 했다. 경제발전을 주도한 경제관료라는 자존심은 사라졌다. 다만 그동안 그렇게 필요성을 주장했지만 이루어지지 않던 개혁조치들이 자고 나면 해결되어 있는 게 놀라웠다. 그때 우리 정부는 IMF와 협상하기 위해 이곳을 뻔질나게 드나들었을 것이다. 그 일을 맡아서 했던 사람들은 이곳을 들어올 때 나보다 훨씬 더 묵직한 기분을 느꼈을 것이다.

IMF 체제가 본격화된 1998년 초에 나는 청와대에서 일했다. 핵심적인 위치는 아니었지만 위기 극복을 위한 금융과 기업구조조정

IMF 건물

작업에 참여했다. IMF의 문을 드나들 때마다 그때의 기억이 떠오르 곤 한다. 개인적으로도 충격적인 경험이었기에 쉽사리 잊히지 않는 다. 그 당시 금 모으기가 국민적 운동으로 확산되면서 대통령도 동 참했고, 툭하면 열렸던 국민과의 대화로 나는 밤늦도록 자료를 준비 해야 했다. 노사정이 대타협하는 과정을 밤새며 초조하게 기다리던 날이 떠오른다. 또 대통령의 미국 방문을 위해 연설문을 준비했던 기억도 난다. 대통령 방문 이후, 미국의 3대 신용평가사가 등급을 올려주면 정말 모두가 기뻐했다. 마침내 2001년 우리는 IMF로부터 지원받은 195억 불을 다 갚고 IMF 졸업을 선언했다. 이 모든 게 아 직도 어제의 일처럼 생생하다.

　IMF에서 근무한 지도 벌써 1년 6개월이 되었다. IMF 지원을 받기 위해 노력하는 을이 아니라 IMF의 주주인 우리나라를 대표해서 주 요한 의사결정에 참여하는 것이니 갑 중의 갑이라 하겠다. 이사회에서 많은 나라들이 IMF 지원을 받는 과정도 보고 IMF가 세계경제를 관리하는 데 참여하면서 많은 걸 느끼고 배웠다. 나의 위치나 국가의 위상이 20년 전 그때와 다르지만 난 아직도 뭔가 잘못한 것 같고 위축되는 기분을 지우지 못하고 있다. 그 당시 충격으로 트라우마가 있는 것이다. 그렇지만 IMF 지원을 받았다는 것이 부끄러워할 일은 아니다.

물론 자랑할 일은 못 된다. IMF가 특별한 잘못 없이도 국제수지가 펑크 나는 나라를 도와주기 위해 만든 기관이기 때문이다. 1945년 IMF가 설립되고 나서 프랑스가 최초로 돈을 빌렸고, 189개 회원국 중 149개국이 한 차례 이상 IMF의 구제금융을 받은 경험이 있다. 심지어 미국도 고정환율제이던 1963년과 1964년 두 차례에 걸쳐 IMF의 지원을 받았다. 미국 달러가 세계의 기축통화이기는 했지만 미국도 금보유의무 포기를 선언한 1966년까지 자유롭게 달러를 발행할 수는 없었다. 달러를 찍으려면 동일한 가치의 금을 비축해야 했기 때문이다. G20 국가 중 독일과 캐나다, 사우디아라비아만이 IMF 신세를 지지 않았다. 브라질, 영국, 터키 등은 단골손님이기까지 하다.

IMF로부터 금융지원을 받았다는 걸 수치스럽게 생각하는 것은 IMF가 돈을 빌려주면서 소위 콘디셔널리티(Conditionality)라고 하는 정책권고를 붙이기 때문이다. 정책권고는 말만 권고이지 사실상 강제이행 사항이다. 돈 빌리는 나라의 입장에서는 정책적 주권이 없어지는 것이나 진배없다. 그래서 IMF 위기 당시 언론에서 수치니 굴욕이니 하는 단어를 썼던 것이다.

IMF 입장에서 보면 정책권고를 붙이는 것은 당연히 해야 할 일이다. 외환이 부족해서 IMF에 손을 내미는 나라는 국제금융시장에서 돈을 빌릴 수 없게 된 나라들이다. 돈 빌려주는 입장에서 보면 국가는 돈 떼일 염려가 가장 적은 거래처이다. 그런데도 전문적인 용어로 시장접근(Market Access)이 막힌 것은 극단적인 상황인 경우가 많다. 방만하게 재정운영을 했다든지, 과도하게 해외에서 돈을 빌렸다든지 등의 이유가 있다. 이런 점을 놔두고 돈을 빌려 줘봐야 밑 빠진 독에 물 붓기가 된다. 돈만 떼일 가능성이 높다. 그래서 돈은 빌려주되 그 문제는 고치라고 요구한다. 또 IMF는 필요한 돈 전부를 빌려주지도 않는다. 극히 일부를 빌려주는 경우도 많다.

IMF가 중요한 이유는 IMF가 있어야 다른 채권단이 안심하고 들어오기 때문이다. 1997년 한국의 외환위기 때 IMF가 들어오면서 월드뱅크(IBRD), 아시아개발은행 그리고 미국이나 일본 등도 돈을 빌려주었던 것을 기억하면 이해가 될 것이다. 채권단 입장에서 보면 IMF의 정책권고가 곧 담보라 할 수 있겠다.

IMF가 빌려주는 돈은 화폐를 찍어서 주는 게 아니다. 회원국들이 출자한 돈이다. 채무국이 돈을 갚지 못하면 고스란히 회원국들이 부담해야 한다. 그렇다고 일반 금융기관처럼 담보를 요구할 수 없다. 정책권고는 이런 면에서 자신들의 채권을 확보하는 안전장치이다.

그렇지만 돈 빌리는 나라의 입장에서 보면 가혹하다는 느낌을 지울 수 없다. 쉽게 고칠 수 있는 사안이라면 그 지경까지 몰릴 리 없기 때문이다.

1997년 우리나라로 돌아가 보자. 달러가 거덜난 것은 대기업이 방만하게 시설투자를 했고 은행이 합리적인 검토 없이 돈을 대주었기 때문이다. 은행은 필요한 돈을 해외에서 단기차입으로 조달했다. 기업에 빌려준 돈은 20~30년 기간의 장기대출이었지만 해외에서는 1년 미만의 단기차입으로 조달했던 것이다. 시설투자에서 수익성이 떨어지면서 기업은 부실해졌고 해외에서 만기가 된 자금을 회수하기 시작하면서 은행은 자금난에 빠졌다. IMF가 필요한 외환을 공급하면서 금리를 크게 올려 이를 감당하지 못하는 기업과 은행을 정리한 것이 당시 우리나라 프로그램의 골자이다.

IMF의 고금리 처방이 적절했는지에 대해선 논란이 많다. 하지만 IMF는 불가피한 선택이었다고 생각하고 있다. 그리고 우리가 IMF 프로그램 지원을 받은 것도 이곳의 많은 사람들은 수치스러운 일로 생각지 않는다. 환자가 병이 나면 자기 스스로 문제를 해결할 수 없으므로 의사의 처방에 따르는 것과 같다는 것이다.

중요한 것은 우리가 이를 군소리 없이 이행해냈다는 점이다. 은행과 기업의 체질을 단단하게 만드는 데 성공했다는 것이다. 또 IMF와의 계약기간을 단축하기까지 했다. 계약대로라면 8년 동안 총 24억 불의 이자를 내야 했다. 그렇지만 일찍 졸업해서 3억 불 가량의 이자부담을 줄였다.

　이런 나라가 별로 없다. 대부분은 정책권고를 놓고 소위 밀당을 한다. 또 합의된 이후에도 조건을 제대로 이행하지 못한다. 이사회에 툭하면 올라오는 보고서가 조건을 제대로 이행하지 못했는데 다른 걸 하겠다니 봐주자 하는 거다. 그리스처럼 아예 배 째라 하고 매년 협상을 하는 나라도 있다. 이뿐만 아니라 많은 나라가 IMF 프로그램에서 쉽게 벗어나지 못한다. 프로그램 기간을 연장하거나 다른 프로그램으로 옷만 갈아입는 경우도 흔하다.

　이제 우리도 자신감을 갖자. 실제 우리나라의 위상은 크게 바뀌었다. 우리는 이곳에서 꽤 크고 영향력 있는 나라에 속한다. 1999년 OECD에서 근무할 때 우리의 위상은 스위스, 네덜란드, 호주, 벨기에 비하면 턱없이 약했다. 시쳇말로 돈 좀 벌었다고 서울은 왔지만 여전히 촌사람이었다. 지금은 아니다.

　국력을 따질 때 인구, 국토, 경제력 등을 이야기한다. IMF 회원국 189개 중에서 국민소득 2만 불 이상인 나라가 15개 있고 그중 인구 5,000만 이상인 나라가 미국, 일본, 독일 등을 포함해 10개국이다. 그런 면에서 우리는 세계 10대 강국이다.

　IMF에서 국력을 실질적으로 반영하고 보여주는 것이 쿼타이다. IMF 위기 당시 우리 쿼타는 0.55%로 182개 회원국 중 36위였다. 그래서 IMF 내 이사가 될 수 있는 24개 나라에 들지 못했다. 지금 우리의 지분율은 1.8%로 회원국 중 16위이다. 과거에는 호주이사 밑에서 이사는 꿈도 못 꿨다. 지금은 2년마다 돌아가며 이사를 한다. 불과 10년 전만 해도 부총리를 모시고 연차총회에 참석하면 IMF의 고위간부를 만나기가 어려웠다. 이제는 그렇지 않다. 요즘 열리는 봄 총회에서는 한국 공무원들을 만나게 해달라는 부탁이 아주 많다. IMF가 우리에게서 도움을 받고자 하는 게 많기 때문이다.

IMF 문을 드나들 때마다 슬기롭게 위기를 극복한 우리 저력을 자랑스러워해야 한다고 생각한다. 과거는 항상 되돌아보면서 마음가짐과 태도를 새롭게 하는 데 유용할 것이다. 그렇지만 이제는 자신감을 갖고 우리의 위상과 책임감을 직시하면서 우리가 무엇을 해야 할지를 생각해야 할 것 같다.

IMF 연차총회 풍경

IMF 정문 앞에서 필자(2014년 11월 28일)

∴

IMF는
그리스에
관대한가?

—

스테판 마이어 독일 이사가 찾아오겠다고 연락을 했다. 그리스 때문일 것이다. 그리스에 대한 IMF 자금지원과 관련해서 사무국은 부정적인 입장을 보였고 우리 이사실은 이를 지지했다. 적극적인 지원을 주장하는 독일을 중심으로 유럽 국가들이 각 이사실을 설득하고자 작업에 나선 것이다.

그리스는 2010년 5월 9일 IMF로부터 370억 불을 지원받으며 유럽 재정위기의 불을 당겼다. 하지만 IMF와 합의한 정책조건을 이행하지 못해 약속된 자금의 66.4%인 245억 불만을 받았다. 그래서 1차 프로그램을 2012년 3월 14일 중도에 종료시켰다. 그리고 2012년 새로운 프로그램을 통해 333억 불을 받았다. 그런데 두 번째도

조건 이행을 하지 못해서 43.1%인 143억 불을 받는 데 그쳤다. IMF로부터 받는 지원 정도를 살필 때 보통 자신이 출자한 금액, IMF 용어로 쿼타를 기준으로 한다. 그리스가 IMF로부터 약속받은 금액은 쿼타 대비 약 54배이다. 자본금으로 13억 불쯤 내고 그보다 54배나 되는 703억 불을 대출받기로 했던 것이다.

이번 그리스 지원으로 역대 기록이 경신되었다. 그리스 이전 최고 기록은 우리나라였다. 우리나라는 외환위기 당시 1997년 12월 4일 IMF로부터 쿼타 대비 19배인 217억 불을 지원받았다. 그것이 당시까지는 사상 최대였다.

IMF에선 빌려주기로 약정했더라도 한 번에 선뜻 내주지 않는다. 약속한 대출금을 상당한 기간에 걸쳐 나누어주는 경우가 대부분이다. 정책권고를 이행토록 하기 위해서이다. 그리스의 경우 재정수지 적자를 줄일 것을 권고했다. 대출금을 줄 때 이 조건을 제대로 이행했는지를 살펴보고 이행되었으면 주는 것이다.

그리스는 약속을 지키지 못했다. 그래서 두 번의 프로그램에서 약속받은 703억 불 가운데 55.3%인 389억 불만을 받은 것이다. 그러나 그리스는 여전히 돈이 필요해 EU 국가들에게 손을 벌렸다. EU는 지원 방안을 협의하다가 IMF도 참여해야 한다고 주장해서 새로운 프로그램을 협의하게 된 것이다.

새로운 지원과 관련한 사무국의 입장은 분명하다. 첫 번째는 연금과 세제를 개혁하지 않고는 그리스 문제가 풀릴 수 없다는 것이다. 그리스는 유럽에서 가장 고령화된 나라이다. 그러다 보니 IMF 지원을 받으면서도 연금 줄 돈이 모자라 정부예산으로 이를 대주고 있다. 그 규모가 매년 GDP의 9.6%이다. 또 세율은 높지만 세금을 안낸다. 제대로 걷지도 못하고 세금을 이런저런 명목으로 깎아주고 있다. 그리스가 제대로 일어서기 위해서는 세금을 제대로 걷고 연금을 깎아야 한다.

두 번째는 부채구조 변환이다. 부채가 너무 많아 그걸 그대로 두고 아무리 지원해봐야 빚내서 빚 갚기에 불과하므로 부채도 갚을 수 있는 구조를 만들어야 한다는 것이다.

첫 번째는 그리스 국민이 고통을 감내하라는 것이고, 두 번째는 그리스의 주요 채권자인 유럽 국가들이 양보하라는 의미가 된다. IMF로서는 그리스에 추가로 돈을 빌려주기 위해서는 나중에 상환받을 수 있도록 하려는 당연한 요구이다.

그렇지만 그리스와 유럽 국가들은 이 방식을 반대하고 있다. 특히 그리스 정부는 연금에 손대는 것은 절대 받아들일 수 없으며, 대신 재정을 흑자로 만들겠다는 입장을 밝혔다. 연금엔 손을 안 대고 다른 씀씀이를 줄여 흑자를 GDP의 3%까지 올리겠다는 것이다. 독일 등 유럽 국가들은 그리스 편을 들고 있다. 그들은 재정수지 흑자를 3%까지 높이면 부채를 줄여주지 않아도 그리스가 갚아 나갈 수 있다고 주장한다. 위기 이후 그리스가 재정적자를 줄인 걸 보면 가능하다. 그리스가 재정수지 흑자를 그만큼 내지 못해서 IMF 대출금을 갚지 못한다면 그때엔 유럽국가들이 책임을 지겠다고 했다. 그리스에 대한 채권을 가지고 있는 유럽 국가들인지라 지금 채무를 덜어주는 고통을 지고 싶지 않은 것이다.

사무국도 그리스가 처음 지원받을 당시 재정적자가 GDP의 15%에 달했는데 많은 노력을 통해 흑자 수준까지 개선된 것은 인정했다. 그렇지만 부채가 너무 많아 그걸 그대로 두고 자금지원을 해봐야 효과가 없다는 입장이다.

IMF 자금지원과 관련해서는 우리 이사실의 입장이 매우 중요하다. 우리나라가 G20에 속하는 나라로서 가장 최근에 IMF로부터 자금지원을 받았기 때문이다. IMF는 우리나라에 자금을 지원해서 단기간 내 위기를 극복했고 정책권고를 통해서 경제 체질을 바꾸었다는 데 자부심이 있다. 하지만 당시 30%가 넘는 고금리 처방은 지나치게 가혹하지 않았느냐는 비판론도 인식하고 있다. 그래서 우리 이사실에서 그리스에 대한 처우가 국가 간 형평에 어긋난다고 주장하면 신경 쓰지 않을 수 없다. 그래서 독일 이사가 우리 이사실을 가장 먼저 찾은 것이다.

마이어 이사는 유럽 국가들의 입장이 합리적이라는 점을 강조했다. 그리스가 충분히 재정수지 흑자 3.5%를 달성할 수 있고, 그래서 부채를 감당할 수 있을 것이라고 했다. 또 IMF의 주장대로 부채 탕

감부터 한다면 도덕적 해이를 가져올 수 있다고 우려했다. 우리나라를 의식한 듯 그리스에 대한 추가적인 자금지원이 결코 한국에 비추어 과도한 것이 아니라고 했다. 물론 IMF 역사상 가장 큰 규모의 자금지원인 것은 맞지만 과거 한국에 대한 지원도 그 당시로서는 기록을 경신하는 것이었다고 지적했다. 그리스가 낮은 금리를 적용받고 있지만 이는 어디까지나 국제금융시장이 저금리 기조이기 때문이지 IMF가 그리스에 대해 특혜를 준다고 볼 수 없다는 것이다.

한국이 모범적으로 IMF 지원을 받은 점은 인정했다. 정책권고를 확실히 이행했고 조기에 졸업한 것은 한국 정부뿐만 아니라 한국 국민의 저력이라 생각한다고 말했다. 그러나 그리스는 다르다고 했

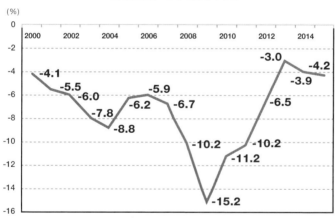

그리스 GDP 대비 재정적자 추이

자료출처: IMF World Economic Outlook(2016)

다. 인구구조가 심각하게 고령화되어 있고 관광 빼고는 별다른 산업 기반도 없어서 한국 같은 조기 회복을 기대할 수 없다는 것이다. 그러므로 IMF가 회원국의 어려움을 도와주어야 하는 상황이라고 보았다.

마지막으로 그리스에게 부과한 정책조건이 관대하다고 볼 여지는 없다고 잘라 말했다. 당시 한국에게 고금리 처방을 부과한 건 대기업이 수익성 없는 투자를 과다하게 해서 은행이 부실해졌기 때문에 자금수요를 통제하기 위해서였다고 했다. 반면 그리스는 방만한 재정운영이 문제라서 재정적자를 줄이는 강력한 정책권고가 있었고 그리스 역시 힘들어하기는 마찬가지라고 했다.

그리스 문제는 유럽이나 IMF 모두에게 이미 계륵이 되었다. 그리스 문제의 뿌리는 유로의 출범과 관련이 있다. 그리스는 신용도가 취약했지만 유로 국가가 되면서 신용도가 급상승했고, 국제금융시장에서 싼 금리로 많은 돈을 빌려올 수 있게 되었다. 그리스는 이 돈을 가지고 각종 사회복지 지출에 썼다. 그런데 채권자들이 그리스의 상환 능력에 의문을 가지기 시작하며 터진 게 그리스 사태이다.

경제논리로만 본다면 그리스 사태의 해결은 간단하다. 그리스가 채무를 갚지 못할 것이 명확하므로 국가부도를 만들면 된다. 그러면 추가적인 자금지원이 없을 것이다. 그리스는 경제적 어려움을 겪을 것이고 채권자들은 채무조정에 나서야 할 것이다.

문제는 이 방식을 쓰기가 쉽지 않다는 점이다. 유로 때문이다. 그리스를 국가부도 처리한다면 유로에도 곧바로 치명타가 된다. 그리스는 어쨌거나 유로 회원국이다. 논리적으로 그리스를 국가부도 처리하면 유로를 국가부도 처리하는 것과 같은 것이다. 한 마디로 유럽 국가나 IMF는 꼼짝없이 물린 것이다.

　해결책이 있을까? 불행히도 쉽지 않아 보인다. 그리스 국민들이 허리띠를 졸라매고 더 열심히 일해야 하는데 그럴 것 같지 않기 때문이다. 그리스 국민들은 너무 늙었다. 한마디로 의욕이 없다. 자신의 연금이나 건강보험을 포기할 의욕이나 자신감도 없어 보인다. 변변한 산업도 없으니 획기적인 돌파구를 기대할 수도 없다.

　마이어 이사가 가고 나서 우리가 1997년 위기를 겪은 게 불행 중 다행이었다는 생각이 들었다. 아직은 젊고 능력이 있을 때 어려운 일을 겪었기 때문이다. 우리도 세계에서 가장 빨리 늙어가는 나라이다. 그리스처럼 되지 말란 법 없다.

　그리스와 비교해서 우리보다 후하니 하는 논쟁은 스스로를 너무 낮추는 것이다. 그때의 뼈아픈 경험을 바탕 삼아 우리 국민이 많이 늙더라도 행복하고 편안하게 노후를 즐길 수 있는 나라를 만드는 일이 훨씬 더 중요하기 때문이다.

힘내라,
파키스탄

—

　　파키스탄의 프로그램 진행 상황을 점검하는 회의에 참석했다. 파키스탄은 2008년 11월 75억 불을 지원받은 데 이어 2013년 9월 67억 불을 추가로 받았다. 두 번째 프로그램은 기간이 36개월이라 약 90% 정도의 자금이 집행됐다. 물론 한 번에 다 나가지 않았다. 나머지는 이사회에서 파키스탄이 잘하고 있다는 것을 승인받아야만 인출이 이루어진다.

　　IMF는 구제금융 지원 금액을 정하면서 지원받으려는 국가와 정책조건을 협의한다. 약속된 자금을 주는 것은 협의된 정책조건을 이행하는지와 연계되어 있다. 파키스탄에게 67억 불을 주기로 약속하고 나서 실제 자금 인출은 별도 스케줄을 만든다. 대체로 분기별 계획이다. 분기마다 파키스탄 정부가 이행한 실적을 점검해서 만족할 만하면 해당 금액을 집행하는 식이다.

IMF로부터 자금지원을 받으려면 까다로운 정책조건을 이행해야 한다는 것은 바로 이런 메커니즘에서 나온다. 파키스탄의 경우 2008년 지원은 대기성 차관(Stand-By Arrangement)이었다. 일시적으로 외환이 부족한 것으로 인정되는 경우에 지원하는 것이다. 정책권고도 단기간에 이행할 수 있는 것 중심으로 붙인다. 경상수지 적자를 축소하고 재정을 긴축할 것을 권고했다.

2013년 지원은 확대신용협약이다. 이 자금은 대기성 차관과 달리 해당 국가가 외환이 부족한 게 일시적인 것이 아니고 구조적인 것으로 판단될 때 지원된다. 통상 대기성 차관을 받은 나라가 단기적인 불을 끄고 나서도 어려움이 계속될 때 주는 경우가 많다. 파키스탄 같은 경우이다. 당연히 구조개선에 초점을 두고 정책권고가 짜인다. 실제 성장과 물가, 외환보유고 확충, 세제개혁 등 구조개혁 이슈를 총망라하고 있다.

오늘 회의에서는 파키스탄의 공기업 민영화에 대해 토론이 많았다. 이번 프로그램에 붙은 조건 중 하나가 공기업 민영화 등 공공개혁이었다. 다른 조건은 잘 이행되고 있는데 민영화만 유난히 더뎠다. 노조가 시위를 하는 등 저항이 만만치 않다는 것이다. 사무국에선 파키스탄 정부의 의지가 확고하니 이번에는 승인해주고 다음번 평가를 기다려보자고 했다.

IMF로부터 자금지원 약속을 받고도 정책조건을 이행하지 못해서 돈을 다 받지 못하는 경우가 많다. IMF는 약속만 하고 지키지 않는 걸 좌시하지 않기 때문이다. 매번 정예요원들을 파견해서 실적을 엄격히 점검한다. 거짓말이나 자료조작이 잘 통하지 않는다. 조건을 이행하지 못한 건 해당 국가의 잘못이지만 IMF도 비난을 완전히 비켜가지 못한다. 너무 가혹하다는 것이다. IMF가 내세운 조건들은 하나같이 이행하기 어려운 것들이다. 역설적으로 그 조건들을 진작 자발적으로 이행했으면 IMF를 찾아올 이유가 없었을 것이다. 우리나라도 그랬다. 1997년 IMF로부터 주문받은 개혁조치들은 그 이전부터 전문가들이 이야기했던 것들이다. 개혁에 따른 고통을 감내하기 싫고 기득권을 양보하지 않아서 실현시키지 못했을 뿐이다. 그러다 국가부도라는 절체절명의 순간에서야 개혁조치에 관한 공감대가 형성된 것이다.

우리는 그렇게 개혁을 실현시키고 경제 체질을 단단하게 만들 수 있었다. 그러나 다른 나라들은 대체로 이렇게 하지 못한다. 개혁을 못하고 주저앉는 경우가 훨씬 많다. 물론 개혁을 못해서 정책조건을 이행하지 못하면 IMF로부터 돈 받는 걸 포기해야 한다.

파키스탄은 IMF의 지원을 받으려고 노력을 많이 한 나라이다. 1958년 최초로 지원받기 시작해서 2013년 프로그램까지 20번이나 IMF를 두드렸고 자금지원을 약속받았다. 문제는 정책권고를 이

파키스탄의 IMF 도전사

차관종류	개시일	종료일 (예정)	종료일[2] (실제)	공여금액 인출가능액	실제인출액	인출비율
대기성 차관	1958.12.8	1959.12.7	1959.9.22	25,000	0	0
대기성 차관	1965.3.16	1966.3.15		37,500	37,500	100
대기성 차관	1968.10.17	1969.10.16		75,000	75,000	100
대기성 차관	1972.5.18	1973.5.17		100,000	84,000	84
대기성 차관	1973.8.11	1974.8.10		75,000	75,000	100
대기성 차관	1974.11.11	1975.11.10		75,000	75,000	100
대기성 차관	1977.3.9	1978.3.8		80,000	80,000	100
확대협약	1980.11.24	1983.11.23		1,268,000	1,079,000	85
대기성 차관	1988.12.28	1990.3.7	1990.11.30	273,150	194,480	71
구조조정지원기금(ESAF)[1]	1988.12.28	1991.12.27	1992.12.15	382,410	382,410	100
대기성 차관	1993.9.16	1994.9.15	1994.2.22	265,400	88,000	33
구조조정지원기금(SAF)[1]	1994.2.22	1997.2.21	1995.12.13	606,600	172,200	28
확대신용제도	1994.2.22	1997.2.21	1995.12.13	379,100	123,200	32
대기성 차관	1995.12.13	1997.3.31	1997.9.30	562,590	294,690	52
확대협약	1997.10.20	2000.10.19		454,920	113,740	25
확대신용제도	1997.10.20	2000.10.19		682,380	265,370	39
대기성 차관	2000.11.29	2001.9.30		465,000	465,000	100
확대신용제도	2001.12.6	2004.12.5		1,033,700	861,420	83
대기성 차관	2008.11.24	2011.9.30		7,235,900	4,936,035	68
확대협약	2013.9.4	2016.9.3	2016.9.30	4,393,000	4,320,000	98

주: 1)구조조정지원기금(Structural Adjustment Facility)과 개량구조조정지원기금(Enhanced
   Structural Adjustment Facility)은 PRGT 이전의 저소득국가에 대한 양허성 대출제도임
   2)예정종료일과 실제종료일이 다른 경우
자료출처: IMF

행하지 못해 약속받은 금액을 다 써보지 못한 경우가 많았다는 것이다. 절반도 지원받지 못한 게 6번이나 된다. 자금지원을 약속받고 정책조건을 이행하지 못해 실제 자금을 받지 못하면 이곳에서는 프로그램이 좌초(Off-Track)됐다고 이야기한다.

이번 프로그램은 과거와 많이 다르다는 게 이곳의 평가이다. 2013년 집권한 샤리프 정부가 그 어느 때보다 개혁의지가 확고하고 경제를 살리려는 노력도 열심히 한다고 한다. 테러와의 전쟁으로 아직은 힘겨운 시간을 보내는 것도 사실이지만 그래도 보고서가 어느 때보다 희망적이다.

골드만삭스는 파키스탄을 브릭스(BRICs) 다음으로 세계경제를 이끌 잠재력이 있는 나라로 평가했다. 젊은 연령 중심의 1억 9,000만 인구가 자신들의 잠재력을 발휘할 날이 오기를 기다리고 있다. 그래서 오늘 이사회에서 파키스탄 정부를 적극 지지하고 국제사회가 돕자고 애기했다. 힘내라 파키스탄!

IMF의 대출제도에 대해서는 부록2에서 자세히 설명했다.

··
미국,
네가
문제야!

———

　　오늘도 출근하니 배리(Barry) 이사는 나를 기다리고 있다. 배리 이사가 모든 이사들을 만나보기로 하고 다닌 지 오늘이 닷새째이다. 오전 오후 한 사람씩 지난 5일간 10명쯤 만난 것 같다. 똑같은 이야기를 하는 거니 지겨울 법도 한데 아침부터 성화이다. 뭔가 기여해보겠다고 하는데 싫다 하기도 그래서 그와 함께 나섰다.

　이런 일이 생긴 것은 지난해 연말 미국 의회가 IMF 쿼타증액을 위해 미국 정부가 부담해야 할 돈을 반영해주지 않았기 때문이다. 미국을 비롯한 G20 국가들이 IMF 자본금을 2,385억 SDR(US$3,290억)에서 4,770억 SDR(US$7,339억)로 두 배 늘리기로 합의한 것은

2010년 10월 우리나라 경주에서였다. 이 합의안이 실현되기 위해서는 각 회원국이 자본금으로 낼 돈을 예산에 반영해야 한다. 그런데 최대주주인 미국이 5년째 이를 못하고 있는 것이다.

IMF 자본금을 두 배 늘리기로 한 것은 유럽 재정위기가 계기가되었다. 그런 큰 위기가 다시 일어나면 IMF가 돈이 없어 대응할 수없다는 절박함 때문이었다. 유럽 재정위기 전에는 IMF 역할에 대한 부정적 인식이 확산되어 가고 있었다. 즉 국제금융시장이 발달하면서 필요한 자금을 얼마든지 시장에서 조달할 수 있다는 낙관론이힘을 얻어가고 있었다. 그러나 유럽 재정위기 당시 상당수 나라들이시장에서 차입하는 게 어렵다는 것을 실감했다. 위기 때는 역시 IMF라는 공감대가 형성됐다.

이번 개혁의 또 하나 특징은 중국, 인도 등 소위 BRICs 국가를 중심으로 신흥개도국의 비중을 높였다는 것이다. 자본금을 두 배로 늘리되 모든 회원국을 동일하게 늘리는 것이 아니고 경제적 영향력이커진 나라들의 몫을 더 높여주었다. 핵심은 중국이다. 4.0%이던 지분율을 6.43%로 단번에 50% 이상 늘려 미국, 일본에 이어 중국은세 번째 지분국가가 되었다. 인도, 브라질, 러시아도 증액하는 국가에 합류했다.

우리나라도 수혜대상이다. 지분이 1.41%에서 1.81%로 0.4%p 늘어 서열 18위에서 16위로 두 계단 올라섰다.

당연히 비중이 줄어든 나라도 있다. 세계경제에서 상대적인 영향력이 감소한 나라들이다. 대표적으로 유럽 국가들이다. 벨기에는 1.93%에서 1.35%, 네덜란드는 2.17%에서 1.84%, 스위스는 1.45%에서 1.22%로 줄었다. 그리고 유럽 국가들은 이사 자리도 두 곳을 개도국에 넘겨주기로 해서 영향력 퇴조를 감수해야 했다.

오일머니의 위세가 꺾인 사우디아라비아도 2.93%에서 2.11%로 많이 내려앉았다. 일본도 소폭 감소되었을 뿐만 아니라 중국의 추격이 턱밑까지 오게 되었다. 미국도 17.69%에서 17.51%로 소폭 줄었지만 여전히 최대 지분국이고 거부권을 유지했다.

미국이 예산반영을 실패하면서 대안을 논의하기 위한 이사회가 1월 14일 열릴 예정이다. 그런데 대책을 두고 중국 등 신흥개도국과 일본, 유럽 등 선진국은 두 그룹으로 갈려 팽팽히 대립하고 있었다. 배리 이사는 양측의 이견을 조정해보겠다고 모든 이사들을 돌아가며 만나고 있는 것이다.

유럽이나 일본 등 선진국 그룹은 임시증액방안을 선호한다. 형편이 되는 나라부터 먼저 증자하되 합의된 금액 전부가 아니라 5~10%만 하자는 것이다. 그러면 미국과 같이 당장 증자에 참여하지 않는 나라들의 서열이 바뀌지 않도록 할 수 있다.

중국, 러시아 등은 형편이 되는 나라부터 먼저 다 내자는 입장이다. 5년씩이나 되었는데 미국만 무작정 쳐다보고 있을 수 없다는 것, 그리고 임시증액 방식은 금액이 너무 작고 언젠가 미국이 증자

주요 쿼타 변경 추이

	기존		변경	
	지분율	순위	지분율	순위
〈증가〉				
중국	4.00	6	6.43	3
인도	2.44	11	2.77	8
러시아	2.50	10	2.72	9
브라질	1.79	14	2.33	10
대한민국	1.41	18	1.81	16
〈감소〉				
미국	17.69	1	17.51	1
일본	6.56	2	6.50	2
사우디	2.93	8	2.11	13
네덜란드	2.17	12	1.84	15
벨기에	1.93	13	1.35	18
스위스	1.45	17	1.22	19

자료출처: IMF

에 참여하게 되면 두 번 일을 해야 한다는 문제가 있었다. 그러나 이 방안은 일시적이지만 증자에 참여하는 나라들의 서열이 높아지고 BRICs 등 개도국들의 비중이 미국과 유럽 국가의 합계를 넘어설 수도 있다. 미국이 거부권을 행사할 것이라고 공공연하게 관측되는 이유이다. 미국이 거부권을 행사하면 지분증액을 조금도 기대할 수 없다는 것이 문제이다.

오늘 만난 러시아 이사 모진은 IMF 이사만 20년 한 인물이다. 모르는 게 없고 나름 대국적 면모도 있어 흥미로운 사람이기도 하다. 그는 미국에 대한 불신을 드러냈다. 과거에도 미국은 다른 나라들과 합의해놓고도 국회에서 승인을 못 받았다는 이유로 꼼짝 못하게 한 일이 많다고 했다. 그러다 자기들이 필요하면 금세 해치우는 게 미국이라고 했다. 미국의 예산과 연계되어 있지만 미국이 꾸물거리는 건 뭔가 불만이 있거나 급할 것 없다고 생각하기 때문이라는 것이다.

이 안건이 상정된 1월 24일의 이사회에서 양측은 치열한 토론을 벌였다. 대부분의 이사들이 돌아가며 발언했고 자기가 지지하는 안의 장점을 부각시키고 상대편 안의 문제점을 공략했다. 미국 이사는 원칙적인 입장만을 이야기했다. 신속하게 처리 못해 송구하지만 최선의 노력을 다하고 있고 다음 기회에는 성사시키겠다는 내용이었다. 그렇지만 중국, 러시아 등이 지지하는 안에 대해서는 반대 입장을 분명히 했다. 또 유럽 국가들이 밀고 있는 방안에도 소극적이었다. 당장 돈이 급한 것도 아닌데 굳이 임시방편을 할 필요가 있느냐는 것이었다. 회의는 중국, 러시아 지지안이 다소 우세한 듯 보였지만 미국이 거부권을 행사하면서 결론 없이 끝났다.

역시 미국의 영향력은 크다라는 걸 실감했다. IMF에도 지분은

20%가 안 되지만 거부권을 인정하고 있으니까. 사실 미국 입장에서도 이 합의안을 이행하려면 작은 돈으로 되는 게 아니다. 300억 불 가까이 필요하니 2015년 미국 연방정부 예산 3조 2,500억 불의 1% 가까이 필요하다.

그렇지만 흔히 생각하듯 미국이 IMF를 좌지우지하는 것은 아니다. 오히려 미국은 자신을 견제하는 많은 나라에 둘러싸여 있다 해도 과언이 아니다. 중국을 중심으로 신흥개도국이 자신들의 목소리를 강하게 키워가고 있는 것이다. 증자안이 국회의 예산에 반영되지 못한 이유가 IMF에서 미국이 목소리도 제대로 내지 못하는데 그 돈을 왜 내느냐고 하는 냉소적 시각 때문이라는 견해가 있었다.

국제무대에서 우리의 이익을 지키기 위해서는 미국과 협조해야 한다는 것은 여전히 유효한 말로 보인다. 하지만 과거처럼 일방적으로 미국의 그늘 속에만 있기도 힘들다. 그걸로 모든 문제가 해결되는 것은 아니다. 미국이 독주하는 시대가 아니기 때문이다. 또 이제 우리도 상당히 영향력이 있는 나라에 속하기 때문에 우리 나름의 목소리도 있어야 한다. 국제무대에서 운신하기가 날이 갈수록 쉽지 않은 이유이다.

IMF 자본금 증액안은 2015년 말 미국 국회예산에 반영하여 12월 마지막 회기일에 통과됐다. IMF의 쿼타에 대해서는 부록3에서 자세히 설명했다.

IMF 삼국지:
일본 식당, 중국 식당,
그리고 한국 식당

———

　　IMF에서의 한·중·일 세 나라의 모습을 가장 잘 보여주는 건 IMF 근처에 자리한 식당이다. 중식당은 아주 큰 규모로 두 군데 있다. 두 곳 모두 값이 싸고 맛이 좋으며 편리하다. 홍콩에서 중국요리를 물리도록 먹고 온 내 기준으로도 이 식당들은 훌륭하다. 장소가 커서 어느 때 가건 어려움 없이 자리를 잡을 수 있다.

　　일식당도 두 군데 있다. 큰 규모는 아니지만 두 곳 모두 나름 고급스럽다. 미국 사람들도 회나 튀김, 스시 등 일본요리에 상당히 익숙하다. 구체적인 요리 이름을 이야기하면서 밥을 먹는 사람들을 보면 일본요리가 뿌리를 내렸구나 하고 생각하게 된다.

　　IMF 근처에서 찾을 수 있는 한국식당은 없다. 그러나 한국음식을 먹을 수는 있다. 한국 사람이 운영하는 피자가게 등에서 비빔밥이나 불고기 같은 미국 사람들이 좋아하는 한국음식을 팔기 때문이다.

조사해본 것은 아니지만 IMF 사람들이 이 세 곳에서 점심을 해결하는 비율은 상당할 것이다. IMF에서의 세 나라 위상과 너무도 닮았다.

일본과 중국은 단독이사국이다. 단독이사국이란 지분의 비중이 상당해서 다른 나라와 연합하지 않고 독자적으로 이사 자리를 맡는 나라를 말한다. 국회의원으로 치면 인구가 많아서 다른 행정구역과 합치지 않아도 독자적인 선거구를 이루는 경우이다. IMF에는 두 나라 외에도 미국, 독일, 영국, 프랑스, 러시아와 사우디아라비아 등 8개 국가가 단독이사국이다.

일본은 2차대전 패전국이라 IMF 출범 당시에는 합류하지 못했지만 1952년 8월 13일 회원국이 되었다. 늦은 출발이었지만 경제가 고도성장하면서 빠른 속도로 지분을 늘려갔다. 그래서 가입 당시 3.14%였던 지분이 빠르게 늘어 1992년부터 5.8%로 미국에 이어 서열 2위 국가가 되었다. IMF에서는 지분을 쿼타라고 하는데 원한다고 많이 확보할 수 없다. 경제력만큼 주기 때문에 IMF 지분율은 그 나라 경제력 변화 추이를 반영한다. 일본은 지난 20년간의 경기침체로 2위 자리는 지키고 있지만 지분율이 하강하는 추세이다.

중국은 IMF 출범 당시 회원국이었다. 1945년 12월 27일 가입협정에 서명했다. 물론 대만으로 쫓겨난 국민당 정부였다. 중국의 공산당 정부로 바뀐 것은 1980년 4월이다. 중국의 지분비율은 높지 않았다. 그러나 최근 고도성장으로 2010년 지분 재조정 때 비율이 대폭 높아져 현재는 6.43%로 3위국이다.

일본과 중국은 IMF 내 2, 3위 지분율을 바탕으로 IMF 부총재를 한 명씩 보내고 있다. IMF에는 총재 1명, 부총재 4명이 있다. 그 다섯 자리를 두고 유럽에서 총재, 미국에서 수석부총재, 일본과 중국에서 부총재를 한 자리씩 나누어 갖는 모양새이다. 나머지 부총재 한 자리는 여성을 배려한 몫이다.

두 나라에 비하면 우리나라의 위상은 다소 왜소하다. 가입 시기부터 두 나라에 비해 늦었다. 우리나라는 1955년 8월 26일 0.37%라는 소규모 지분으로 가입했다. 그때 당시 전체 58개 회원국 중 38번째였다. 우리 국력 수준에서는 그 정도도 상당했다고 할 수 있다. 우리나라는 독자적으로 이사실을 구성하지 못하고 호주, 뉴질랜드 등과 함께 했다. 두 나라 이외에 태평양 연안의 섬나라들과 몽골, 우즈베키스탄 등 16개 나라가 함께 하는 그룹이다. 과거 최대 지분국은 호주였다. 이사도 늘 호주의 몫이었다. 우리는 기껏해야 자문관 정도를 할 수 있었다.

우리나라도 비약적인 경제발전 덕에 지분이 크게 상승했다. 우리의 지분율은 1.8%로 189개 회원국 중 16위가 되었다. 16개국이 모인 우리나라 그룹의 총 지분율이 3.888%이므로 거의 절반에 해당

된다. 이제는 호주를 제치고 우리가 최대 지분국이 된 것이다. 지분율 상승에 힘입어 우리나라는 2005년부터 이사국이 되었다. 아직은 호주와 2년씩 돌아가며 맡지만 이사국이 되었다는 자체만으로도 우리의 위상이 확실히 변화한 것을 보여준다.

한·중·일 세 나라는 높아진 위상만큼 IMF의 활동에서 기여하는 바도 커지고 있다. 무엇보다 세 나라는 IMF가 사용하는 재원의 상당 부분을 부담하고 있다. IMF는 각 회원국들로부터 받은 자본금과 함께 여유가 있는 회원국으로부터 돈을 빌려서 재원을 조성한다. 이를 가지고 국제수지가 어려운 나라를 지원한다. 한·중·일 세 나라는 자본금으로도 3개국 합쳐 전체의 14%이지만 추가적으로 상당액을 IMF에 빌려주고 있다. 이들의 자본금과 빌려주는 돈을 모두 합산해보면 전체의 20% 정도 기여하고 있다.

다음으로 인력이다. 흔히 IMF에서 일하려면 미국에서도 가장 뛰어나야 한다고 말한다. 미국의 명문대학교에서 박사학위를 받고 권위 있는 기관에서 경험을 쌓은 사람이 IMF에서 중추적인 역할을 수행한다고 한다. 예컨대 금융국 국장인 호세 비날은 하버드대학 경제학 박사이면서 스페인 재무장관을 역임했던 사람이다. IMF 직원으로 우리나라가 43명, 일본이 71명, 그리고 중국이 164명 일하고 있다.

국제기구는 자국이 낸 지분율만큼 자국 사람이 직원이 되는 걸 이상적이라고 한다. 세 나라 출신 직원을 합치면 전체 IMF 직원의 8%

한 · 중 · 일 IMF 기여도 비교

	대한민국	비중	중국	비중	일본	비중	합계	비중
IMF 가입시기[1]	1955. 8.26		1945. 12.27		1952. 8.13			
Quota[2]	8,582.7	(1.81)	30,482.9	(6.43)	30,820.5	(6.50)	69,886.1	(14.74)
근무직원 수	43	(1.3)	164	(4.8)	71	(2.1)	278	(8.2)
가용재원 (million SDR)	12,374.4	(1.8)	46,891.5	(6.9)	67,722.1	(9.9)	126,988.0	(18.6)
Quota[3] (million SDR)	8,582.7	(1.8)	30,482.9	(6.5)	30,820.5	(6.6)	69,886.1	(14.9)
NAB[3] (million SDR)	3,291.7	(1.8)	15,608.6	(8.4)	32,976.6	(17.8)	51,876.9	(28.0)
GAB[3] (million SDR)	–	–	–	–	2,125	(12.5)	2,125	(12.5)
PRGT[3] (million SDR)	500	(5.1)	800	(8.2)	1,800	(18.3)	3,100	(31.6)
인구[4] (million)	50.4	(0.7)	1,364.1	(18.8)	127.1	(1.8)		
GDP[4] (million US$)	1,410,388	(1.7)	10,354,831	(16.3)	4,601,461	(4.4)		
1인당 GDP[4] (US$)	27,970.5	–	7,590.0	–	36,194.4	–		

주: 1)중국은 대만이 IMF 설립 시점에서 최초 회원국으로 가입했으나 1980년 4월 중화인민공
화국(People's Republic of China)이 회원국 지위를 승계
2)Quota 총액은 473,944.9임
3)현재 188개 전 회원국의 Quota 합계는 총 467,466(million SDR), NAB(New
Agreements to Borrow)는 40개 참여국이 총 184,998.7(million SDR), GAB(General
Agreements to Borrow)는 11개국(G-10+Saudi)이 총 18,500(million SDR), PRGT는
9,811(million SDR)을 보유
4)인구, GDP 및 1인당 GDP는 2014년 기준임
자료: IMF, World Bank

를 조금 넘으니 세 나라 지분율 합계에는 다소 못 미치는 것도 사실이다. 그렇지만 상당한 숫자라고 할 수 있다.

IMF에서 일하다 보면 일본이나 중국 사람들과 쉽게 친해진다. 생김새가 비슷하고 한자와 유교 문화권이라 공감대도 쉽게 만들 수 있기 때문이다. 이사회에서 영어가 썩 유창하지 않은 것도 비슷하다. 또 ASEAN+3이라고 지역경제공동체로 인한 연대의식도 꽤 높아졌다.

그렇지만 IMF 활동이나 성향에 있어 삼국은 뚜렷하게 대비되는 모습을 보인다. 일본은 미국과 유럽 등 선진국 중심 쪽에 있다면 중국은 비판적인 쪽이다. 지나치게 단선적인 분류이지만 IMF는 크게 기축통화로서의 달러중심체제, 그리고 자유변동환율체제를 지지하는 쪽과 이를 견제하고 대안을 모색해보려는 쪽으로 나눌 수 있다.

이러한 견해차는 구제금융 지원과 관련해서도 전자는 엄격한 구조조정을 강조하는 데 반해 후자는 채무자 입장을 배려해야 한다는 입장이다. 그리고 총재를 유럽이 맡는 것과 관련해서도 후자는 개도국이 해야 한다는 생각을 가지고 있다. 당연히 미국이 소위 주류적 입장의 중심에 있다. 일본이 주로 미국을 옹호하고 지원하는 쪽이라면 중국은 러시아, 인도 등과 함께 이를 견제하고 비판하는 쪽이다. 유럽이나 미주지역과는 달리 아시아지역은 아직 공동의 이해관계가 존재하지 않기 때문일 수도 있다. 경제발전 단계가 다르기 때문일 것이다.

솔직히 말해 우리는 IMF 근처의 한식당처럼, 존재감이 확실하지 않다. 이곳의 어느 누구도 우리를 개도국으로 보는 사람은 없다. 하지만 일본처럼 미국을 옹호하기도 어렵다. 개도국의 힘이 커져가는 현실 때문일 것이다.

꾸준히 국력을 키워나가고 어느 일방에 치우치기보다는 양쪽을 포용하면서 실리적 선택이 무엇인지를 끊임없이 고민해야 할 것 같다. 한식의 세계화가 중요한 과제이지만 글로벌화된 요리를 위해 당장 일품요리 중심으로 가지 못하는 것처럼.

우리가 생각하는 우리,
그들이 생각하는 우리

우리도 국민투표를 한다고 해보자. 질문은 "우리 나라가 선진강국이라고 생각하는가?"이다. 압도적으로 많은 사람이 아니라고 할 것이다. 하지만 IMF 사람들은 정반대로 투표할 것이다. 자동차를 수출하고 아이폰과 경쟁하는 나라가 선진강국이 아니면 어떤 나라가 대상이냐는 것이다.

IMF 내에서 우리의 위상이 눈에 띄게 달라진 것이 사실이다. 한국이 개도국이라고 하면 농담하는 줄 안다. 이사회에서 옆자리에 앉는 네덜란드 이사 스넬은 나보고 발언할 때 한국이 소규모(개방) 경제라는 표현은 하지 말라고 한다. 그러면 자기 나라는 마이크로 경제라고 해야 한다고.

IMF는 1997년의 우리처럼 달러가 일시적으로 부족하지만 시장에서 빌리지 못할 때 마지막으로 찾는 곳이다. 어느 나라에나 발생할 수 있는 일이기 때문에 주권국가 대부분이 회원이다. 운전하려면 교통사고에 대비해 자동차보험을 들어두듯 국가가 꼭 들어야 할 보험인 셈이다. 북한처럼 국제사회의 제재를 받는 나라 정도만 아니다. 무려 189개국이다.

우리나라는 가입 당시부터 호주, 뉴질랜드 등과 이사실을 같이 해왔다. 2005년 이전까지만 해도 이사는 호주가 독점했다. 그렇지만 지분상승에 따라 호주의 전유물이던 이사국을 우리도 2년마다 하게

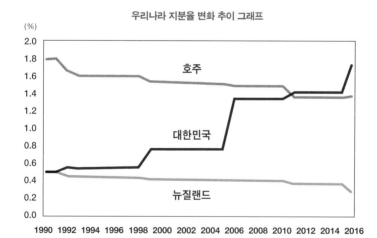

우리나라 지분율 변화 추이 그래프

자료출처: IMF

되었다. 2년간 이사국이 되면 그 후 2년은 대리이사국이 된다. IMF 이사 자리는 24개이니 적어도 세계 24강 안에 들어간 것이다.

이사 지위는 중요하다. IMF의 모든 의사결정에 관여하기 때문이다. IMF는 매년 총회를 두 번 개최한다. 가을에 하는 정기총회는 모든 회원국이 참가대상이다. 그렇지만 봄 총회는 이사국 24개국만이 초청된다.

국제사회에서 달라진 우리의 위상을 이야기할 때 빼놓을 수 없는 건 G20과 OECD이다. 나는 2005년 재정경제부에서 금융협력과장을 맡은 적이 있다. 1999년 말 시작된 G20 재무장관회의를 담당하는 과였다. 설립 초기 G20 회의는 보잘것없었다. 당시 미국은 G8을 중심으로 글로벌 이슈를 논의하고 있었다. G20은 선진국과 신흥개도국 간 논의기구로 출발했다. G8 이외 11개국은 인구, 경제력 등을 감안해 선정됐다(나머지 1개국은 EU 의장국이다). 하지만 초기에는 실질적인 논의가 별로 없었다. 신흥개도국의 힘이 약했기 때문이다. 또 G8과는 달리 정상들이 참석하는 회의가 없었다. 그러다 보니 별로 열기가 느껴지지 않았다. 우리나라도 다른 나라처럼 부총리가 참석하는 경우는 거의 없었다. 차관보가 대신하는 게 일반적이었다.

그러다 사고가 터졌다. 다행히 내가 과장 자리를 떠난 직후였다. 당시 환율이 중요한 이슈였다. 그해 G20 재무장관 회의의 아젠다가 환율이었다. 사실 국내 관심사와는 다른 내용이었다고 한다. 그런데 국내 유력 일간지가 이렇게 중요한 회의를 부총리가 참석하지 않았다고 공격했고 많은 언론이 동조했다. 그때부터 G20 재무장관 회의는 부총리가 반드시 참석하는 회의로 자리매김했다.

G20의 위상이 근본적으로 달라진 것은 미국 금융위기 덕분이다. 위기 극복을 위해 국제사회의 광범위한 협조가 필요해진 미국은 G8 대신 G20으로 눈을 돌렸다. G20을 국가수반이 참석하는 정상회의로 격상시켰다. 그리고 1차 회의를 워싱턴 D.C.에서 개최했다. G20 회의가 G8을 무력화시키고 강대국 모임으로 신장개업한 것이다.

G20 회의는 조직적인 실체가 없다. 그래서 매년 의장국이 중심이 되어 회의를 준비한다. 우리나라도 2010년 의장국이었다. 사실 의장국 자체는 그리 큰 의미가 있다고 보기 어렵다. 돌아가면서 맡기 때문이다.

G20이 강대국들의 모임이라면 OECD는 흔히 선진국 클럽으로 알려져 있다. 내가 OECD에서 일한 건 1999년 가을부터이다. 1996년 OECD를 가입하고 1997년 말 외환위기를 겪었기 때문에 OECD에 대한 부정적인 인식 또는 반감도 있는 시기였다. OECD 가입 이후 두 번째 세대이기 때문에 별다른 지식이 없었다. 가입할 때 언론보도를 본 거, 다소 부정적인 인식, 그게 내가 아는 전부였다.

OECD에 있을 때 1년에 두어 번쯤 밥을 사주던 사람들이 있었다. 중국대사관과 대만대표부에서 근무하던 외교관들이었다. 국제회의를 다니면서 알게 된 사이였는데 이들은 자주 전화를 걸어 OECD

가 돌아가는 상황도 묻고 자료도 부탁하곤 했다. 그리고 밥도 사곤 하면서 OECD에 가입한 게 참 부럽다고 했다. 너희들도 곧 하면 되지 않느냐고 했더니 씩 웃고 말았다.

OECD 근무 이력이 붙으면서 나는 그들이 웃은 이유를 알게 되었다. 그곳은 돈 좀 있다고 가입할 수 있는 곳이 아니었다. 물론 OECD에 가입하려면 좀 살아야 한다. 그러나 그것만 가지고 되지는 않는다. 소득수준만 고려한다면 사우디아라비아나 쿠웨이트 등 중동의 부자나라들이 지금껏 회원국이 되지 못한 이유를 설명할 수 없다.

회원이 되기 위해서는 민주주의와 시장경제가 확립되어야 하기 때문이다. 특히 사람, 자본 이동이 자유로울 수 있도록 국가가 인위적인 통제를 하지 않겠다는 서약을 해야 한다. 서구 근대 시민사회의 핵심인 시민은 교양과 재산을 가진 사람이었다. OECD 가입조건은 시민을 연상시킨다. 경제적으로 살 만한 나라 그리고 교양, 즉 민주주의가 확립된 나라인 것이다. 그래서 우리나라가 당분간 아시아의 마지막 가입국이라 했다. 중국, 싱가포르 등은 잘 살더라도 회원국이 되기가 쉽지 않으리라고 보는 것이다.

OECD의 별명을 선진국 클럽이라고 붙인 것은 선진국으로서의 합당한 제도와 규범을 논의하고 이를 발전시키는 곳이면서도 이를 따르는 것은 회원국의 선택에 맡기고 있기 때문이다. 그만큼 회원국의 품위와 능력을 인정하고 믿는 것이라 하겠다.

IMF 이사국, G20과 OECD 회원국 세 가지 모두를 하고 있는 나라는 지구상에서 11개뿐이다. G20 20개국 중 EU 의장국은 실질적인 G20 멤버로 보기 어렵고 중국, 인도, 인도네시아, 브라질, 러시아, 남아공, 아르헨티나, 사우디아라비아 등 8개국은 OECD 회원국이 아니기 때문이다. 11개 국가의 인구를 합하면 10억 명이니 지구촌 인구의 14%에 해당된다.

세 가지를 모두 한다는 것은 단순한 수치 이상의 의미가 있다. 힘으로 세상을 움직이는 시대가 아니기 때문이다. 세계의 질서는 글로벌 논의기구에서 결정되므로 우리는 중요한 길목을 다 장악하고 있는 것이다.

우리가 생각하는 것보다 훨씬 큰 우리가 된 건 사실이지만 더욱 노력해야 할 부분도 많다. 갈 길이 많이 남아 있는 것이다. 무엇보다 국제사회에 대한 기여를 늘려야 한다. 돈을 더 내야 하는 것이다. 여기까지 올 수 있도록 도와준 데 대한 고마움의 표시인 동시에 잘 사는 데 따른 부담금일 수 있다.

이러한 기여를 측정하는 척도는 공적개발원조(ODA)가 국민소득에서 차지하는 비중이다. 공적개발원조가 많이 늘긴 했다. 2009년 최초로 GNI의 0.1%를 넘긴 이래 그보다 약간 웃도는 수준을 유지하고 있다. 하지만 아직도 크게 부족하다. OECD의 목표치는 GNI의 0.7% 이다. 이 목표는 현재 추세라면 얼마나 오래 걸릴지 모른

G20 국가 비교

	쿼타비중	인구 (백만명)	GDP (10억달러)	1인당 GDP (달러)
OECD회원국				
U.S.	17.51	319.1	17,348.1	54,369.8
Japan	6.5	127.1	4,602.3	36,221.8
Germany	5.62	81.1	3,874.4	47,773.6
France	4.25	63.9	2,833.7	44,331.6
U.K.	4.25	64.5	2,950.0	45,729.3
Italy	3.18	60.8	2,147.7	35,334.8
Canada	2.33	35.5	1,785.4	50,304.0
Mexico	1.88	119.7	1,291.1	10,784.5
Korea	1.81	50.4	1,410.4	27,970.5
Australia	1.39	23.6	1,442.7	61,066.2
Turkey	0.98	76.9	798.3	10,381.0
OECD 비회원국				
China	6.43	1,367.8	10,356.5	7,571.5
India	2.77	1,275.9	2,051.2	1,607.7
Russia	2.72	146.3	1,860.6	12,717.7
Brazil	2.33	202.8	2,346.6	11,572.7
Saudi Arabia	2.11	30.8	746.2	24,252.2
Indonesia	0.98	252.2	888.6	3,524.1
South Africa	0.64	54.0	350.1	6.482.8
Argentina	0.45	42.6	543.1	12,735.2

자료출처: IMF

다. 다행스러운 것은 OECD조차도 이 목표에 집착하지 않는다는 것이다. 현실적인 목표는 이 문제를 관장하는 OECD의 개발원조위원회 회원국 평균인 0.3%를 내는 것이다. 우리의 현실은 이 목표의 절반 이하이다.

우리도 어려운 사람이 많고 그래도 꼭 내야 한다면 반드시 실속이 있어야 한다는 주장이 있다. 맞는 말이다. 그렇지만 이제 조금은 관대해질 필요가 있다.

미국, 일본, 독일, 호주를 포함해서 IMF 이사들끼리 모여 밥을 먹는다고 해보자. 나라 빚이 가장 적은, 금고가 가장 건실한 나라의 이사가 밥을 사는 거라면 누가 낼까? 답은 내가 내야 한다. 이곳에서 독일은 공공의 적이다. 재정상태가 좋으니 경기회복을 위해 돈 좀 풀라는데 건전재정만 외치고 있기 때문이다. 그런 독일도 나라 빚이 우리 두 배이다.

IMF와 같은 국제기구에 대한 지원도 늘렸으면 좋겠다. 어려운 나라를 직접 지원하는 양자 간 원조가 생색은 난다. 필리핀 마닐라의 고속도로를 한국 정부가 주는 돈으로 지었다고 하는 게 광고효과로는 좋기 때문이다. 그래서 우리나라 ODA는 양자간 원조에 집중되어 있다. 국제기구 지원을 포함한 다자간 원조는 비중이 많이 늘긴 했지만 30%를 밑돌 때가 많다. 이 비율을 높였으면 좋겠다.

일본은 어느 국제기구에서건 큰 손이다. OECD에서도 그렇고 여기서도 예외가 아니다. 때로 일본은 봉 같아 보일 때도 많다. 자기 나라와 별로 관계없는 일도 마땅한 스폰서를 찾지 못하면 선뜻 내기 때문이다. 때론 바보 같아 보이지만 낭비가 아니다. 국제기구에서 중요한 감투를 쓸 때 일본을 빼지 않기 때문이다.

기여는 늘리되 겸손해져야 한다. 그동안 우리는 국제무대에서 우리를 알리는 데 온 힘을 기울였다. 잘한 일, 내세울 일이 있으면 홍보하기 위해 노력했다. 이런 노력도 의미가 있었다. 과거엔 아무도 알아주지 않았기 때문이다.

1991년 영국에 처음 갔을 때 한국에서 왔다 하면 어디 있는 나라냐고 묻는 사람이 대부분이었다. 서울올림픽을 했던 곳이라면 "아, 그렇군." 했다. 1999년 프랑스에서도 크게 다르진 않았다. 그러나 지금은 세계 어디를 가나 한국을 안다. 한국의 상품부터 K-Pop에 이르기까지 한국은 많이 알려져 있다. 많은 나라 사람에게 한국은 선망의 대상이고 코리안 드림을 꿈꾸며 한국어를 공부하는 사람도 많다.

이제 과거 방식을 고집하면 비호감이다. 이웃의 이야기에 귀 기울이는 나라가 되어야 한다. 우리와 직접 관련이 없어도 관심을 가져주고 어려운 사정을 경청해줘야 한다. 그들의 성과를 격려하고 지원하는 나라가 되어야 한다. 그리고 우리가 이 정도 된 것은 우리 물건을 사주고 도와준 국제사회의 덕이라고 해야 한다.

지난 4월 우리나라는 IMF가 남아시아에서 하는 사업에 돈을 냈

IMF 남아시아 워크숍, 콜롬보(2016년 4월)

다. 그 행사에 귀빈으로 초대를 받아 갔다. 무슨 말을 할까 하고 고민하다가 우리가 기여한 것은 그동안 우리를 잘 이끌어준 IMF와 우리를 도와준 국제사회에 대한 고마움의 표시라고 했다. 정말 많은 사람들이 좋아했다.

그러면서도 우리의 입장은 단호하게 이야기하자. 우린 개도국과 선진국 양자의 눈치를 보느라 때론 둘 다 편들거나 양비론에 머무르는 경우가 많다.

IMF의 구제금융을 논의할 때 개도국들은 신속하게 많은 지원을 주문한다. 선진국은 위기는 벗어나되 모럴 헤저드가 없도록 해야 한다고 목청 높인다. 부담이 늘어나면 선진국의 몫이기 때문이다. 영국 같은 나라는 과거에도 IMF 신세를 진 적이 있고 그럴 상황을 배제하지 못한다. 그렇지만 강경 원칙론의 선두이다. 우리나라의 이해관계는 개도국보다 선진국에 훨씬 가깝다. 그러나 개도국들 싫어하는 소리를 자신 있게 못한다. 또 우리가 지원받은 처지라는 자책감과 혹시나 하는 마음에 양쪽 모두의 편을 들고 만다. 어중간한 입장의 결과는 양쪽 모두로부터 존중받는 게 아니다. 신경 쓸 필요가 없는 목소리가 된다.

　마지막으로 정말 중요한 한 가지는 우리도 꽤 괜찮은 나라에 살고 있으니 조금은 더 행복해하자는 것이다. 미국도 양극화와 빈곤의 문제로 몸살을 앓고 있다. 그렇지만 국제사회에서의 리더십을 포기하지 않는다. 또 미국 시민으로서의 자부심을 버리지도 않는다. 우리의 모습을 다시 한 번 돌아보아야 하는 이유이다.

· ·
· ·

우리는 언제쯤
한국인 IMF 총재를
볼 수 있을까?

—

2015년 12월 21일 한 해를 마무리하는 마지막 이사회가 열렸다. 상정된 안건은 없고 한 해를 회고하는 자리라고 해야겠다. 오늘부터 3주간은 이사회가 없다. 이사들에게는 방학식인 셈이다. 우리 같으면 먹거리도 가져다 놓고 약간은 들뜬 분위기도 있을 법한데 전통을 중시하는 IMF는 다소 특이했다. 모든 이사들이 회의 대형으로 앉자 샴페인을 한 잔씩 돌렸다. 라가르드 총재가 일어나 건배하고 그다음 삼삼오오 이야기를 좀 하다가 끝이었다.

그래도 이날은 조금은 뜨거웠다. 때마침 미의회가 IMF 자본금 증액을 인준해줘서 IMF의 숙제이자 라가르드 총재의 과제였던 두 가지 현안이 모두 연내에 해결됐기 때문이다. 다른 또 하나는 중국 위안화의 SDR 편입 문제였다. 중국 위안화를 IMF가 회원국을 지원할 때 사용할 수 있느냐 하는 문제로서 5년에 한 번씩 검토한다. 중국의 강력한 희망에도 불구하고 2010년에는 성공하지 못했고 이번에도 좌절되면 중국은 또 5년을 기다려야 한다. 두 가지 문제 모두 뒤에는 미국이 있다. 중국을 견제하고 또 IMF 내에서 힘을 키우고 있는 BRICs 등 개도국에게 미국의 힘을 보여주려는 듯 미국은 결정을 미루고 있었다. 그런 미국, 특히 미국 공화당 의회 지도자들을 라가르드 총재가 설득해서 문제를 모두 해결했다는 게 IMF 내 중론이었다. 라가르드 총재는 다소 상기된 목소리로 건배를 외치고 수고했던 직원들을 일일이 일으켜 세워 격려했다.

호주이사인 배리가 말했다. "이제 그녀가 연임하는 데는 아무런 문제가 없겠네."라고. 라가르드 총재의 임기는 내년 7월이다. 나도 이 말에 동의했다.

라가르드 총재 연임에는 네 가지 고려할 요소가 있었다. 무엇보다 그녀가 다른 길을 가지 않겠느냐는 관측이 많았다. 프랑스 대통령 출마 혹은 반기문 총장 후임으로 유럽 몫의 사무총장이 되는 것 등이 그것이다. 그러나 대통령 출마에 대해서는 캠페인을 하기에 시간이나 역량이 부족하다며 본인이 부인했다. UN 사무총장이 설령 유럽 몫이더라도 프랑스 같은 대국에 주지는 않는다는 관측이 유력해지면서 연임 쪽으로 굳힌 것 같다.

두 번째로 연령 문제이다. IMF 규정에 따르면 총재가 되기 위해서는 첫 번째 임명 당시 65세 이하여야 한다. 그리고 70세가 되면 그만두어야 한다. 라가르드 총재는 1955년생으로 61세이니 아무런 문제가 없고 한 번 더 연임도 가능하다.

세 번째는 유럽 국가의 동의 문제이다. 잘 알려져 있는 것처럼 미국과 유럽 사이에는 암묵적으로 IMF 총재는 유럽, 월드뱅크 총재는 미국이 맡는 걸로 합의되어 있다. 이 합의는 투표권에 의해 뒷받침되어 있다. 미국과 유럽의 투표권을 합치면 60% 안팎이다. 유럽의 투표권 비중이 과도하다는 지적이 많았다. 그래서 이번 자본금 증액 과정에서 유럽의 비중이 많이 줄었다. 그래도 미국과 합치면 53%이니 양자합의에 의한 총재 선출에는 어려움이 없다.

1946년 IMF가 출범한 이래 총재는 항상 유럽 사람이었다. 지난 70년 역사 중 모두 11명의 총재가 있었다. 우리에게 너무나 잘 알려진 깡드쉬와 현재의 라가르드 총재를 비롯해 프랑스 사람이 5회로 가장 많았고, 스웨덴이 2회 그리고 독일, 스페인, 네덜란드가 각각 1회씩 했다.

언뜻 생각하면 다른 유럽 국가에서 우리도 한번 해보자고 욕심낼 법도 하다. 그러나 그럴 수 없는 복잡한 사정이 있다. 나중에 설명하겠지만. 일단 유럽 국가들은 라가르드 총재의 연임 쪽으로 방향을 일찌감치 정한 느낌이다.

역대 IMF 총재

역대	임기	성명	국적	주요경력	전공
1	1946.5.6 ~1951.5.5	Camille Gutt	벨기에	재무부장관	정치학
2	1951.8.3 ~1956.10.3	Ivar Rooth	스웨덴	스웨덴 중앙은행 총재	법학
3	1956.11.21 ~1963.5.5	Per Jacobsson	스웨덴	BIS 이코노미스트	법경제학
4	1963.9.1 ~1973.8.31	Pierre-Paul Schweitzer	프랑스	프랑스 중앙은행 부총재	법학, 정치학, 경제학
5	1973.9.1 ~1978.6.18	Johan Witteveen	네덜란드	재무부장관, 부총리	경제학
6	1978.6.18 ~1987.1.15	Jacques de Larosiére	프랑스	재무부 장관	법학
7	1987.1.16 ~2000.2.14	Michel Camdessus	프랑스	프랑스 중앙은행 총재	경제학
8	2000.5.1 ~2004.3.4	Horst Köhler	독일	EBRD 의장	경제학
9	2004.6.7 ~2007.10.31	Rodrigo Rato	스페인	경제성 장관, 부총리	경영학
10	2007.11.1 ~2011.5.18	Dominique Strauss-Kahn	프랑스	경제금융부 장관	법학, 정치학, 경제학

자료출처: IMF

마지막으로 가장 중요한 것이 미국의 지지이다. 미국은 단일국가로서 최대인 17%에 육박하는 지분을 갖고 있다. 더욱이 거부권을 가지고 있다. 미국의 이익에 반한다고 생각하면 총재가 될 수 없도록 하는 힘을 가지고 있는 것이다. 그런 의미에서 미국이 연말이 가기 전에 IMF 현안을 해결해준 것은 라가르드 총재에 대한 신뢰, 그리고 연임에 대한 동의라고 본다.

라가르드 총재에게 두 가지 안건 처리에 대한 축하 겸 연말인사를 건넸다. 역시 그녀는 탁월한 정치인이었다. 나도 잊어먹고 있던 비디오 이야기를 꺼냈다. 내가 보낸 한국영화를 아직 못 봐서 미안하다고 했다. 기계가 없어 그랬다며 자기 아들이 사 와서 이번 휴가기간 중 보겠다고 했다. 저런 기억력과 남을 배려하는 마음이니 싫어하는 사람이 없지 싶었다.

배리 이사와 함께 방으로 돌아오는데 그가 갑자기 물었다. 만약 총재가 개도국 몫이 된다면 한국은 후보로 내세울 사람이 있냐고. 그게 당장 되겠냐고 답했더니 그는 그리 먼 일이 아닌 것 같다고 이야기했다. 그러면서 이미 호주는 개도국 사람이 나오면 그를 지지하기로 방향을 정했다고 했다. 이건 도대체 무슨 소리인가? 라가르드 연임을 이야기하고 있는데 개도국은 뭐고 호주는 뭘 지지한다는 건가?

생각해보니 그의 말이 일리가 있었다. 호주 사람들은 벌써 5년 후를 보고 있었다. 그의 말처럼 우리에게 다음번 총재를 할 수 있는 기회가 소리 없이 찾아오고 있다.

이번 자본금 증액으로 미국과 유럽 지분율의 합계는 53%로 떨어졌다. 자본금 증액은 또 해야 한다. 위기에 대비해서 IMF가 가진 돈이 부족하다는 의견이 많기 때문이다. 만일 증액을 하게 된다면 중국, 인도 등 개도국이 많이 부담할 수밖에 없다는 것이 중론이다. 다음번 증액이 되고 나면 개도국의 쿼타 비율이 50%를 넘을 가능성이 대단히 높다. 이는 중요한 의미이다. 개도국이 유럽 일변도의 미국과 유럽 간 묵계에 대해 거부권을 갖는다는 의미이기 때문이다. 물론 개도국도 자기가 원하는 후보를 관철시키기는 힘들다. 미국의 거부권이 있기 때문이다. 유럽 국가들이 서둘러 라가르드 지지로 결론 낸 것도 이런 이슈가 조기 점화되는 걸 원치 않았기 때문이라 하겠다. 또 개도국들도 확실한 50%를 넘기기 전에 힘 빼기를 원치 않았기 때문에 라가르드 지지로 결정한 것으로 보인다.

개도국 지분이 50%를 넘을 가능성이 높은 상황에서 맞이하게 될 다음번 총재 선출은 어떤 모양이 될까? 어려운 상상이지만 나는 UN식 선출방법이 도입될 가능성이 높다고 생각한다. 대륙별로 한 번씩 기회가 주어지는 것이다. 그러면 첫 번째 순서가 가장 역동적인 아시아일 가능성이 높다. 한국, 중국 그리고 일본이 있기 때문이다. UN의 경우 강대국이 사무총장을 하지 않는 점을 고려하면 우리에게 기회가 주어질 가능성이 높은 거다. 배리 이사는 이를 내다본 것이다.

그런 기회를 잡으려면 지금부터 준비를 해야 한다. 우리는 UN 사무총장을 배출한 국가라 다소 불리할 수 있다. 그러나 노력하면 불

가능한 것만은 아니다. 무엇보다 사람을 키워야 한다. 영어를 완벽하게 구사하는 사람을 내세워 각종 국제기구나 회의 등을 통해 능력을 인정받도록 해야 한다. 안면을 넓히고 폭넓은 인적 네트워크를 쌓도록 해야 한다. 유럽 국가는 IMF 총재를 만들기 위해 오래전부터 대비를 시킨다고 한다. 글로벌 감각이 있는 인물을 장관으로 기용하고 국제사회에서 인맥을 쌓게 한다. 라가르드 총재가 등장하기까지의 과정이다.

이보다 더 중요한 일은 IMF를 포함해 국제사회에 대한 기여를 늘리는 것이다. 국제사회는 결코 어리석지 않다. 한마디로 공헌한 만큼 대우해준다. 이제 우리는 16번째 지분국가로서 자부심을 가지고 그에 상응하는, 혹은 이를 넘어서는 기여와 참여를 해야 한다. 장기 포석인 것이다.

우리나라 사람이 IMF 총재가 된다는 꿈을 우리는 가져야 한다. 또 현실이 될 가능성도 대단히 높다. 그런 의미에서 우리는 행복하다고 나는 생각한다.

프랑스 사람
라가르드

───

　　프랑스는 켈트계, 게르만계 그리고 라틴계 사람들
이 주류이다. 아프리카나 중동계 이민도 받아들였기 때문에 다인종
사회라고 할 수 있다. 프랑스가 특정 인종 중심의 사회가 아니고 프
랑스로 결속되어 있는 것은 프랑스 대혁명에 대한 자부심 때문이다.
자유·평등·박애로 요약되는 대혁명의 이념을 다르게 표현하면 다
양함을 존중하는 것이다. 소수자도 차별하지 않고 힘 있다고 해서
특권을 인정하지도 않는 것이다. 국제회의에서 프랑스 대표들이 시
장경쟁 못지않게 강조하는 것은 사회적 연대(Social Solidarity)이다.
프랑스 사람들은 자신의 인간다운 삶이 존중받고 같은 언어를 쓰고
그림, 와인, 요리 등으로 대표되는 프랑스 문화를 공유하면서 성, 인

종, 경제력과 상관없이 프랑스라는 나라에 결속되는 것이다.

프랑스 파리의 샤를드골 공항 주차타워의 요금계산소는 맨 꼭대기 층에 있다. 모든 차는 꼭대기까지 올라갔다가 다시 1층으로 나가야 한다. 그래서 차를 세울 때 두 가지 경우 중 선택을 해야 한다. 빨리 차를 세울 거면 낮은 층, 그리고 나중에 조금이라도 빨리 나오고 싶으면 꼭대기 층 가까운 데를 선택하면 된다. 들어가고 나올 때 모두 좋은 자리는 없다. 미국 같으면 1층에 정산소를 만들고 자리에 따라 요금을 차별화했을 것이다. 요금을 많이 지불할 의사만 있으면 빨리 차를 세우고 나중에도 먼저 나올 수 있다. 프랑스 방식의 좋은 점은 요금으로 차별화되지 않으면서 자기 형편에 따라 장소를 고를 수 있다는 것이다. 신경 쓰기 싫으면 아무 데나 세워도 된다. 모든 사람이 꼭대기까지 올라갔다 와야 하는 건 같으니까. 동시에 이 방식의 최대 단점이기도 하다. 모든 사람이 다 올라갔다 와야 한다는 건 사회 전체적으로 시간과 자원을 효과적으로 쓰지 못하는 것이다. 그걸 감수하는 나라가 프랑스이다.

라가르드 총재는 그런 프랑스 사람이다. 그녀를 상징하는 건 다양함이다. 그녀는 세련되고 우아하다. 싱크로나이즈드 수영 국가대표 출신답게 크고 늘씬한 몸매에 옷맵시가 화려하다. 미국에서 고등학교를 다녔고 다국적 로펌에서 오래 일했기 때문에 영어를 잘한다. 프랑스인 특유의 악센트가 없는 것은 아니지만 정통 영국식 영어를 자유롭게 구사하며 좌중을 압도한다.

크리스틴 라가르드 총재

그녀는 늘 남을 자상하게 배려하고 관심을 표시한다. 부드러운 카리스마, 따뜻한 리더십이다. 작년 이사회 연찬회 때 일이다. 일정을 마치고 단체사진을 찍을 때였다. 모두가 포즈를 취하고 그녀가 나타나길 기다렸다. 그녀가 앉을 맨 앞줄 가운데 자리를 비워두었다. 멀리서 그녀가 나타났다. 그녀는 우리가 기다리고 있는 걸 보더니 허겁지겁 뛰어왔다. 그러면서 몇 번이고 미안하다고 했다. 난 그때부터 라가르드 총재의 팬이 되었다.

라가르드 총재는 힘이 세다. 세계경제를 지휘하는 IMF의 수장이기 때문이다. 어디를 가든 국가원수급 경호를 받는다. 많은 정상들이 그녀의 눈치를 보는 만큼 그들 위에 있다고 할 수도 있다. 그녀는 권력과 관계가 깊다. 확인하지는 못했지만 세계에서 전용기를 가진 유일한 장관인 프랑스 재무부의 최초 여성 장관으로 재무부를 무려 5년(2007~2011년)이나 이끌었다. 프랑스의 대통령 후보로 기회가 있을 때마다 거론된다.

IMF는 최고의 엘리트들이 모여 있는 조직이다. 오랫동안 세계경제를 조타해왔기 때문에 경험과 지식도 풍부하다. 전임 총재들처럼 주어진 역할을 충실히 하면 어려움 없이 좋은 총재라는 말을 들을 수 있다. 하지만 그녀는 총재로서의 힘을 IMF를 변화시키는 데 쓰고 있다. 키워드는 프랑스 사람답게 다양성, 개별국가에 대한 이해와 존중이다.

라가르드 총재는 IMF가 시장이 놓치는 부분을 보아야 한다고 강조한다. 개별국가 상황을 충실히 고려할 것을 주문한다. 자유변동환율과 수요공급 원리가 놓치는 걸 볼 것을 주문한다. 소득분배, 기후변화, 여성 문제를 기회가 있을 때마다 제기하는 것에 대해 IMF 본연의 임무가 아니라는 지적과 내부 불만이 있다. 그렇지만 그녀는 끄떡하지 않고 자기주장을 되풀이했다. 이 문제들이 거시경제적 함의가 있다는 그녀의 주장은 이제 조금씩 공감을 얻어가고 있다.

이제 IMF는 소득분배를 이야기하고 최저임금 강화나 사회보장 확대를 자연스럽게 권고한다. 이건 큰 변화이다. 홍콩은 원래 최저임금제도가 없었다. 경제 체제가 시장원리에 충실했기 때문이다. 2009년 홍콩도 마침내 최저임금제도를 도입하려고 했다. 이때 IMF의 권고는 그런 제도가 시장의 작동을 어렵게 하므로 하지 말라는 것이었다. 즉 임금은 시장에서 수요와 공급에 의해 자연스럽게 결정되어야 하는데 최저임금은 이를 어렵게 한다는 것이다.

금년 6월 22일 미국과의 연례경제협의 결과 발표는 라가르드 총재가 직접 했다. 통상 미션팀장이 하는 것이지만 미국이라 그러려니 했다. 이날 발표에서 라가르드 총재가 미국 정부에게 권고한 1번 정책은 최저임금을 올리라는 것이었다. 또 빈곤계층에 대한 사회보장 수준을 높여야 한다고 지적했다. 미국경제의 양극화가 심해지고 빈곤문제를 방치할 수 없는 수준이라는 지적이었다. 미국경제가 좋아지고는 있지만 구조적 문제를 방치하면 지속적인 성장을 기대할 수 없다는 경고를 곁들였다. 라가르드 총재는 미국이 선진국 중 법정 유급출산휴가가 없는 유일한 나라라고 지적하면서 마무리했다. 기존 IMF라면 유급휴가를 법으로 규정하지 않은 것을 시장원리에 충실한 것이라고 했을 것이다.

그녀가 다양성 문제를 본격적으로 제기하고 있는 것은 IMF 사무국 직원 채용 문제이다. 직원을 선발할 때 성별, 지역별, 학교별 다양성을 높여야 한다는 것은 라가르드 총재가 취임하기 전부터 추진했다. IMF는 1997년부터 매년 실적을 점검하고 개선방안을 논의해왔다. 라가르드 총재가 부임한 2011년부터 보다 무게감 있게 추진되고 있다.

여성 비율을 늘려야겠다는 것은 오래전부터 추진해온 일이고 총재의 최고 관심 사안이다. 취임 당시 직원 중 여성 비율은 43.7%, 특히 이코노미스트(Economist) 중 여성 비율은 26.2%였다. 작년에 이 비율은 44.5%, 27.1%로 다소 높아졌다. 신규채용자 중 여성의 비율도 확연히 높아졌다. 라가르드 총재 재임 기간 신규채용자 중 여성 비율은 전임총재 5년간에 비해 전체로는 31.5%에서 34.8%로, 이코노미스트는 21.5%에서 29.5%로 높아졌다.

총재는 회원국 고위직들로부터 자국 출신을 뽑아달라는 부탁을 많이 받는다. 그녀의 준비된 답변은 여성을 보내주면 적극 고려하겠다는 것이다. 봄 총회에 참석해서 그녀를 만난 우리 부총리도 같은 답을 들었다. 그녀는 이를 본격적으로 추진하기 위해 금년 7월 연임 임기를 시작하자마자 인사국장을 여성으로 바꿨다.

그녀의 다양성 작업에서 뚜렷한 진도를 보인 것은 지역별 채용 문제였다. 과거 IMF 직원의 주류를 이룬 것은 미국, 캐나다 등 북미 출신들이다. 1997년 전체 중 44.2%, 이코노미스트 중 33.2%였다. 그에 비해 동아시아지역 출신은 소수였다. 전체 직원 중 9.5%, 이코노미스트 중 8.1%에 불과했다. 총재가 취임한 2011년 11.5%, 10.7%로 소폭 개선되었고 2015년에는 이 비율이 19.7%, 18.4%였다. 거의 두 배 가까이 늘어난 것이다. 우리나라 출신 직원은 2008년 16명이었으나 2009년 38명으로 두 배 이상 늘었다. 그래서 라가르드 총재 취임 이후 절대규모가 크게 늘진 않았다. 그렇지만 역사상 최초로 한국인 아시아태평양국 국장을 배출했다. 총 17명에 불과한 IMF 국장 자리는 실무직으로선 최고 레벨이다. 국장 바로 위에 4인의 부총재가 있지만 사실상 정치적으로 최대 지분국인 미국, 일본, 중국이 한자리씩 하고 여성 몫이 한자리이다. 국장은 전문지식과 영어가 뛰어나야 하고 국가적 역량이 뒷받침되어야 하므로 더 어려운 자리이다. 장관급 인물이 오는 경우도 많다. 금융국 국장인 호세비 날이 스페인 재무장관 출신이다.

꿈쩍도 하지 않는 지표도 있다. 학교 간 균형 문제이다. IMF가 거시경제문제를 다루는 조직이다 보니 미국명문대 경제학 박사를 딴 사람이 주류를 이루고 있다. 북미지역 대학에서 학위를 한 사람의 비중이 2011년 65.1%, 2015년 65.2%였다. 유럽지역 대학에서 학위를 한 비중이 2015년 31.7%였다. 북미와 유럽 두 군데를 합치면 96.7%로 대부분을 차지한다고 하겠다. 아시아 지역은 2% 수준이다. 학교 간 균형도 고려하라고 하면 사무국에서 가장 불만을 많이 제기하는 부분이기도 하다. 영어는 물론 거시경제학의 확실한 백그라운드가 없으면 일을 할 수 없다고 한다. 그래도 우린 같은 학교 출신끼리는 위아래를 같이 하지 않는 걸 불문율로 하고 있으니 다른 기구보다는 사정이 좋은 것 아니냐고 한다. 아시아 지역 이사도 그렇지만 30%가 넘는 유럽 이사들도 불만이 많다. 영국 출신 빼면 별로 없다는 것이다. 독일 이사는 이 문제만 나오면 독일의 대학 출신들도 훌륭하다고 주장하지만 별 효과는 없는 것 같다.

라가르드의 IMF 개혁, 다양한 사람들이 모여 개별국가 사정도 충분히 이해하면서 시장이 간과하는 문제도 잘 파악하는 조직으로 만들려는 실험은 그녀의 임기 내내 계속될 것으로 보인다. 그녀 스스로 집념도 강하지만 시대정신도 다양성과 대표성, 소수자에 대한 배

IMF 라가르드 총재와 함께

려를 강조하고 있기 때문이다. 능력 있는 사람에 대한 역차별이라는
목소리가 힘을 받긴 어려워 보인다.

우리나라 사람들이 프랑스 사람들과 비슷하다는 이야기가 있다.
프랑스 사람들이 성질이 다소 급하고 털털하다는 면에 주목해서인
것 같다. 나는 이 견해에 동의하지 않는다. 특히 다양성에 관한 한
우린 사뭇 다르다. 남존여비, 지역차별 그리고 뿌리 깊은 학벌주의
에 이르기까지. 능력 본위로 가면 된다고 주장할지 모르지만 거미줄
망처럼 차별과 편 가르기가 일상화된 현실에서 진정한 능력을 가를
수 있는지도 의문이다.

시장경제에서 능력은 중요하다. 국제경쟁에서 이기려면 그 중요
성은 더욱 커진다. 하지만 사회적 연대의식이 깨져버린다면 경쟁에
서의 승리를 기대할 수도 없고, 한다 해도 갈등만 있을 뿐이다.

다시 주차타워 이야기를 해보자. 한국 사람은 요금계산소를 어디
다 놓을까? 우린 미국 사람처럼 1층에 만들 것이다. 꼭대기에 만드

는 순간 모두 꼭대기까지 올라가게 한다고 비난이 폭발할 것이기 때문이다. 그렇다고 가격은 차별화할 수 없다. 많은 차들이 들어와서 좋은 자리에 세우려고 빙빙 돌아다닐 것이다. 결국 혼잡해지고 사고라도 나면 적절히 안내해주는 관리자가 필요할 것이다.

⠆

IMF에서
근무하고 싶은
후배들에게

———

　재정국(FAD) 인사담당 부국장인 길버트와 만났다. 우리 정부에서 돈을 대고 IMF에서 2년 동안 일하는 EFA(Externally Financed Appointees) 프로그램 대상자를 협의하기 위해서이다. 그는 기획재정부에서 지망한 A국장과 B과장 두 사람이 합격했다고 알려주었다.

　자기들은 한국 정부가 반대하지 않는다면 B 과장을 뽑고 싶다고 했다. 나는 깜짝 놀랐다. 둘 다 미국 명문대학에서 박사학위를 받은 사람이고 유능하지만, 정부 입장에서 보면 A 국장이 낫다고 보기 때문이다. 그는 IMF 근무를 몹시 원하기도 했다. 길버트 부국장이 B 과장을 선호하는 이유는 간단했다. 그의 박사학위 논문 주제가 자신들이 관심을 갖고 있는 이슈이기 때문이라는 것이다. 나는 장황하게 A 국장이 얼마나 뛰어나고 유능한지를 설명했다. 그러나 그는 요지 부동이었다. 자기들은 B 과장이라면 한국 정부의 지원 없이 IMF의 정규직원으로 뽑고 싶다고까지 했다.

나는 그와 대화하면서 IMF가 어떤 사람을 원하는지를 알게 되었다. 우리는 객관적으로 우수하다고 생각되는 사람을 뽑고, 그다음에 그들을 어떻게 배치해서 일할지 생각한다. 솔직히 말하면 학벌이 좋고 시험성적이 뛰어나면 어떤 일이든 잘할 것이라고 여긴다. 그런데 여기는 다르다. 필요한 분야를 구체적으로 정해놓고 적합한 사람을 찾는 것이다.

● **IMF의**
   인력현황
   ──

IMF 직원은 크게 이코노미스트와 전문직원(Specialized Career Stream)으로 구분된다. 이코노미스트는 세계 및 각국의 경제상황과 정책을 분석하는 일을 한다. 전문직원은 전산, 행정 등 지원업무를 수행한다. 직급은 일반직원인 A급과 관리자급인 B급으로 구분되며, A급은 A1부터 A15까지 15단계가 있고 B급은 B1부터 B5까지 5단계가 있다. B5가 실무 최고직위인 국장급이다.

전문직원은 A1부터 시작하는 데 비해 이코노미스트는 학위 외에 별다른 경력이 없더라도 A9 이상의 직급에서 시작한다. 2016년 4월 현재 IMF의 전체 직원 2,613명 가운데 이코노미스트는 54.2%인 1,415명이며 전문직원은 45.8%인 1,198명이다. B레벨 이상 관리자는 전체 직원의 약 13%인 347명이다. 관리자가 되기 위해서는 치열한 경쟁에서 살아남아야 한다는 것을 의미한다.

한국인 직원의 수는 꾸준히 증가하고 있다. 2016년 현재 전체 직원의 1.3%인 43명이다. 우리나라의 쿼타가 1.8%인 점을 감안하면 우리나라의 기여도에 미치지 못한다. 다만 이코노미스트는 27명으로 전체의 1.7%이며 우리나라의 지분 비중에 근접하고 있다.

IMF는 미국 내에서도 아주 훌륭한 직장이다. 급여나 연금 등의 대우가 좋고, 평생직장으로 일할 수 있는 안정성도 높기 때문이다. 거시경제나 국제금융 분야에서는 최고의 전문성을 인정받고 있다는 점도 강점으로 꼽힌다.

당연히 IMF에서 일하기는 쉽지 않다. 영어를 모국어로 하는 미국이나 영국, 캐나다 출신으로 명문대학에서 경제학 박사학위를 받은 사람도 치열한 경쟁을 뚫어야 한다. 이코노미스트는 미국과 캐나다 대학 출신이 주류를 이루고 있다. 2015년 현재 미국과 캐나다에서 박사학위를 받은 직원이 전체의 64.9%에 달한다. 이 가운데서도 아이비리그 대학 출신이 절대적 다수이다. 중국과 일본, 우리나라를 포함한 아시아 지역 학교에서 박사 학위를 받은 직원은 전체의 2%에 불과하다.

IMF는 여성은 물론, 미국 이외 지역의 출신이나 학교 졸업자에게 문호를 넓혀 나가고 있다. 우리나라 사람의 입장에서는 IMF에서 일할 수 있는 기회가 상대적으로 높아지고 있다고 하겠다. 또 우리나라가 IMF에 대한 기여를 늘리면서 IMF와의 접점이 확대되고 있는 점도 긍정적 요인이다.

● 어떻게 하면
IMF에서 일할 수 있을까?
—

IMF의 신규 채용문인 이코노미스트 프로그램(Economist Program, EP)은 박사 학위를 취득한 사람만을 대상으로 한다. 채용인원이 정해져 있지는 않지만 대체로 매년 20명 내외를 뽑는다. 전공분야에 관해 제한을 두고 있지는 않지만 업무 특성상 국제금융 및 국제경제 분야 전공자를 선호한다. 그러나 미시경제, 노동 등 분야의 전공자도 채용되는 걸로 보아 차별적으로 선호되지는 않는다고 하겠다.

채용담당자가 주요 명문대학을 직접 방문하거나 매년 1월에 전미경제학회(American Economic Association)가 주관하는 글로벌 채용시장에서 지원자들을 면접하여 채용후보자를 뽑는다. 최종적으로는 1차 인터뷰를 통과한 지원자들을 IMF 본부로 초청해 채용담당자와 관리자급 이코노미스트들로 구성된 패널 인터뷰를 해서 합격자를 결정한다.

패널 인터뷰에서는 박사학위 논문, IMF 업무와 각국 경제정책에 대한 전반적인 이해가 중요시된다. 학위논문은 질적인 면에서도 우수해야 하지만 이론적인 것보다 정책적 함의를 담고 있는 논문을 선호한다. IMF의 기능과 업무, 최근 주요 이슈 등을 이해하고 있으면 좋은 평가를 받을 수 있다. 이러한 점에서 IMF의 각 부서에서 통계 및 자료 정리 등의 보조업무를 수행하는 인턴 프로그램을 학위 과정 중에 체험한 지원자들이 유리하다. 인턴 과정을 마무리하는 시점에서 관리자가 업무평가를 하는데 그 성적이 우수할 경우 향후 EP 프로그램에 지원했을 때 채용될 확률이 크게 높아진다. 실제로 최근 EP 프로그램을 통해 채용된 직원의 30~40%가 IMF의 인턴 프로그램을 경험한 경우라고 한다. 인턴 프로그램은 이력서와 자기소개서, 지도교수의 추천서만으로 공개 선발하는데 지도교수의 명성과 영향력이 높고 적극적으로 추천 받을수록, 연구주제가 지원 부서의 업무와 부합할수록 선발될 가능성이 높다.

IMF는 신규 채용보다 훨씬 많은 사람을 경력직으로 뽑는다. 홈페이지를 통해 온라인으로 응모할 기회가 연중 제공된다. 응모자들을 대상으로 1년에 세 차례씩 정기적으로 채용 테스트를 실시한다. 채용 테스트는 작문과 패널 인터뷰이며 이를 통과하면 IMF의 각 부서에서 공석이 발생할 경우 지원할 수 있는 자격을 부여 받게 된다. 이러한 자격은 공식적으로 2년간 유효하지만 대개의 경우 계속해서 새로운 지원자들이 추가되기 때문에 1년이 지나도 채용되지 못하면 가능성이 거의 없다고 한다.

경력직에는 석사 학위자도 지원이 가능하며 자신이 가진 전문성을 인정받으면 채용될 수 있다. IMF 직원들과 같이 일해 본 경험이 중요하며, 이러한 기회가 많은 기획재정부나 금융위원회, 한국은행, KDI와 같은 국책 연구기관에서 근무하는 것이 현재로는 다소 유리하다. 해당 기관에서 IMF와 관련이 있는 업무를 담당한 경험이 풍부한 사람일수록 채용 심사과정에서 높은 평가를 받는다. IMF 직원들이 회원국 정부나 주요기관과 일하면서 우수하다고 생각되는 사람을 경력직으로 초대한다고 생각하면 될 것이다.

이외에도 특정한 자리에 공석이 발생한 경우, 혹은 특정한 업무수요가 발생한 경우 온라인 지원이나 패널 인터뷰 과정 없이 직접 채용공고를 내는 경우도 있다. 이 경우 그 자리가 요구하는 직무 능력과 자신의 경력이 맞으면 채용될 수 있다. 예컨대 IMF가 금융검사시스템을 연구하기 위해 해당분야 경력자를 뽑는다면 우리나라 금융감독원에서 근무한 사람이 채용될 가능성이 높을 것이다.

IMF에서 일하려면 영어 실력이 뛰어나야 한다. 자신이 가진 전문성을 정연하게 표현하는 것이 중요하다. 각종 대내외 보고서를 작성하는 것이 주 업무인 IMF에서는 영어회화 능력보다는 작문 능력을 중요시한다. EP 프로그램의 작문 테스트에서는 주어진 시간 내에 보고서를 읽고 이를 레터용지 한 장 분량에서 비판적으로 평가하도록 요구한다. 경력직 채용에서는 경제정책과 관련된 주제를 주고 1시간 30분 이내에 자신의 견해를 피력할 것을 요구한다. 가장 좋은 준비 방법은 IMF가 발표하는 각종 보고서를 꾸준히 읽어 보는 것이다. 보고서를 계속 읽다 보면 IMF의 독특한 단어와 문장 사용법에도 익숙해질 것이며 본문을 전개해가는 정형화된 틀을 알 수 있게 된다. IMF식의 논리전개 방식과 영어 작문에 익숙해지는 것이 단순히 영어회화를 공부하는 것보다 IMF 채용에 훨씬 중요하다.

구체적인 채용과정은 직접 경험한 것이 아니므로 현실감 있는 설명을 위하여 최상엽 박사와 정여진 과장에게 자문을 구했다. 두 사람은 각각 Economist Program과 mid-career program으로 한국인 가운데는 가장 최근 입사한 재원들이다.

⠒

이래 가지고
회사가
돌아가겠어?

—

　4월의 봄 총회를 앞둔 이때가 1년 중 가장 바쁘다. 회의에서 논의될 각종 안건을 준비해야 하기 때문이다. 세계경제 전망이나 각국 정부에게 보내는 정책권고를 최종적으로 다듬는 시기이다.

　내 옆자리에 앉는 네덜란드 이사인 스넬은 참 똑똑한 친구이다. 아는 것도 많지만 회의 중 발언을 들어보면 '그래 나도 저렇게 말하고 싶었는데.' 하는 말만 꼭 짚어서 이야기한다. 그런 그가 가장 바쁜 이 시기에 이사회에 나타나지 않았다. 대리이사인 키건과 선임자문관인 사라가 그를 대신해 참석했다. 하루는 사라에게 물었다. 스넬이 어디 아프냐고. 뜻밖의 답이 돌아왔다. 그의 아들이 봄방학이라 가족여행을 갔다는 거다. 사라가 덧붙였다. 지금 아니면 아들하고 시간을 맞출 수 없어서 스넬이 쉬는 쪽을 택했다는 거다.

우리 같으면 상상할 수 없는 일이다. 처음이라면 이해를 못 했겠지만 IMF 근무 이력이 붙다 보니 나도 이해의 폭이 꽤 넓어졌다. 우리는 어려서부터 선공후사라는 걸 금과옥조처럼 배운다. 나는 아들이 세상을 본 그 순간 병원에 1~2시간 있었다. 사무실이 아주 바쁠 때라 죄의식까지 느꼈다. 아이가 태어난 남자 직원이 하루 쉬었더니 네가 애 낳느냐고 야단맞았다는 이야기가 횡행하던 시절이었다. 그런데 여기는 선사후공, 아니 선사후사가 아예 원칙인 것 같다.

지난해 IMF에서 처음 새해 첫날을 맞았다. 이곳의 새해 첫 근무 날은 1월 6일, 조금은 긴장된 마음으로 출근했다. 그런데 IMF의 새해 첫날은 조용했다. 우리나라 같으면 할 법한 총재의 신년사로 시작하는

뉴질랜드 대리이사 비키(앞줄 왼쪽 네 번째) 환송 기념으로 찍은 우리 이사실 단체사진

시무식은 없었다. 반면 한국에서의 첫 근무 날은 온 사무실을 돌며 인사했고 처음 며칠은 소위 상전기관에 인사했다. 협회 등이 주관하는 신년인사회를 다니는 것도 큰일이었다. 이곳은 그런 게 없었다. 어쩌다 만나는 아는 얼굴들도 씩 웃으며 "해피 뉴 이어!" 하며 지나가는 게 전부였다. 뿐만 아니다. 반쯤은 안 보였다. 물어보니 특별한 일이 없어서 휴가를 내고 가족들과 신년 여행에 갔다고 한다. 모든 직원들이 모여 제대로 돌아가려면 1월 중순은 넘어야 한다.

여름도 마찬가지이다. IMF는 8월에는 이사회를 거의 하지 않는다. 이사실은 휴가모드에 들어간다. 공식적으로 휴가를 가지 않는 사람도 사무실에 거의 얼굴을 비치지 않는다. 할 일이 없고 아무리 더워도 사무실을 지켜야 하는 우리와는 사뭇 다르다.

처음 와서 이해가 되지 않던 일 중 하나는 아프다고 직원들이 툭하면 사무실에 나오지 않는 일이었다. 대부분 큰 병이 아니었다. 감기에 걸렸거나 혹은 배탈이 났거나, 어떤 사람은 '그냥 아프다(Feel Sick)'가 이유였다. 우리는 병원에 실려 가는 일 아니면 사무실에 나와야 하는 게 아닌가. 여기서도 한국 직원들은 웬만큼 안 좋아도 사무실을 씩씩하게 지킨다.

눈 오는 날은 정말 행복하다. '스노우 데이'라고 해서 쉬기 때문이다. 눈이 많이 내리면 며칠이고 쉰다. 그뿐 아니다. 눈이 조금이라도 내려서 교통이 불편한 경우에는 '2 hour delay', '3 hour delay'라고 해서 조금씩 늦게 가는 경우도 있다. 걸어서 출근하는 난 이런 날이 무척 좋다. 느지막하게 아침을 먹고 쉬었다가 출근하면 되기 때문이다. 그런데 출근하면 지하철이 눈 때문에 두 시간 걸렸네, 세 시간 걸렸네 하는 사람들이 많이 있다.

처음에는 이래 가지고 무슨 일을 할까 싶었다. 또 여긴 정말 편한 곳이라고 생각했다. 그렇지만 1년 6개월이 지난 지금 생각이 많이 바뀌고 있다. 이제 우리나라 조직이 일 잘하는, 생산성 높은 조직인가에 대해 의문이 많아졌다. 이곳에서는 쉴 땐 쉬지만 정작 보고서가 올라와야 할 땐 어김없이 훌륭한 보고서가 나오기 때문이다.

IMF는 월·수·금 세 번 이사회를 한다. 하루에 보통 서너 건 이상의 안건을 논의한다. 2015년의 경우 이사회를 1년간 총 214회 개최했다. 비공식 이사회 등을 포함하면 373회의 회의를 했다. 하루에 한 번 이상 모인 셈이고 휴가 등으로 한 달 정도를 쉬는 걸 생각하면 훨씬 자주 모였다고 하겠다. 논의된 안건이 총 260건이었다. 정책보고서가 66건, 회원국 경제보고서와 프로그램 지원 관련 의결안건이 194건이었다. 숨 막히게 돌아갔다는 게 맞는 표현이다.

이사회에서 제대로 역할을 하려면 매일 집으로 보고서를 가지고 와서 읽어야 한다. 오죽했으면 나랑 같이 일하는 박일영 국장은 오고 나서 바로 다음날 잘못 왔다는 생각이 들었다고 했을까?

휴가 갈 거 다 가고 개인사정 다 봐주고도 많은 일을 하는 높은 생산성의 첫째 비결은 철저한 시간관리이다. IMF는 해야 할 일이 구체적인 날짜까지 정해져서 1년 계획으로 나온다. 보고서 논의 시기를 역산해보면 모든 사람이 자기가 언제 무엇을 해야 하는지를 알게 된다. 그 스케줄에 맞추어 일하고 휴가 갈 때를 정할 수 있다.

안건을 작성하는 데도 불필요한 노력을 하지 않도록 제약이 있다. 사무국은 정해진 자수 이내로 보고서를 작성해야 한다. G20처럼 중요한 나라에 대해서는 9,500자까지 허용하지만 대부분 6,500자 이내에서 완성해야 한다. 사무국 직원들이 보고서를 가지고 치열하게 경쟁하지만 양으로 승부하는 걸 차단하려는 의도라고 하겠다. 또 이사실이 보고서를 검토하는 시간도 합리화하려는 의도이다.

보고서를 논의할 때도 모든 사람이 시한을 지켜야 된다. 사무국은 정책보고서는 회의 3주 전, 개별국가 관련 안건은 2주 전까지 만들어 이사실에 보내야 한다. 각 이사실에서는 보고서를 검토해서 그레이(Gray)라고 하는 문서를 내야 한다. 국회의원들이 내는 대정부 질문지처럼 사무국 보고서에 대한 이사의 의견서라고 이해하면 될 것 같다.

그레이에도 시한이 있다. 정책보고서는 3일 전, 개별국가 안건은 이틀 전까지 내야 한다. 이 시한을 넘겨도 낼 수는 있지만 그 경우 사무국이 답변할 의무가 없다.

IMF가 시간을 절약하는 또 하나 이유는 결코 서두르지 않기 때문이다. 사례를 설명하면 쉽게 이해할 수 있을 것이다. 작년 가을 우크라이나 사태가 우크라이나 정부와 주채권자인 러시아 간 협상이 타결되어 진전을 보았다. 양국 간 협상의 내용을 브리핑해주는 긴급이사회가 열렸다. 사무국의 설명이 끝난 뒤 이사 한 사람이 질문했다. 이번 협상이 우크라이나 사태에 전체적으로 어떤 영향을 미친다고 보느냐? 우크라이나에 대해서는 안심해도 되느냐? 당연히 누구라도 관심을 가질 질문이었다. 사무국 직원의 답변은 "잘 모르겠다."였다. 다음 달에 우크라이나에 협의단을 보내는데 그 결과를 봐야 알겠고 두세 달은 기다려야 할 것 같다는 것이다. 우리나라에서 국회나 다른 위원회에서 그리 말했으면 혼쭐이 났을 것이다. 우리 정부 같으면 밤을 새워서라도 내용을 파악하고 임기응변식으로라도 평가와 대책을 내놓지 않을 수 없을 것이다. 과거 경험으로 보면 관련부서 직원들이 야근하는 것도 문제이지만 섣부른 초기대응이 상황을 악화시키는 경우가 훨씬 많다. 초기대응이 잘못된 것임을 알아도 고치기 어려워지기 때문이다.

IMF에서 시간을 많이 소모하지 않는 일이 있다. 사람을 보내고 맞이하는 일이다. 간단한 점심식사 한 번이 전부이다. 술을 먹는 일도 없다. 밥을 먹고 간단한 환영사나 잘가라고 이야기하는 게 전부이다. 조금만 같이 있었어도 헤어질 땐 몇 번의 술자리가 있어야 하는 우리와는 너무 다르다. 좀 썰렁하기도 하지만 오는 정이 없으니 가는 정을 크게 고민할 필요가 없어 좋다.

뿐만 아니다. 조직보다 사람에게 중점을 두고 시간관리를 해나가면 훨씬 사람의 일터가 될 거라는 생각이 든다. 정초에 인사한다고 여기저기 다니고 또 예외 없이 새해 결의를 다지는 신년사나 시간이 조금만 지나면 거짓말이 되는 새해 계획을 만드는 데 쓰는 시간만 아껴도 여기서처럼 연말연시나 여름에 더 많은 휴가를 쓸 수 있다는 생각이 들었다. 또 아프면 차라리 쉬는 게 남에게 병도 안 옮기고 훨씬 나을 거라고 생각하기 시작했다. 사람 가고 온다고 몇 날 며칠 술 먹고 어울리는 데 쓰는 시간은 더 말할 필요도 없다.

● 그레이와 버프

　IMF에서 일한 지도 2년이 되어간다. 어색하던 그레이(Gray)와 버프(Buff)도 많이 익숙해졌다. 보고서 앞머리 요약만 보고도 그림이 잡히기 때문이다.

　그레이는 국회의원이 내는 대정부 질문지 같은 것이다. 회색 용지에 쓰면서 색깔이 이름이 되었다. 안건과 관련해 사무국에게 질문하거나 찬성이나 반대의견, 대안도 제시할 수 있다. 버프도 누런 종이에 쓰면서 그런 이름이 붙었다. 버프는 안건 담당 이사가 다른 이사들이 그레이를 쓰는 데 참고하도록 내는 문서이다. 사무국의 정책권고에 대한 회원국 입장이나 보고서가 담지 못한 최근 동향 등을 적는다.

　사무국은 보고서를 최대 9,500 단어 이내로 작성해 적어도 회의

2주 전까지 이사실로 보낸다. 담당 이사는 버프를 회의 3일 전까지 내야 한다. 다른 이사들은 보고서와 버프를 종합해서 회의 이틀 전 오후 5시까지 그레이를 발표해야 한다. 월요일 회의는 주말 빼고 목요일까지이다. 사무국은 회의 하루 전 오후 5시까지 답변하는데 시한을 넘긴 그레이는 빼도 된다.

참석자 모두 서로의 입장을 알고 임하기 때문에 회의는 대부분 1시간 내 끝난다. 길어도 3시간을 넘기는 경우는 손에 꼽는다. 그레이를 기준으로 추가하거나 강조하고 싶은 것 중심으로 회의를 진행하기 때문이다. 그레이와 같은 내용을 지루하게 반복하는 사람이 없는 건 아니지만 쏟아지는 눈총 때문에 두 번 그러기는 쉽지 않다.

IMF 이사회는 지난해 260건의 보고서를 논의했다. 매주 월·수·금 세 번 회의가 원칙이지만 비공식모임이나 그리스 같은 긴급 논의 등을 포함 373회 회의를 했다. 그러면서도 5시 넘어서까지 회의를 한 날은 없다. 주말 회의도 없었다. 10시 시작이지만 안건이 많은 경우 30분 빨리 하는 게 고작이다. 많은 일을 하면서도 퇴근 후나 주말은 자기를 위해 쓸 수 있다. 그레이와 버프 덕이다. 물론 나는 야근하거나 집에 싸 가지고 가서 보고서를 읽은 적이 많다. 영어가 모국어가 아닌 사람의 숙명일 것이다.

우리도 회의를 많이 한다. 시간을 줄이는 노력도 했지만 지금은 흐지부지되었다. 생산성을 높이면서 일과 삶의 균형을 회복하기 위해 IMF 방식도 진지하게 고려할 필요가 있다.

2부
—

IMF 이방인이 본 세계경제 이야기
더욱 새로워진 시즌 TWO

∴
IMF,
오지 마라!

—

　　베네수엘라 경제현황에 대한 비공식 브리핑이 있었다. 원래는 사무국이 미션단을 파견해서 연례경제협의를 하고 그 결과를 이사회에서 논의해야 한다. 이 나라는 2004년 경제보고서를 마지막으로 IMF와의 협의를 중단하고 있다. 무려 128개월의 단절이다. 이런 경우 비공식 브리핑을 한다. 정보의 공백 상태를 조금이나마 해소하려는 생각에서이다. 공식 통계가 없기 때문에 사무국이 비공식 경로로 확보한 자료들로 보고서를 만든다. 그래서 비공식이다. 이 자료는 이사회에서만 보고하고 대외적으로 공개하지 않는다.

　　베네수엘라가 IMF를 거부한 것은 권투선수로 유명한 차베스 전 대통령의 경제정책을 비판할까 걱정했기 때문이다. 차베스의 경제

정책은 IMF와 맞는 데가 별로 없었다. 야당을 비롯해서 국내적으로나 대외적으로 비판의 목소리가 거셌던 때였다. IMF까지 가세하면 상처가 클 것을 우려했던 것이다.

차베스 대통령은 1999년 집권해서 14년간 통치하고 2013년 사망했다. 후임 마두로 대통령도 차베스의 아들을 자임하고 당선됐기 때문에 차베스의 정책은 그의 사후에도 이어지고 있다.

포퓰리즘으로 치부되곤 하는 차베스 대통령의 정책은 석유 수출로 벌어들인 수입을 가지고 서민과 카리브해 주변의 니카라과나 하이티같이 가난한 이웃을 도와주는 정책으로 요약할 수 있다. 대량으로 서민임대주택을 지어 공급하고 교육, 의료 등도 무상지원이었다. 또 주변의 어려운 나라들에게 제로금리에 가깝게 자금을 지원했다. 동시에 식량이나 의약품 등 각종 생필품 수입을 크게 늘렸다. 그리고 수입원가보다 싸게 이를 공급했다. 서민 생계비를 낮추기 위해 가격통제를 서슴지 않았다. 휘발유는 프리미엄급이 8원, 일반급이 1원을 약간 넘은 수준이었다. 이러한 정책을 편 결과 빈곤율은 줄어들었다. 2004년 전체 인구의 47%이던 빈곤가구가 21%로 줄었다고 한다. 당연히 그는 서민층으로부터 폭발적인 지지를 받았다. 가볍게 연임에 성공하고 후계자까지 당선시켰다.

이런 정책을 펼 수 있었던 원동력은 석유가 있었기 때문이다. 베네수엘라는 사우디아라비아를 제치고 석유매장량 세계 1위 국가이다. 2억 배럴을 넘는다고 한다. 차베스 대통령은 집권하자마자 석유회사를 국영화했다. 물론 광산, 전기, 은행 등 다른 주요산업도 국가로 소유권을 넘겼다. 석유로 번 돈을 모조리 재정으로 들어오게 해서 그 돈으로 무상복지 정책을 추진한 것이다.

석유수출로 번 돈을 잘 활용해서 국민을 가난에서 벗어나게 하고 물가를 싸게 유지했다면 IMF도 반대할 이유가 없다. 문제는 정도가 과도했다. 단기간 내에 성과를 올리려는 욕심이 경제에 무리를 준 것이다. 쉽게 이야기해서 벌어들이는 돈 이상을 썼다. 능력을 벗어난 많은 지출을 했다. 기름값도 싸게 하면 그만큼 수입이 줄어들 수밖에 없다. 부족한 돈은 중앙은행으로부터 빌려서 메꿨다. 돈을 찍어서 복지를 한 것이다. IMF는 중앙은행이 돈을 찍어 재정수입으로 쓰는 것을 반대한다. 엄청난 인플레이션의 원인이 되기 때문이다.

이보다 IMF를 자극한 것은 복수환율제를 운영했다는 점이다. 화폐발행이 크게 늘어나서 물가가 오르면 자국 화폐가치는 더욱 떨어지게 된다. 당연히 국민이나 외국인 투자가들은 베네수엘라 화폐보다 달러를 선호할 것이다. 그렇게 되면 물가를 더욱 자극하게 된다.

이를 막기 위해 환율을 두 가지로 운영했다. 시장에서 결정되는 환율이 있고 정부가 지정하는 환율이 있었다. 정부 환율이 낮기 때문에 사람들이 정부 공식시장으로 몰렸을 것이다. 공식 환율이 시장 환율의 절반이라고 해보자. 즉 1달러당 시장환율은 100원인데 공식환율은 50원이라면 어떤 일이 일어날 것인지. 수입해서 들어오는 물건값이 절반일 것이다. 외국환으로 표시된 국가부채도 줄어드는 모습을 보일 것이다. 그런데 문제는 이렇게 되면 국내시장에서 달러는 씨가 마른다는 것이다. 시장에 가면 두 배를 받을 수 있는데 누가 공식시장에 가서 달러를 내놓겠는가? 결국 정부가 외환시장을 통제하게 되고 정부로부터 달러를 받는 사람은 엄청난 특혜를 받는 것이다. 또 국가부채가 통계적으로만 작게 나타날 뿐 갚아야 하는 돈은 실제보다 훨씬 커진다. IMF는 설립 당시 회원국이 한 국가 내에서 복수의 환율제도를 운영하는 것을 금지하고 있다.

그리고 IMF는 자유로운 시장에 대한 신념에 기초해서 가격통제를 반대한다. 또 정부가 에너지 가격을 보조하지 말라고 한다. 물론 어려운 사람에게 그가 실제 생활에 필요한 유류를 사도록 보조금을 주는 걸 반대하는 것은 아니다. 베네수엘라처럼 전 국민이 싼 값으로 기름을 살 수 있도록 보조하는 정책을 반대하는 것이다.

기름이 많이 나는 나라에서 기름이라도 좀 싸게 한다는데 그걸 왜 반대하느냐고 할 수도 있겠다. 이런 정책의 폐해는 조금만 생각하면 너무나 자명하다. 기름이 물보다 싸니 너나 할 것 없이 차를 사서 몰고 다니려 할 것이다. 차는 수입해 와야 한다. 그러면 분명 필요 이상으로 차를 들여올 것이다. 기름은 이런 정책이 아니라면 더 좋은 가격에 수출해서 수입을 올릴 수 있는 기회를 없애 버릴 것이다. 아이러니한 것은 베네수엘라가 원유를 팔아서 번 돈의 상당 부분을 휘발유나 윤활유를 사는 데 썼다는 것이다. 자원배분이 왜곡되었다고 하는데 그 부작용은 너무나 크다.

　이런 정책적 모순이 총집결된 베네수엘라 경제는 문자 그대로 위기이다. 2014년 중반부터 시작된 유가하락이 뇌관이 되었다. 재정수입이 크게 떨어지는데도 베네수엘라 정부는 무상복지 정책을 고집했다. 오히려 확대했다고 한다. 경기를 살린다고. 그것을 중앙은행이 돈을 찍어 충당했다. 당연히 엄청난 인플레가 왔다. 물가상승률이 얼마인지는 아무도 모른다. 연간 700%라고도 하고 1,000% 이상이라는 사람도 있다. 원유 판매 수입이 줄어드니 수입을 줄였다. 그러다 보니 생필품이 바닥났다. 식량, 의약품이 부족하다고 한다. 경기는 침체되고 물가는 살인적으로 뛰는데 생필품은 없다. 외환보유고가 바닥나기 시작해서 그나마 가지고 있던 자산을 팔고 빚 갚는 걸 연기해도 상황은 더욱 나빠져만 간다. 돈 빌려주는 사람도 없으니 국가부도를 걱정하기에 이르렀다. 국민생활수준이 최악의 지경이다. 빈곤율이 다시 70%를 넘었다고 한다.

　물가상승률 몇백 퍼센트라고 하는 게 실감이 잘 나지 않을 것이다. 나도 경험해보지 않은 일이라 잘 모른다. 그래서 브라질 친구에게 물었다. 그는 정말 끔찍한 경험이라고 했다. 무엇보다 월급이 없어진다고 한다. 한 달이 지나면 가치가 폭락하므로 주급 다음엔 일급으로 달라고 한다는 것이다. 나중에는 돈 대신 공장에서 생산되는 물건으로 가져간다. 생필품이 귀해지고 가격이 오르니 시장에 가서 물건을 사려고 줄서는 게 일이다. 줄을 서서 기다리는 순간에 물건 값이 올라간다는 건 유명한 이야기이다. 한마디로 멀리 내다보고 하는 경제활동이 불가능해진다.

물가가 한 달에 50% 이상 오르면 하이퍼인플레이션이라고 하는데 역사상 최악은 1945년 8월부터 1946년 7월까지 헝가리가 경험한 것이다. 하루 207%였고 물가가 두 배 되는 데 15시간 걸렸다고 한다. 중남미 국가들이 유독 하이퍼인플레이션을 경험한 경우가 많다. 최근 가장 심했던 것은 1990년 페루가 경험한 것으로 물가상승률이 월간 397%, 하루 5.49%였다. 13일이면 물가가 두 배가 되었다고 한다.

베네수엘라 경제위기가 유가하락 때문인가? 아니다. 그것은 계기였을 뿐이다. 정책을 잘못했고 그 적폐가 쌓이고 쌓여 모순이 폭발한 것이다.

2004년부터 IMF가 냈던 경고음에 귀를 기울이고 문단속을 했으면 결과는 이렇지 않았을 것이다. 원유를 수출해서 먹고사는 나라가 많지만 기름값이 떨어졌다고 위기가 찾아오는 게 아니기 때문이다. 노르웨이 같은 나라는 석유수출로 번 돈을 완전히 별도로 관리한다. 지금 있다고 함부로 쓰지 못하게 한 것이다. 베네수엘라는 유가하락이라는 흔히 올 수 있는 상황에 대한 대비가 없었다. 서민을 생각한다고 펼친 정책이 서민의 생계를 가장 위협하는 정책이 된 것이다.

IMF는 이런 상황을 사전에 방지하기 위해 모든 회원국이 IMF와 매년 경제협의를 하도록 헌장에 명문화했다. 회원국이 준수해야 할 의무인 동시에 IMF도 반드시 의무적으로 해야 한다. 헌장 4조에 명시되어 있어 'Article IV Consultation'이라고 한다.

연례협의 기능은 IMF 기능 중 가장 핵심이다. 다른 기능은 여기서 파생되거나 부수적인 것이기 때문이다. IMF가 발표하는 세계경제 전망이 권위가 있는 것은 모든 회원국에 대한 세세한 정보가 담겨 있기 때문이다. 다른 국제기구가 하는 세계경제 전망은 상당수 국가를 추세치를 잡아서 하는 경우가 많다. IMF는 개별국가의 실적을 직접 파악하고 이를 집계한 것이다. 전망의 질이 다를 수밖에 없다. 189개 회원국을 손바닥처럼 들여다보고 있기 때문에 회원국에게 필요한 것이 자금지원인지 아니면 교육훈련인지 금세 파악이 가능한 것이다. IMF는 나라에 따라 규모는 달라지지만 정예 요원들을 투입해서 그 나라의 경제를 속속들이 파악하고 있다. 우리 이사실에 소속된 나라 중 키리바시는 인구 5만으로 우리나라 동단위만도 못하다. 그런 나라에도 IMF는 찾아간다.

IMF는 결코 회원국이 듣기 좋은 말만을 하지 않는다. 오히려 듣기 싫은 말만을 골라서 하는 재주가 있다. 베네수엘라가 대표적이다. 개별국가들을 대표하는 나 같은 이사들이 정치적 영향력을 발휘하는 걸 차단하도록 보고서 이름도 IMF 보고서가 아니고 IMF 사무국 보고서이다.

개별국가 입장에서 IMF처럼 훌륭한 조언자는 없다. 세계에서 가장 뛰어난 전문가들이 균형감을 갖고 이해관계에 얽매이지 않고 전하는 권고이기 때문이다. 국내 사정에 얽매여 보지 못하는 것, 우리보다 앞선 경험을 가진 나라들의 사례 등을 이야기해주기 때문이다. 우리나라는 IMF의 장학생이라 할 수 있다. 그들과의 정책협의를 적극적으로 했고 그들의 권고가 힘들고 거슬려도 실천한 것이 우리를 여기까지 오게 만든 것이다.

좋은 약은 입에 쓰다고 연례경제협의를 불편하게 생각하는 나라는 의외로 많다. 우리나라도 지난 5월말 연례협의를 했다. IMF의 권고를 전할 때 나는 가끔 "그런 소리를 할 바에는 오지 말라고 하세요."라는 말을 심심치 않게 들었다. 마음고생이 심했음은 물론이다. 우리는 대부분 해프닝으로 끝났다. 극단적으로 베네수엘라처럼 장기간 연례협의를 거부하는 나라는 다소 예외적이지만 2~3년간 오지 못하게 하는 경우는 꽤 있다. 대부분 결과가 좋지는 않지만. 그리고 통계를 조작하거나 통계 제공을 거부하는 경우도 많다. 우리나라가 힘들었지만 그런 권고를 잘 받아들여 여기까지 왔다고 생각하는 나는 그런 일이 참으로 안타깝다.

::

달러의
힘

———

      우루과이 연례협의 보고서를 논의하는 이사회에 참석했다. 나는 비교적 어린 시절에 우루과이를 알게 되었다. 각종 상식을 외워 퀴즈풀이를 많이 했었다. 그때 우루과이는 꼭 외워두어야 하는 나라였다. 1930년 줄리메컵(The Jules Rimet Cup) 1회 개최국이자 우승국이기 때문이다. 세 번 우승한 브라질이 영구 보관하기 전이라 그 당시 많이 나오는 질문은 두 번 우승한 나라였다. 그런데 우루과이가 놀랍게도 4회 대회에서 우승해 나의 초등학교 시절 우루과이는 축구강국의 이미지로 강렬히 자리 잡았다.

    우루과이는 남한의 두 배쯤 되는 땅(17만 6,000km2)에 경상남도 인구 정도인 340만이 산다. 작은 나라인 셈이다. 그런데도 축구를 잘하는 건 최강 브라질과 아르헨티나에 붙어 있고 대부분 유럽계 사람이기 때문인 듯하다.

우루과이는 1970~1980년대에 군사독재를 겪기도 했다. 오늘날 남미에서는 칠레와 함께 부패가 가장 적고 민주주의를 발전시킨 나라로 손꼽힌다. 경제도 좋다. 기간산업이 국유화되어 있고 근로조건과 관련해 사회주의적 색채가 강한데도 IMF의 평가는 호의적이다. 지난 10년간 남미국가 중 가장 강력한 성장세를 보이며 빈곤인구가 줄고 빈부격차도 완화되었다고 한다. 우루과이와 경제적 연계성이 높은 브라질의 심각한 경기침체와 환율하락 등의 영향으로 지난해에 이어 올해도 1%대 중반의 성장에 그치겠지만, 2017년부터 다시 3%대로 복귀할 것으로 전망했다. 우루과이 정부의 정책능력에 대해서도 신뢰를 보였다.

우루과이 경제의 가장 큰 고민은 인플레이션이다. 소비자물가가 지난해까지 계속 8%대 후반을 찍고 있다. 금년에도 8.2%인 것으로 전망했다. 높은 물가수준이 문제가 아니다. 재정을 긴축하고 돈도 최대한 조이고 있는데도 약발이 별로인 게 골치이다. 중남미 국가는 임금과 물가가 악순환 관계인 경우가 많다. 물가가 오른 만큼 철저히 임금 협상 시 반영하고 그 결과로 다시 물가가 오르는 식이다. 우루과이 정부는 이를 개선하기 위해 노력하고 있다. 그런데도 큰 효과는 없다. 그 이유는 미국 달러 때문이다.

우루과이는 달러화경제(Dollarized Economy)이다. 총통화(M2) 대비 달러화예금의 비중이 30%가 넘으면 달러화경제라고 한다. 우루과이는 아르헨티나, 볼리비아, 페루, 코스타리카, 니카라과 등과 함께 여기에 해당된다. 그런데 비중이 70% 이상이다. 물론 파나마와 엘살바도르 그리고 갈라파고스의 나라 에콰도르는 독자적인 화폐가 없이 달러만을 쓰기도 한다. 100% 달러화경제인 것이다. 이런 나라는 독자적인 화폐발행도, 통화정책도 없다. 미연준의 결정이 곧 자기의 통화정책이다. 미국만 쳐다보면 된다.

중남미에 유독 달러화경제가 많은 것을 알 수 있다. 이는 이 지역 국가들이 미국경제에 의존도가 높기 때문이다. 중남미 국가들은 미국에 자원을 수출하고 생필품을 미국에서 수입하는 경우가 많다. 달러를 가지고 있는 게 훨씬 편리한 것이다. 가치도 안정적이고 고질병이라 할 수 있는 외환위기 걱정도 사라진다. 달러화경제가 되면 환리스크가 없어지기 때문에 외국인투자가 촉진된다. 실제 우루과이의 고성장을 견인한 것은 외국인투자였다. 미국 금리도 낮았기 때문에 그 효과를 충분히 누릴 수 있었다.

달러화경제의 최고 장점은 물가불안을 걱정할 필요가 없어진다는 것이다. 정부가 돈을 찍어서 사업을 하는 것이 불가능해지기 때문이다. 중남미 국가들이 오랫동안 극심한 물가불안을 겪은 것은 선심성 정책을 남발하고 이를 돈을 찍어 해결했기 때문이다. 달러화경제에서는 이런 식의 물가상승 요인이 차단된다. 에콰도르는 달러화경제로 완전히 이행하고 나서 극심한 물가불안에서 벗어날 수 있었다.

그런데 우루과이는 달러화경제인데 왜 물가 때문에 고민할까? 역설적으로 달러화경제의 비중이 낮아졌기 때문이다. 우루과이는 2000년 초 달러예금 비율이 거의 90%였다고 한다. 지금은 20%p 떨어졌다. 정부가 달러화의 비중을 낮추기 위해 노력했기 때문이다. 우루과이 화폐인 페소화 예금에 대한 인센티브를 높이고, 민간회사도 월급을 페소화로만 주도록 했다. 그로 인해 달러화 비중은 줄었는데 그만큼 물가 잡기가 어려워진 것이다. 특히 페소화 가치가 떨어지면서 물가관리가 더욱 어려워지고 있다. 민간의 인프레 기대심리가 잘 통제되지 않기 때문이다.

우루과이를 보면서 신뢰 있는 자국 화폐를 갖는 것도 쉽지 않은 일이라는 걸 알게 되었다. 물가관리를 잘해야만 내 화폐, 내 정책을 가질 수 있기 때문이다. 특히 요즘처럼 미 달러화의 위세가 강해질 때는 더욱 그렇다. 물론 달러 보유를 제한하면 될 것 아니냐고 할 수 있다. 과거 우리나라처럼. 그러나 국민의 달러 보유를 제한하는 것은 IMF가 금지하고 있다. 또 우루과이처럼 그 과정에서 예기치 못한 어려움을 겪을 수도 있다. 어렵다고 해서 페소화경제로의 전환을 포기하는 것 같지는 않다. 돈줄을 단단히 죄어 물가를 잡겠다는 각오가 역력하다. 축구만큼이나 강한 화폐를 우루과이가 갖게 되기를 기원한다.

창업의
종언
(미국)

———

　미국이 1990년대 말 세계경제를 다시 주도하기 시작한 것은 신경제 때문이다. 애플, 구글 그리고 페이스북 같은 IT 기업들은 할리우드 영화의 람보나 록키처럼 순식간에 세계시장을 평정했다. 혁신기업의 창업을 주도한 것은 주로 대학을 중퇴한 젊은 엘리트였다. 우리는 우수한 학생이 의사가 되거나 고시 공부를 하는데 미국은 창업을 한다는 게 놀랍고 부러웠다.

　IMF는 지난달 발표한 미국 경제보고서에서 미국의 창업엔진이 식어가고 있다고 진단했다. 창업이 감소되면서 기업생태계의 역동성도 크게 떨어졌다. 신기술을 가진 새로운 기업이 많이 등장하고 경쟁력을 잃은 기업이 비켜줘야 하는데 선순환 구조가 막혔다고 한

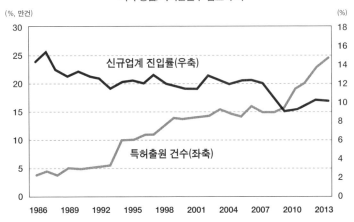

미국 창업/특허출원수 감소 추이

자료출처: IMF THE US Article IV Consultations staff report

다. 오히려 IT 기업도 규모가 커지면서 시장지배력이 강해지고 기업
집중의 폐단도 나타나고 있다는 것이다.

창업의 감소는 빛과 그림자를 동반하고 있다. 긍정적인 측면은 고
용 있는 성장이 나타나고 있다는 것이다. 2000년 초 신경제의 전성
기 시절 성장속도를 고용증가가 따라가지 못했다. 경제는 성장하는
데 실업률이 오히려 높아져 전문가들을 어리둥절하게 했다. 경제학
이 가르치는 바와 다르다고 해서 신경제라는 멋진 이름이 붙었다.
과연 바람직한가라는 질문은 별개였다. 지금은 일자리가 지속적으
로 늘어나고 있다. 창업에 따른 일자리는 줄고 있지만 기존 기업의
노동수요가 늘어나서 미국경제 회복을 고용증가가 이끌고 있다고
한다.

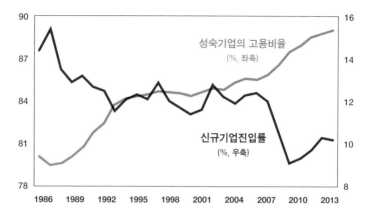

기존 기업의 일자리 증가

성숙기업의 고용비율
(%, 좌축)

신규기업진입률
(%, 우축)

주: 성숙기업은 설립 후 10년이 경과된 업체를 의미함
자료출처: IMF 미국 Article IV 2016년 자료

그림자도 만만치 않다. 혁신 창업이 줄면서 생산성 향상 속도는 반토막이 났다. 지난 10년간 미국의 생산성 향상은 그 이전 10년의 절반으로 줄었다(0.7%→0.4%). 수입이 늘어나는 속도가 반으로 줄었다는 것이다.

혁신 창업 감소로 전문기술직 중심의 중산층 일자리가 줄었다. 우리나라처럼 미국의 신규 일자리도 노후 걱정 때문에 일하러 나온 55세 이상 사람이 주도하고 있다. 고용증가를 미국도 마냥 좋아하지 못하는 이유이다.

중산층 일자리가 줄다 보니 중산층이 붕괴되고 빈곤이 늘어나고 있다. 중산층으로 볼 수 있는 소득계층이 과거와 비교해서 15% 이상 줄었다. 중산층에서 탈락한 사람은 빈곤인구가 되었다. 미국에서 빈곤선 이하의 생활을 하는 사람은 어른이 7명 중 1명, 어린이는 5명 중 1명, 여성은 3명 중 1명이라고 한다. 세계 최고 경제대국 미국 국민의 15% 이상인 4,720만 명이 가난하게 산다는 것이다. 가난하게 사는 인구가 늘어난 것을 창업의 감소에서만 찾는 것은 논리의 비약이다. 그러나 해결의 실마리 중 하나를 놓치고 있는 것도 사실이다.

이 보고서를 본 많은 사람의 관심은 도대체 원인이 무엇인가 하는 거였다. 왜 창업이 감소하는지가 당연히 궁금했다. IMF의 답은 "모르겠다."였다. 미국의 영향력 있는 저명한 모든 사람과 이야기했는데 창업 감소 현상이 나타나고 있다는 데는 대체로 동의했다고 한다. 모두가 공감하는 원인분석은 찾지 못했다고 한다. 원인을 모르니 해답도 없다. IMF가 내놓은 건 일반적인 투자촉진책이다. 고용소득 장려세제를 강화하고 인프라를 확충하라는 것이다. 이런 대안으로 과거처럼 창업이 늘어날지는 확신이 서지 않는다.

눈여겨보아야 할 것은 신규창업은 줄어들고 있지만 특허출원 건수는 2008년 이후 크게 늘어나는 추세에 있다는 것이다. 그렇다면 새로운 아이디어가 없어서 창업이 줄어드는 것은 아니라는 이야기이다. 개인적인 생각이지만, IT 분야도 이 창의적 아이디어가 창업이 아닌 구글이나 페이스북처럼 이제는 공룡이 된 거대기업의 시장 지배력을 키우는 데 기여하고 있어서가 아닐까.

케인즈는 투자란 기업가의 이윤을 쫓는 동물적 본능에 의해 일어
난다고 했다. 그렇지만 기업이 대규모화되고 집단화, 계열화되면서
기업생태계가 동물적 본성을 억누르고 있는 것은 아닐까? 창업이
다시 늘어나기 위해 우리는 기업생태계를 근본적으로 바꿀 수 있는
천재를 기다려야 하는지도 모르겠다.

브렉시트

—

　　EU 탈퇴라는 영국의 국민투표 결과가 알려진 날
IMF는 차분하게 충격을 삭였다. 뉴질랜드 대리이사 비키는 어떻게
그런 결정을 할 수 있느냐며 망연자실한 표정이었다. 영국 여권으로
유럽에서 일하려던 계획은 다 틀어졌다고 아쉬워했다(그녀는 이중국
적이다). 라가르드 총재도 참담하다는 말로 회의를 시작했다. 모든
여행일정을 취소하고 팀을 구성해 대책을 강구하겠다고 했다.

　IMF는 영국의 EU 탈퇴가 큰 재앙이 될 것이라고 경고했다. 지난
5월 영국과의 연례경제협의 결과를 발표하면서 주식과 부동산 가
격이 폭락하고 가계와 기업의 이자부담이 크게 늘어날 것이라 했
다. 외국인투자가 줄어들어서 탈퇴 다음해인 2017년에는 성장률

이 -0.8%까지 떨어질 것이라고 경고했다. 잔류할 때의 시나리오가 2.2%이니 무려 3%p 하락할 것으로 본 것이다.

파운드화 가치가 떨어지니 수출경쟁력이 개선되고 GDP의 0.33%에 달하는 EU 분담금을 절약할 수 있어 재정에 도움이 되리라는 것은 인정했다. 그렇지만 교역이 줄어들어 성장률이 1%p만 하락해도 긍정적인 효과는 상쇄될 것이라고 주장했다.

IMF가 이토록 강한 메시지를 던진 것은 이례적이다. IMF도 국제기구이기에 가급적 중립적인 태도를 유지하려고 애쓴다. 과거 같으면 탈퇴 시 이런 문제도 있지만 몇 가지 긍정적인 효과도 예상되니 잘 판단해야 한다고 했을 것이다. 중립적인 태도가 기관의 권위를 유지하는 데도 좋고 정치적으로 문제의 소지를 차단할 수 있기 때문이다.

그래서 나는 이 예언이 맞는지 여부를 떠나 IMF가 영국의 잔류를 강하게 바라고 있음을 나타낸다고 생각한다. IMF는 영국에 기대하는 바가 크기 때문이다. EU에 소속된 유럽 국가들은 농업 보조금 감축이나 노동시장 유연화와 같은 개혁 이슈에 그리 적극적이라고 하기 어렵다. 거기서 영국은 개혁의 전도사 역할을 해왔다. 그뿐만 아니라 IMF 본연의 임무인 국제수지 악화에 따른 경제위기를 해결하는 데도 하나가 된 유럽이 훨씬 좋다. 실제 그리스만 해도 원칙을 강조하는 영국의 존재가 과감한 지원을 요구하는 대륙 국가들을 설득하는 데 도움이 된다.

나는 오래전이지만 영국에서 공부를 했고 유럽대륙에서 외교관 생활을 했다. 양쪽을 모두 경험한 입장에서 영국이 유럽과 잘 어울리지 않는 것은 맞다고 생각한다. 여왕과 귀족계급이 사랑받고 셰익스피어에 대한 자부심이 있는 한 대혁명과 다양성을 강조하는 대륙 국가들이 어울리기가 쉽지 않기 때문이다.

경제적으로 보더라도 영국은 시장경제에 대한 신념이 강하고 자유무역을 강조한다. 반면 유럽 사람들은 사회적 연대(Social Solidarity)를 내세운다. 나는 이번 영국의 국민투표가 그러한 차이, 그리고 그 다름을 유지하고 싶은 희망이 강하게 표출된 것이라고 생각한다.

지금부터 영국과 유럽의 지도자들은 포스트 브렉시트 체제를 만들기 위한 협상에 나서게 될 것이다. 영국인들의 보수적이고 신중한 태도, 여론을 중시하는 성향 등을 생각해보면 오랜 시간의 협상이 될 가능성이 높다. 유럽의 리더들 중에는 영국의 EU 가입을 끝까지 반대했던 드골 대통령의 유지를 따르지 않은 것을 후회할지 모른다. 그렇지만 브렉시트의 부정적인 영향을 최소화하면서 경제통합의 대세를 이어가는 방안을 찾는 것이 그의 뜻을 존중하는 길이 될 것이다.

유럽 국가가 되겠다는 43년에 걸친 영국의 노력은 마침표를 찍었다. 영국은 하나가 되어가는 세계에서 독자성을 강조하는 목소리를 어떻게 수용할지가 앞으로도 큰 숙제가 될 것이다. 당장 내부적으로 계속 이어질 스코틀랜드 등의 독립 요구를 해결하는 것이 과제가 될 것이다. 현실적인 문제로 이번 국민투표에서 탈퇴 쪽으로 몰아간 영국 중하위 계층의 불만을 해소해야 하는 부담도 있다. 그들은 유럽에서 넘어온 사람들에게 일자리를 빼앗기는 데 대해 불만이 컸다.

결과론이지만 국민투표를 밀어붙이기 전에 이들의 불만을 미리 해소할 수 없었을까 하는 점은 아쉽다. EU 회원국 모두가 난민으로 부담이 컸지만 강한 파운드화로 인해 영국이 제일 힘든 점을 강조해 한시적인 예외조치를 강구할 수 없었느냐는 것이다.

지난해 영국의 순이민자 수는 33만 3,000명으로 1975년 통계 작성 이후 두 번째로 많았다고 한다. 이민자 증가는 주로 EU 국가 사람들이었고 인구 7,000만이 넘는 터키까지 가입하면 이민이 폭증할 것이라는 불안감이 컸다. 특히 난민들이 EU 회원국에서 자리를 잡으면 영어를 쓰고 파운드화가 강세인 영국을 가장 선호하리라는 건 쉽게 짐작할 수 있다.

훗날 헌법과 정치학 교과서는 이번 일을 대의 민주주의의 문제점을 제기한 의미 있는 사례로 평가할 것이다. 탈퇴를 지지한 정당이 소수파인 독립당밖에 없었기 때문이다.

국회가 대변하지 못하는 민의가 있을 수 있다는 것까지 고려해야 한다면 정부로선 정말 고민스러운 시대가 오고 있는 것인지도 모르겠다.

없는 것이
차라리 행복하다

(이탈리아)

—

      7월1일 이탈리아 연례협의 보고서 논의를 하루 앞두고 이탈리아 이사가 만나고 싶다고 연락이 왔다. 좀 의아했다. 콧대 높은 코타렐리(Cottalleli)가 웬일로. 그는 이탈리아 이사가 되기 전에 IMF 재정국 국장을 했던 인물이다. IMF 돌아가는 걸 속속들이 안다. 그가 지적하면 대부분 경청한다. 속된 말로 쩔쩔매기까지 한다. 그가 찾아온 이유는 우리가 낸 그레이가 이탈리아 경제를 너무 비관적으로 보고 있다는 것이었다. 이사회 때 발언할 경우에는 가급적 긍정적으로 해주면 좋겠다고 했다. 알았다고는 했지만 쉽지 않은 일이다. 이탈리아 경제보고서가 긍정적으로 보고 있는 구석이 한 군데도 없었기 때문이다.

이탈리아는 독일, 프랑스에 이어 유로권 3위의 경제대국이다. 역사적으로는 로마제국의 영화와 전통을 간직하고 있다. 르네상스가 태동한 곳이기도 하니 이탈리아를 빼고는 근대역사를 이야기하기 어렵다. 그 모든 유산을 간직하고 이를 토대로 관광객을 끌어모으고 있는 나라이다. 2014년 한 해 동안 4,900만 명의 관광객을 모아 관광객 수 기준으로 세계 5위, 수입 기준으로 세계 6위를 기록했다.

그러나 잘 알려진 것처럼 2013년 유럽 재정위기의 한복판에 이탈리아가 있었다. 국가부채가 GDP의 130~150%, 지난 수십 년간 지속적인 저성장, 혹은 마이너스 성장을 보여 온 곳이 이탈리아이다. 그 결과 이탈리아의 국민소득은 거의 정체상태를 면치 못했다. 1990년 이탈리아의 1인당 국민소득은 2만 불을 조금 웃돌아서 당시 우리나라 6,500불의 3배가 넘었다. 우리나라가 OECD를 가입한 1996년 이 격차는 줄어들어 우리가 1만 3,000불을 조금 넘는 데 비해 이탈리아는 2만 3,000불 수준으로 두 배 이하로 줄어들었다. 지금은 이탈리아가 2만 9,867불, 우리가 2만 7,195불이니 격차가 거의 없어졌다. 우리나라가 견실한 성장세를 이어오기도 했지만 이탈리아가 제자리걸음을 한 것이 근본적인 이유이다. 이탈리아는 1990년부터 2010년까지 1% 이하의 연평균 성장률을 기록했고 유럽재정 위기 발발 이후에는 마이너스 성장세를 보이고 있기 때문이다.

IMF는 이탈리아의 현실을 총체적인 위기라고 진단했다. 경제의

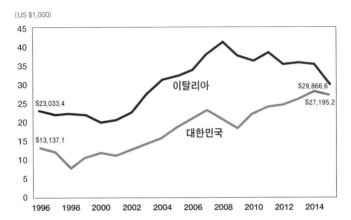

이탈리아와 한국의 1인당 GDP 추이

(US $1,000)

$23,033.4

$13,137.1

이탈리아

대한민국

$29,866.6

$27,195.2

자료출처: IMF WEO

생산성이 낮고 하락추세에 있다. 공공부문이 비효율적이고 기업이나 은행의 수익성이 나쁘고 부채가 많아서 단기간 내 개선을 기대하기 어렵다고 쓰고 있다. 세율은 높지만 징수는 제대로 이루어지지 않고 있어 국가부채 상황이 개선되기를 기대하기 어렵다. 재정에 여력이 없어서 정부는 경기가 나빠도 재정정책을 펴기 어렵다.

그러면서 이탈리아 정부에 대한 실망감을 드러냈다. 유럽 재정위기 이후 2013년 출범한 렌지 정부는 경제를 전면 개혁(Overhaul)하겠다고 했다. 그러나 개혁은 더디고 성과는 보잘것없었다(Slow and Piecemeal). 그 결과 이탈리아는 유로권 국가 중에서 가장 미미한 성장세를 보여주고 있다.

나는 이탈리아를 좋아한다. 유럽에서 살 때 이탈리아를 가장 많이 여행했다. 한번 여행하면 보통 2~3주씩 장기간 있었다. 이탈리아의 많은 유적과 예술품은 단연 압권이다. 어디를 가든 문화유산으로 빼곡하게 채워져 있다. 자연경관 또한 아름다운 곳이 이탈리아이다. 이탈리아는 아름답고 멋진 나라이다. 베니스에 가면 무라노섬 등 아름다운 해안이 있고 나폴레옹이 유배를 살았던 엘바섬도 멋진 관광지이다. 음식은 또 어떤가? 굳이 고급 레스토랑에 갈 필요가 없다. 길거리에서 파는 피자도 정말 맛있다. 이탈리아의 모든 것은 감각적이고 예술적이다. 이탈리아는 집시 같은 소매치기도 많다. 그래도 이탈리아의 유적과 경관을 보기 위해 관광객이 밀려드니 부럽기 그지없는 나라이다. 그런데 왜 이렇게 되었을까?

문득 이런 생각을 해봤다. 이런 것들이 없다면 이탈리아가 더 잘 되지 않았을까 하는. 로마는 인류적인 유산으로 빼곡하다. 관광객으로 발 디딜 틈이 없다. 그러나 다르게 생각해보면 이탈리아는 거기에서 멈춰서 있는 것이다. 비즈니스에 필요한 건물을 짓는다는 것은 거의 기적에 가까운 일일 것이다. 관광에 관련된 일만 하면 편하게 먹고살 수 있다. 가이드를 하거나 관광객을 운송하는 일만 해도 먹고사는 데 지장이 없다. 열심히 공부해야 할 이유가 별로 없고 물건을 잘 만들려고 노력할 필요도 없다. 호텔도 대충 해놓으면 된다. 사람들이 방을 못 구해 아우성이니까. 이런 곳에서 열심히 하려는 욕구, 경제를 발전시키려는 의지가 나올 리 만무하다. 또 이탈리아는 한때 세계를 제패했던 국가이다. 그래 봤자 별거 없더라는 심리가 팽배하다. 독일이 잘 사는 이유 중 하나가 2차대전 때 유적이 다 파괴되어서라고 한다. 이런 시각에서 나온 이야기일 것이다.

이런 나라는 참으로 많다. 우리 이사실을 구성하는 국가 중 하나인 몽골도 그렇다. 몽골은 한마디로 자원부국이다. 광물 매장지가 6,000여 개나 되고 구리 매장량이 세계 2위이며 형석 3위, 석탄 10위, 우라늄이 14위이다. 세계 10대 자원부국에 속하고 보유하고 있는 광물자원만 80여 종류에 달한다. 여전히 탐사가 진행 중이라 자원의 가치를 아직도 산정 중이라고 한다. IMF는 3조불 정도로 추정하고 인구 300만이니 국민 1인당 100만 불, 우리 돈으로 10억원씩의 자산을 갖고 있는 셈이라 했다. 그뿐만 아니라 캐시미어 원료를 내는 양을 많이 길러 서민들이 먹고사는 데도 큰 불편이 없는 나라이다. 또 칭기즈칸이 나온 나라이고 14세기에 아시아와 유럽에 걸친 대제국을 건설했다는 자부심이 국민들에게 깊이 새겨져 있다.

또 다른 자원부국이 브라질이다. BRICs라고 해서 다음 세상을 이끌 나라로 주목을 받았다. 석유 매장량이 153억 배럴로 세계 15위이고 세계 5위 이내 매장량을 가진 자원만 철광석과 알루미늄(2위), 흑연(3위), 질석(4위), 마그네사이트(5위)이다.

그런데 이런 나라들의 성적표는 대체로 별로이다. 브라질은 거의 주기적인 경제위기로 IMF 단골손님이다. 1990년대 이후만 해도 1992년과 1998년, 2001년, 2002년 네 차례나 IMF 구제금융을 받았다. 브라질 이사는 IMF 구제금융 조건을 엄격히 하는 것에 항상 반대이다. 여러 이유가 있겠지만 브라질이 IMF의 문을 두드릴 때를 대비해서로 보인다. 지금도 원자재 가격이 떨어지고 브라질 경제는 흔들리고 있다. 2000년 이후 연평균 3%이던 경제가 2015년 마이너스를 기록했다. 몽골도 마찬가지이다. 1990년대 이후 다섯 차례나 IMF 지원을 받았다. 가장 최근에는 2009년에 구제금융을 받았다. 원자재 가격이 떨어져 다시 어려운 상황이다. 2009년의 경험 탓에 IMF행을 두고 국론이 갈려 있다. 이쯤 되면 가진 것이 능사는 아닌 것 같다.

2012년 장기전략국장을 할 때였다. 유가가 고공행진을 했고 우리 경제에 계속 주름살을 늘릴 거라는 예측이 지배할 때였다. BRICs란 용어를 만들어낸 짐 오닐과 화상회의를 했다. 그에게 이런 고유가를 헤쳐 나갈 지혜를 물었다. 그의 대답은 뚱딴지같았다. 한국은 아무것도 없기 때문에 성장한 나라이니 거기에서 여전히 답을 찾아야 한다는 것이었다. 물려받은 유형의 자원은 없지만 그 대신 가지고 있는 게 무언지를 잘 살펴야 한다는 생각이 그래서 다시 든다.

::

세르비아여,
미안하다!

———

　휴! 끝났다. 세르비아 정책협의를 마지막으로 올해의 이사회가 마무리됐다. 마지막 이사회라 발언도 했다. 어제 원고를 작성하고 외우기까지 했다. 원고대로 읽는 일도 막상 30명 이상의 시선이 집중되면 잘 안되기 때문이다.

　앞에서 발언한 미국 이사의 말을 들으면서 보완해야 할 부분이 생각났다. 이럴 땐 준비한 원고대로 읽고 말아야 한다. 다소 부족하더라도. 그렇게 맘먹었는데 읽다 보니 욕심이 났다. 간단한 것이니까. 그 순간 말이 엉키기 시작했다. 머릿속이 하얘졌다. 후회가 밀려왔다. 겨우 마무리했다. 역시 영어는 안 돼 하면서 생각하고 있는데 내 뒤의 독일 이사가 내가 말한 내용을 언급했다. 누군가가 내 말을 인용했다면 기본은 한 거다. 휴!

　오늘도 나는 수박 겉핥기의 비행을 범했다. 세르비아 정책협의 보고서가 올라오기 위해 스태프들은 적어도 두 번은 출장을 간다. 약 3주 동안 해당 국가 정부 관계자들과 회의하고 정리하느라 밤잠을 자지 못한다. 오죽하면 우즈베키스탄을 담당하는 윤석현 박사는 1년에 두 번씩 우즈베키스탄에 가지만 가장 유명한 관광지인 사마르칸트를 못 가 보았단다. 해당 국가는 IMF 보고서니까 열심히 대응한다. 의전적인 것부터 자료까지. 세르비아는 IMF 지원을 받고 있다. 이 나라가 얼마만큼 관심을 갖고 정성을 기울였을지는 짐작이 간다.

　그런 보고서를 나는 두세 시간 만에 후딱 읽어치우고 우리 입장을 정했다. 원칙적으로 이사실에는 회의 2주 전까지 보고서를 주도록 되어 있다. 적어도 2주는 그 나라에 대해 고민하라는 소리지만 그것은 불가능하다. 일주일에 두세 개씩 할당되는데 그러면 다른 일은 못하기 때문이다. 올 한 해 나는 보고서를 100건쯤 처리했다. 240일을 근무했다고 치면 한 보고서당 2.4일이 주어진 셈이다. 대체로 보고서를 읽는 데 하루, 그레이를 쓰고 다듬는 데 하루 이틀 정도 투입하는 셈이다. 중요한 보고서는 당연히 더 많은 시간이 걸린다. 물론 나 혼자 하는 것만은 아니다. 담당 보좌관이 기초작업을 해가지고 온다. 실력 있는 사람이면 아무래도 여유가 있다. 말이 잘 안 통하는 경우에는 미리 대강의 준비를 해놓아야 한다.

짧은 준비에도 불구하고 꽤나 아는 것처럼 행세해야 한다. 마음 아픈 소리를 하는 것도 피하기 어렵다. 세르비아가 IMF 지원을 받게 된 것은 부실한 재정운영이 가장 큰 원인이다. 그래서 고강도 재정개혁을 하고 있다. 그런데 정부와 공기업 등 공공부문 인력조정이 잘 안 되고 있다. 공기업 인력이 우리나라와 같은 25만 명이다. 그렇지만 인구가 750만 명이니 7배인 셈이다. IMF 지원을 받는 절실한 상황이라도 인력을 줄이는 일이 쉽게 될 리 없다. 그래서 공공정책국장 출신의 특기를 살려 공기업의 인력을 줄이는 일을 속도감 있게 해야 한다고 주장했다. 그러자 독일 이사가 바로 거들고 나섰다. 반면 러시아나 개도국 이사들은 인상이 별로이다. 한국이 언제부터 그리 잘났냐는 거다.

IMF가 워싱턴 컨센서스의 핵심이라는 말을 하는 사람들이 있다. 그러나 IMF가 경제를 보는 눈은 간단하다. IMF를 한마디로 정의한다면 회원국이 돈이 없으나 이를 빌리지 못할 때 빌려주는 기관이다. 나라 살림도 개인 살림과 같다. 개인이 돈이 떨어지면 은행이나 부모, 형제, 친구에게 빌려야 한다. 그런데 빚이 많아지고 갚을 능력이 없으면 아무도 빌려주지 않는다. 최악의 경우 신용불량자가 되고 파산할 수밖에 없다. 국가도 마찬가지이다. 신용이 떨어진 국가는 돈을 빌릴 수 없다. 다만 IMF가 빌려준다. 그런데 IMF는 자선단체가 아니다. 회원국이 낸 자본금으로 빌려준다. 큰 돈을 벌자는 건 아니지만 적어도 떼이지는 말아야 한다. 손해를 보면 그만큼 고스란히 회원국의 부담이 되기 때문이다. 회원국 중에는 미국처럼 잘사는 나라도 있지만 최빈국이 내는 돈도 들어가 있다.

돈은 빌려주되 떼이지 않는 방법은 무엇인가? 그 나라의 살림살이를 건실하게 만들면 된다. 세금을 경제력에 맞도록 거두어야 한다. 국가가 세금을 걷는 것은 당연한 일로 생각하지만 세금을 제대로 걷지 못하는 나라가 의외로 많다. 그다음 지출을 줄이는 일이다. 물론 지출 중에는 교육이나 인프라처럼 투자도 있다. 그래서 불필요한 지출을 줄이도록 요구하는 거다. 공무원 봉급의 과도한 인상을 억제하거나 혹은 지나치게 많은 인력을 줄이라는 것도 여기에 해당된다.

그런 면에서 IMF 이사는 좋은 소리보다 싫은 소리를 해야 한다. IMF에서 한국의 위상이 올라간다는 것은 부담해야 할 몫이 커진다는 의미이다. 부담은 하되 불필요하거나 낭비적인 일이 발생하지 않도록 경계하는 것이 내 일이며 난 올 한 해를 그렇게 보냈다. 그러나 이런 충고들이 세르비아 국민들에게 고통스러운 일이라는 것도 잘 안다. 나라 전체를 위해서는 인력감축이 반드시 필요한 일이지만 개인이나 가정에겐 재앙일 것이다. 세르비아여, 미안하다!

：：

몽골이
우리에게 보여준
진정성

—

1

오늘 아침 몽골의 볼로(Bolor) 재무장관이 찾아왔다. 그는 시급한 외환사정을 타개하기 위해 워싱턴에 왔다. 어제는 월드뱅크 사람들을 만났고 오늘 IMF를 방문했다. 외교부 차관을 했기 때문인지 그는 영어를 잘했다. 미국 사람처럼 말을 굴리지는 않았지만 자신의 입장을 조리 있고 설득력 있게 이야기했다.

몽골경제가 어려워진 것은 역설적으로 그동안 너무 좋았기 때문이다. 몽골은 2009년 외환사정이 어려워 IMF 지원을 받았다. 그러나 2010년부터 시작된 원자재 가격폭등(Commodity Supercycle) 덕분에 큰 호황을 누렸다. 2011년부터 13년까지 10%를 훌쩍 넘는 고

성장을 이뤘고 2014년에도 8%에 가까웠다. 외국인투자가 밀려왔고 개발원조도 서로 주겠다고 해서 조건이 안 좋은 것은 사양했을 정도이다. 몽골은 2012년 해외투자가로부터 무려 15억 불을 빌렸다. 120억 불 경제규모를 생각하면 상당한 액수이다. 신용평가사들이 긍정적으로 본 덕에 조건도 좋았다.

몽골은 외채를 끌어다가 과감하게 투자했다. 부족한 인프라 건설, 복지 지출 등 돈을 쓸 곳은 많았다. 몽골은 1991년 이후 완전한 민주사회로 이행했다. 정당들은 권력을 잡기 위해 공약을 쏟아냈다. 아동, 여성, 빈민 등을 위한 지원이 이 시기에 집중됐다.

그 결과 2011년 GDP의 4% 수준이던 재정적자가 2012년 9%로 두 배 이상 뛰었고 14년에는 11%까지 치솟았다. 경상수지 적자도 지속적으로 GDP의 25%를 웃돌았다. 당연히 2011년 32.7%이던 정부 빚이 2년 만에 두 배 이상으로 늘었고 2015년에는 81.5%까지로 확대됐다. 빚은 관성이 있기 때문에 당분간 계속 늘어날 것이다.

2014년 원자재 값이 폭락하면서 몽골경제는 시련에 처했다. 특히 몽골의 자원을 싹쓸이하던 중국의 성장세가 둔화된 것이 타격이 컸다. 신용평가사들이 등급을 내리기 시작했다. 그것도 아주 신속하게. 약속했던 외국인투자가 차일피일 미뤄졌다. 그러다 보니 빚, 특히 외채가 문제시됐다. 2012년에 조달했던 돈을 갚아야 하는데 몽골이 가진 달러는 2015년 말 13억 불뿐이었다. 적어도 2억 불은 차환이 되고 이 돈을 그대로 가지고 있다가 갚으면 된다. 보유고는 '0'

이 되겠지만. 그러나 다른 수요가 있기 때문에 몽골의 보유고가 금년에 크게 줄고 내년에는 돌아오는 채무를 갚지 못하는 부도상태가 되리라는 게 시장의 대체적인 평가이다.

몽골정부는 난국을 해결하기 위해 백방으로 뛰고 있다. 특히 월드뱅크에서 돈을 빌리는 일에 총력을 기울이고 있다. 그런데 순조로운 듯하던 협상에 제동이 걸렸다. 월드뱅크가 IMF가 들어와야만 빌려주겠다는 쪽으로 방향을 정했기 때문이다. 적어도 IMF로부터 긍정적인 평가를 받아 오라는 것이었다. 2009년 IMF 지원을 받아본 몽골은 IMF에 들어오는 일에 손사래를 친다. IMF가 붙이는 정책권고 때문이다. 월드뱅크는 돈을 빌려줄 때 IMF처럼 까다롭지 않기 때문에 이쪽에 매달린 건데 답답할 노릇이 아닐 수 없다. 물론 월드뱅크로서는 그런 혹독한 조건이 자신들의 돈 상환을 담보하는 장치이므로 이를 바라고 있다.

이날 만난 볼로 재무장관에게서는 진정성이 느껴졌다. 그는 재정적자 축소를 포함해서 IMF의 정책권고 사항을 충실히 이행할 것이라고 말했다. 선거를 앞두고 있지만 복지프로그램을 줄이고 임금 삭감을 하고 있다고 말했다. 6월 총선에서 누가 이기든 어려운 상황을 극복하자는 공감대가 형성되어 있기 때문에 이를 지킬 것이라고 했다. 몽골이 우리 이사실 소속이어서 나는 몽골사람들을 자주 만나게 된다. 칭기즈칸의 후예다운 기상도 있지만 이들은 대체로 솔직하고

이사실을 방문한 몽골의 볼로 재무장관(가운데)과 호주이사 배리(왼쪽)와 함께

진정성이 느껴진다.

진정성은 무척 중요하다. 다급한데 누구나 그러지 않겠냐고 생각하겠지만 아니다. 해주면 좋고 안 되면 할 수 없다는 경우가 많다. 또 이행할 의지도 없이 눈속임으로 자료를 만들고 하겠다고 하는 경우가 대부분이다. 그래서 IMF 지원을 받으면 쉽게 졸업하지 못한다.

난 이날 몽골 재무장관을 보며 과거 우리 선배들이 IMF에 왔을 때 저랬을 것 같다는 느낌을 받았다. 몽골이 IMF에 오는 일 없이 이 위기를 넘기고 잘되었으면 좋겠다.

2

미국에서의 마지막 여름휴가 대신 몽골 출장길에 올랐다. 6월 30일 총선을 치르고 난 이후 몽골경제가 급속히 악화되고 있기 때문이다. 외환보유고가 바닥나면서 환율이 급등하는 위기 조짐을 보이고 있다. 총선은 야당인 국민당이 총 76개 의석 중 65석을 차지하며 집권여당인 민주당에게 압승을 거두었다. 새 정부는 정부 구성을 마치자마자 IMF와의 협의를 원했다. 휴가를 이유로 미루기가 힘들었다.

몽골에 도착한 후 곧바로 17일에 재무장관과 중앙은행 총재를 만났고 재무부 차관하고 중앙은행 부총재와 식사를 했다. 18일에는 스태프와 함께 총리를 면담했고 국회 경제 및 예산의원회 위원장을 만났다. 이들을 만나본 결과 몽골경제 상황은 생각보다 심각했다.

3월까지만 해도 어렵긴 했으나 위기까지는 아니었다. 몽골경제가 이렇게 된 것은 선거 때문이었다. 당시 집권여당은 선거 승리를 위해 물불을 가리지 않았다. 정해진 예산과 맞먹는 규모로 예비비 지출을 감행했다. 갑작스럽게 도로를 닦고 학교와 병원을 짓기 시작했다. 또 건설회사에 보조금을 주어 주택을 지어 싸게 공급하게 했다. 세수가 부족했지만 중앙은행에서 차입해 해결했다. 돈을 찍어 선심 정책을 편 것이다. 뿐만 아니다. 저리로 각종 정책금융을 제공했다. 학생에겐 학자금 융자를 주었고, 집 없는 서민에겐 대규모 주택자금 융자가 주어졌다.

새로 집권한 정부가 취한 전략은 어려운 경제현실을 투명하게 공개한 것이었다. 물론 현재의 어려움이 지난 정부가 초래한 것임을 알리고 이를 극복해서 자신들의 정치적 성과로 만들고 싶은 계산도 있었을 것이다.

새 정부는 재정적자가 연말이 되면 GDP의 21%에 달할 것으로 예상했다. 연초 목표치가 4% 정도였던 것을 생각하면 선거 때문에 얼마나 많은 돈이 일시에 풀렸는지를 짐작할 수 있다. 선거기간 중에 돈을 찍어 선심성 대출을 많이 해서 유동성 공급이 과잉상태였다. 몽골 화폐인 투그릭이 평가절하될 것이란 전망과 보유외환을 거의 다 소진했다는 것이 알려 지면서 매일 환율이 크게 절하되었다.

몽골정부와의 협의를 통해 IMF는 재정과 통화 모두 강력하게 긴축해야 한다고 권고했고 몽골정부도 동의했다. 2016년 예산을 수정하고 있고 2017년 예산도 긴축기조로 편성하겠다고 했다. 공무원 봉급도 깎으려는 거 같고. 중앙은행 정책금리도 IMF가 몽골에 있는 동안 450bp 인상했다.

몽골정부의 고위관계자들은 대체로 IMF 지원을 받을 수밖에 없지 않느냐는 입장인 듯했다. 2017년부터 만기가 되는 외채를 갚아야 하는데 현 상태로는 별 방법이 없다는 것이다. 그러나 2009년 IMF 지원을 받을 때의 강한 정책권고 경험 때문에 결정을 미루고 있는 것 같았다. 또 집권당도 당장 내년 말 대통령 선거가 있어 IMF 행이 선거 승리에 유리하다는 계산이 쉽지 않은 듯했다.

몽골정부 사람들은 자신들의 문제를 잘 알고 있었다. 원자재 수출에 과도하게 의존하고 있고 경기가 좋을 때 어려운 시기를 대비하지 않고 당겨쓰기까지 하는 바람에 경제 체질이 약하고 일정주기로

IMF에서 일하다가 몽골 새정부 수립 후 중앙은행 부총재가 된 Erdenbileg와 함께

경제위기가 반복된다고 했다. 여기에 선거 때마다 경제를 악용하면서 문제를 어렵게 만들고 있었다. 이러한 악순환을 끊을 방법이 자기들은 필요하다고 했다.

방법은 찾아보면 많이 있을 것이다. 우리나라처럼 예비비 지출 제한을 명문화하는 것도 알려주었다. 그렇지만 본질적인 것은 어렵더라도 참고 규율을 받아들이려는 의지가 있는가 하는 것이다.

우리도 과거 선거 때면 경제를 이용했다. 관권선거, 금권선거라는 말이 지금은 찾기 어렵지만 불과 10~20년 전만 해도 선거 때면 으레 하는 소리였다. 그래서 몽골사람들에게 경제보다 우리가 어떻게 정경유착을 끊고 깨끗한 선거문화를 세웠는지 이야기해주고 싶었다.

우즈베키스탄
이야기

─

　　12월 1일 우즈베키스탄 정부와의 협의에 참석했다. IMF는 회원국과 연례협의를 한다. 그 나라 경제전망을 점검하고 경제정책을 평가해서 IMF 차원의 권고를 하는 것이다. 본 협의를 하기 4~5개월 전에 사전 점검하는 차원의 방문 협의를 하는데 이를 스태프 비짓(Staff Visit)이라고 한다. 이번 우즈베키스탄 방문은 스태프 비짓이다. 우즈베키스탄은 우리 이사실 소속이라서 참석하게 되었다.

　IMF 이사는 국회의원과 비슷한 일을 한다. 법률제정이나 예산안 심의 같은 국가적인 의사결정에도 참여하지만 동시에 자기 선거구를 대표하기 때문이다. IMF 이사도 마찬가지이다. 최근의 위안화

SDR 편입 같은 중요한 결정에도 참여하지만 자기를 선출해준 국가를 대표해야 한다. 연례협의의 경우 스태프가 회원국을 검증하고 따지는 입장이라면 이사는 회원국을 두둔하고 옹호해야 된다. 국회의원들이 행정부를 비판하고 견제하면서 동시에 지역구 관련사항에 대해서는 선거구민을 돕기 위해 행정부에게 아쉬운 소리를 해야 되는 것과 같다.

이번 협의는 그런 미묘한 입장이 그대로 나타나 난처했다. IMF는 세계경제가 어려워지고 있고 개도국, 특히 원자재 수출국이 힘들다고 보고 있다. 우즈베키스탄은 자신들이 당초 전망대로 8% 성장을 달성했다고 주장하고 있다. 가상한 일인데 지난번 협의에서 IMF는 우즈베키스탄의 이런 주장을 회의적으로 평가했다. 통계가 믿을 수 없다는 근거도 붙였다. 그 보고서가 우즈베키스탄 정부가 외국인투자를 끌어들이고 국제금융시장에서 돈을 빌리는 데 걸림돌이 되고 있다. 그래서 이번 협의에서는 아지모프 부총리를 필두로 실세 장관들이 직접 나서서 IMF를 설득시키는 데 최선을 다하는 모습이었다. 하지만 스태프들은 적절한 자료를 내놓으라며 미동도 하지 않았다. 예를 들면 우즈베키스탄이 주장하는 수출실적이 교역상대국 수입통계와 맞지 않다는 것이다.

IMF는 서구식 경제교과서만 믿기 때문에 자기들의 말을 안 듣는다며 아지모프 부총리가 내게 푸념했다. 그러면서 한국 출신이니 우리 사정을 잘 알거라며 잘 설득해달라고 신신당부했다. 우즈베키스탄은 IMF 처방을 불신하고 독자노선을 고집하고 있다. 풍부한 부존자원과 젊고 똑똑한 인력을 바탕으로 산업화를 이루겠다는 생각을 가지고 있다. 그 바탕에는 한국모델에 대한 신뢰가 깔려 있다.

그러나 현재까지의 성적표는 희망적이지 못하다. 이웃 카자흐스탄은 IMF 처방을 100% 신뢰하는 나라이다. 속된 말로 시키는 대로 한다. 원래 중앙아시아의 맹주는 우즈베키스탄이었다. 인구도 많고 자원이나 전략적 요충이라는 측면에서도 그렇다. 소비에트 연방 해체 후 출발은 두 나라가 같은 선상에 있었다. 그런데 지금 카자흐스탄은 1인당 GDP 약 1만 불, 우즈베키스탄은 2,000불 조금 넘는다.

우즈베키스탄 여자들은 미인이고 남자에게 순종적이어서 이 동네에서는 일등 신부감으로 꼽힌다. 지금은 우즈베키스탄 여인들이 카자흐스탄으로 가정부 일을 하러 가거나 시집을 간다고 한다. 어쨌든 우즈베키스탄이 잘 되기를 바란다.

우즈베키스탄 이야기를 조금 더 하자. 이번 출장은 힘들었다. 날짜가 꽤 되는데도 항공편이 별로 없어 일정을 짜기가 어려웠다. 원래는 기획재정부가 주관하는 국제금융기구 채용박람회를 둘러보고 한국 정부와 정책협의 후 돌아갈 생각이었다. 채용박람회에서 특별한 역할은 없었다. IMF가 채용의 다양성을 강조하고 있기 때문에 의미 있는 행사라 둘러보고 싶었다.

그런데 출발하기 일주일 전쯤 우즈베키스탄을 담당하는 윤석현 박사가 연락을 해왔다. 우즈베키스탄 정부가 스태프 비짓을 12월 초에 일주일간 하자고 한다는 것이었다. 11월 1일에 하려던 것인데 우즈베키스탄 정부가 기다려달라고 했던 것이다. 특히 12월 1일이 아지모프 부총리를 비롯한 주요 장관들과의 정책협의 날인데 참석 해달라는 거였다. 한국 일정하고 연결하면 되겠다 싶어 그러겠다고 했다.

11월 29일 저녁쯤 가서 우즈베키스탄에서 이틀 정도 있다가 오면 되겠다 싶었다. 12월 4일 워싱턴 D.C.로 돌아가는 비행기를 타야 했다. 그날을 넘기면 출장이 너무 길어지고 저녁 약속도 있어 맞추고 싶었다. 그런데 항공편이 많지 않았다. 당연히 매일 있으리라 생각했던 직항편이 대한항공도 아시아나도 일주일에 두 번 정도였다. 우즈베키스탄 항공도. 그러다 보니 5일쯤 되는 시간에도 우즈베키스탄에 있는 날은 하루밖에 되지 않았다. 아시아나가 항공편을 최근에 줄였기 때문인데 그 이유가 환전을 안 해줘서라고 한다. 이것이 현재 우즈베키스탄이 당면한 모든 고민을 설명해준다.

우즈베키스탄의 주요 교역상대국은 러시아와 카자흐스탄이다. 이 나라들에게 우즈베키스탄은 자동차와 가스 등을 수출한다. 자동차란 대우가 만들었던 공장에서 나오는 것이다. 지금은 GM이 인수해서 생산하여 수출하는 것인데 우즈베키스탄 정부는 차량 수출국이라는 자부심이 대단했다. 최근 러시아와 카자흐스탄의 경기악화로

차 수출이 거의 안 된다고 한다. 또 가스 가격도 크게 떨어졌다. 그러다 보니 우즈베키스탄에 들어오는 외환이 크게 줄었다.

경제학 교과서에는 이런 상황에서는 환율을 올려야 한다고 되어 있다. 실제 똑같은 상황을 카자흐스탄은 통화를 무려 36% 평가절하했다. IMF 권고를 받아들여 금년 8월 19일 고정환율제를 변동환율제로 바꾸었다. 그랬더니 자국 화폐 텡게가 1달러당 188이었으나 하루아침에 256이 되었다. 12월 9일 환율로는 307.9텡게니까 63.8% 떨어진 것이다. 화폐가치 급락으로 예산상 어려움이 생기자 월드뱅크가 무려 2억 불이나 지원해주었다.

그런데 우즈베키스탄이 택한 길은 외환통제이다. 국민들은 말할 것 없고 외국인이나 기업이 자국에서 벌어들인 수입을 달러로 환전을 안 해주는 것이다. 해주더라도 3~4개월 후이다. 그러면 화폐가치가 떨어지니 기업으로서는 앉은 자리에서 30~40% 손해를 보라는 얘기가 된다. 이러다 보니 있는 기업도 나가려 하고 새로운 외국인투자는 상상도 할 수 없다. 아시아나가 감편한 것도 이런 이유였으리라 추측된다.

우즈베키스탄 정부가 이 문제를 해결하기 위해 생각한 것은 외국인투자 유치이다. 부존자원에 투자할 기업을 찾아 나선 것이다. 공기업을 민영화하겠다고 대대적으로 세일즈를 했다. 문제는 기업들이 외환정책 등에 관한 IMF의 긍정적인 평가가 담긴 보고서를 가져오면 믿겠다고 한 것이다.

12월 1일 정책협의에서 보니 우즈베키스탄 장관들의 고민이 이해가 안 되는 것은 아니었다. 대규모 평가절하는 물가폭등으로 이어질 가능성이 높다. 교과서적으로 평가절하가 되면 수출은 늘고 수입은 줄어든다. 수입품 가격이 크게 오르기 때문이다. 그런데 우즈베키스탄은 내륙국가이고 내수산업이 발달되어 있지 않다. 그래서 평가절하해봐야 수입가격만 오르고 수입이 줄어들 가능성은 별로 없다는 것이다.

그뿐만이 아니다. 재정상황도 크게 어려워진다. 국민들에게 걷어들일 조세수입은 뻔한데 그 돈으로 사와야 할 외국산 물품 가격이 크게 오른다면 정부가 빚을 내거나 살림을 줄여야만 한다. 특히 정부가 인프라나 교육 등에 투자해야 할 곳이 많은데 할 일을 제대로 못하게 된다는 것이다.

우즈베키스탄은 잠재력이 큰 나라이다. 천연자원이 풍부하다. 가스, 우라늄, 금 등 자원의 보고라 할 만하다. 두 번째로 인구구조가 좋다. 노동가능인구가 70%가 넘고 더욱이 젊다. 또 문맹이 없이 교육수준이 높고 근면하다. 우리나라에서도 우즈베키스탄의 인력을 선호하는 게 그런 이유이다. 또 지리적으로도 좋다. 중앙아시아에서 가운데에 위치한다. 그러므로 성장잠재력을 높이기 위해 투자가 이루어져야 한다는 건 백 번 옳은 이야기이다.

이런 생각을 해보았다. 아지모프 부총리를 비롯한 우즈베키스탄

장관들이 존경해 마지않는 박정희 대통령이 이 자리에 있다면 어땠을까? 난 박대통령은 대규모 평가절하를 했을 것이라는 생각이 들었다. 수출이 잘 되지 않는 상황을 박대통령이 보고만 있을 리 없기 때문이다. 실제 우리 개발연대에는 몇 차례 큰 폭의 평가절하가 있었다.

물가폭등에는 한국식으로 대처했을 거다. 생필품을 수입하는 업체가 가격을 크게 올리면 밀수나 매점매석 등의 혐의를 조사했을 것이다. 가격을 올리는 목욕탕, 중국집에 대해 세무조사, 위생단속 등이 삼엄하게 이루어졌으리라 상상된다.

지금 우즈베키스탄 사람들은 집을 사고 팔 거나 돈을 빌려줄 때 모두 달러로 한다. 적어도 그런 일은 막지 않았을까?

아프리카에서 본
행복의 비결

———

아프리카의 시즌이 왔다. 요즘 이사회에 올라오는 보고서는 대체로 아프리카 국가이기 때문이다. IMF는 비슷한 유형의 국가를 모아서 논의하는 경향이 있다. 6월에는 아시아 국가가 많고 여름휴가 전에는 미국, 일본 등 큰 나라들이다. 그리고 요새는 아프리카 국가이다. 이사들 입장에서도 좋다. 유형이 반복되니 공부하기도 편하고 아이디어도 쉽게 얻을 수 있다.

오늘은 중앙아프리카공화국이다. 보카사가 국제적인 악명을 얻었던 바로 그 나라이다. IMF는 이 나라를 위태롭고(Fragile), 바다가 없는(Landlocked) 최빈국가라고 했다. 이 나라는 1960년 프랑스로부터 독립한 이후 끊임없이 쿠데타와 내전에 시달려왔다. 2013년 발발한 내전은 최초의 종교적 분쟁이었는데 참혹한 결과를 가져왔다. 군인과 공무원까지도 이슬람과 기독교도로 갈려 싸우다 보니 정부군이 와해되고 경찰과 행정도 붕괴됐다. 농부들도 땅을 버리고 무기를 들거나 다른 나라로 도망쳤다. 바다가 없는 나라이고 도로가 파괴되다 보니 식량원조도 받을 방법이 없어 많은 사람이 기아에 시달려야 했다. UN 평화유지군이 들어오면서 상황이 조금 나아졌다. 치안이 안정되고 정파간 타협도 이루어졌다. 농부들도 농토로 돌아오면서 경제가 기지개를 펴고 있다. 걸음마에 불과하지만.

개도국들을 볼 때 대학 시절에 배운 알몬드 교수의 프레임을 유용하게 쓴다. 모든 나라는 국가형성(State Building), 민족형성(Nation Building), 경제발전 그리고 복지국가의 단계로 나간다는 이론이다. 한 단계씩 거치며 발전하는 경우도 있고 우리나라처럼 동시에 여러 단계를 경험하기도 한다. 다만 어떤 단계든 생략하고 갈 수는 없다는 것이다.

이 프레임에 따르면 아프리카 국가들은 독립한 지 수십 년이 지났지만, 국가나 민족형성 단계를 벗어나지 못하는 경우가 많다. 중앙아프리카도 그런 경우이다. 경제발전을 논하기에 앞서 나라의 기초를 다질 수 있도록 국제사회가 도와야 한다. IMF가 앞장서야 한다는 요지의 발언을 하고 나오는데 내 친구이기도 한 얌바에 이사가 툭 치더니 "한국도 1970년대에는 우리랑 별 차이 없었는데?"하며 웃었다.

그래서 살펴봤다. 중앙아프리카 숫자는 IMF 통계상 1980년부터 있다. 1980년 1인당 GDP가 US$313이다. 이 나라는 계속 정체되어 있었기 때문에 1970년대 초도 비슷했다고 해도 틀린 것 같지는 않다. 재미있는 것은 우리나라는 US$300대를 딱 한 번 기록했다는 것이다. 1972년이다. 1970년대에는 자기들과 별 차이 없었다고 느낄 것 같기도 하다.

이 나라는 그 이후 롤러코스트를 탄다. 한때 540불까지 성장하기도 했는데 US$267까지 추락했다. 지금은 그나마 회복되어 2014년 US$367이었다. 잘 아는 것처럼 1960년대 이후 우리의 성장스토리

1인당 GDP 추이(중앙아프리카공화국)

자료출처: IMF WEO database

는 미라클이라고 할 수밖에 없다. 1960년 US$79에서 시작해 2014년에 약 US$28,000이었다. 55년 사이에 300배 성장한 것이다. 10년마다 약 60배씩 늘어났다.

2015년 우리의 1인당 국민소득은 US$27,195로 189개 회원국 중 31번째로 높다. 1970년 우리나라는 당시 119개 회원국 중 75위인 US$253이었다. 하위 1/3그룹에서 상위 20% 그룹으로 진입한 것이다. 성장률로 보면 2016년 우리나라의 전망치는 2.7%로 IMF 회원국 중 100위이다. 개도국이 절대적 수치로 높기 때문에 이 정도도 경제규모를 고려하면 저조한 게 아니다. 실제 OECD 회원국만 놓고 보면 10위이다. 이런 경제력 상승을 발판으로 IMF 내에서 우리의 위상은 끊임없이 진화했다.

그럼에도 지금 우리는 그리 행복해 보이지 않는다. 솔직히 말해 공무원 생활을 시작한 1985년 이후 지금처럼 사람들이 불만에 차 있었던 때는 없다는 느낌이다. 물질적 풍요를 달성하고 생활수준이 높아지면 지상낙원은 아니지만 꽤 행복할 거라 믿었던 걸 생각하면 당황스런 결과이다. 그렇다면 행복해지는 방법, 행복의 비결은 따로 있는 것인가?

오늘 우연히 서울대 김세직 교수의 글을 보면서 하나의 단초를 찾았다. 김교수에 따르면 지금 우리나라는 장기적인 성장률 하락 추세에 있으며 빠르게 제로성장 시대에 접근해가고 있다고 한다. 김교수의 글을 보면서 지금까지 행복했던 것은 누구보다 빠르게 성장했기 때문이 아닌가라는 생각이 들었다. 그리고 지금 불만이나 갈등이 팽배한 것은 성장엔진이 식어가고 있는 데서 오는 파열음이나 공포감이라는 생각이 들었다.

좀 더 정확히 말하면 행복했다기보다 불만을 느낄 틈이 없었다고 해야 할 것이다. 질주하는 차를 탄 승객들은 불안하긴 해도 불평을 하긴 어렵다. 숨죽이고 타고 있기만 해도 목적지에 갈 수 있고 또 잘못 떠들다가 사고라도 날까 두렵기 때문이다. 어떤 이유로든 차가 천천히 가기 시작하면 불만이 나오기 쉬워진다. 다른 차는 가고 있는데 우리 차만 느린 것 같고 운전수가 길을 잘못 들어 그런 것도 같고. 태워만 줘도 고마웠는데 지금 보니 같은 돈 내고 좋은 자리에 편히 앉아 가는 사람도 있다. 지금 우리가 이런 상황이 아닐까?

더 큰 문제는 당장 딱 부러진 해법도 보이지 않는다는 점이다. 속도를 조금은 높일 수 있을지 모르지만 과거처럼 남들이 거북이걸음을 할 때 고속열차로 갈 수는 없기 때문이다. 그런 표현을 쓰지는 않았지만 김교수는 총체적인 혁신을 이야기했다. 교육개혁, 기업가정신 고취 등. 그러면서 과도한 경기부양은 버블을 키우고 부채와 한계기업 숫자만 늘릴 것이라고 경계했다. 맞는 말이다. 시스템이 잘못된 것은 아닌지 늘 주의 깊게 살펴야 할 일이다. 하지만 단기적인 경기부양도 손을 놓을 수는 없을 것이다. 당장 힘들다고 국민들이 아우성치는데, 지금 보약을 먹었고 효과를 보려면 시간이 걸리니 기다려달라고 말할 수 있는 정부는 없다고 생각하기 때문이다. 모터가 고장 나서 차가 비실댄다고 해보자. 가만있기보다는 시동도 걸어보고 액셀도 밟아보고 할 것이다. 그러다 정말 큰 고장이 나더라도 말이다.

그러나 우리가 행복해지기 위해 지금 필요한 건 마음의 여유, 이런 것이 아닐까? 서울에 가는 차는 고속도로를 달려 목적지가 가까워지면 속도를 줄여야 한다. 차가 막히기 때문이다. 이럴 때 차가 오래 돼서 그렇다고 탓해봐야 소용없다. 오히려 인내심을 가지고 주위도 둘러보거나 도착해서 할 일, 만날 사람 생각이나 하는 편이 낫다.

지난해 페루에서 열린 IMF 총회를 마치고 미국 마이애미 공항을 통해 워싱턴으로 돌아왔다. 마이애미 공항에서의 환승시간은 2시간. 그런데 우린 비행기를 놓쳤다. 기다리는 사람도 많았고 평상시와 똑같이 업무를 하는 공항직원들 때문이었다. 공항직원들의 불친절과 무성의보다도 놀라웠던 것은 으레 그러려니 하고 기다리는 미국 사람들이었다. 많은 사람들이 나처럼 비행기를 놓쳤지만 낯을 붉히는 사람은 하나도 없었다. 선진국이 되는 건 그런 마음가짐으로부터 시작되는 것이 아닐까 하는 생각이 들었다.

지난해 썼던 글인데 김세직 교수 글을 바탕으로 리모델링한 것이다.

··

일본은
우리의
자화상인가?

—

　　　　　오늘은 상반기 마지막 이사회 날이다. 휴가를 떠나
는 사람도 있고 분위기는 들떠 있다. 우리 이사실은 마지막 안건 두
개가 일본과 한국 경제보고서이다 보니 긴장모드이다. 한국 경제보
고서가 논의될 때 우리 정부를 대신해 인사도 하고, 보고서와 회의
에서의 지적에 대해 우리 입장을 이야기해야 해서 나는 많이 바쁘
다. 그렇지만 일본 경제보고서를 논의하는 데도 참석했다.

　IMF의 최대 관심사는 일본이 아베노믹스의 목표인 2017년까지
물가상승률 2%를 달성할 수 있느냐이다. 일본은 잃어버린 20년으
로 통칭되는 장기불황을 겪었다. 경기가 침체되고 물가가 계속 하락
하는 심각한 디플레이션이었다. 물가가 떨어지다 보니 2010년 일본

의 조세수입은 1985년과 비슷한 수준에 그쳤다.

2012년 12월 집권한 아베 총리는 윤전기를 과감하게 돌리는 소위 아베노믹스를 추진했다. 화폐를 대량으로 발행하는 양적완화로 엔화의 가치를 떨어뜨리면 소비나 투자심리가 회복될 수 있다는 것이다. 아베노믹스는 추진 초기 성장률이 회복되고 물가도 올라 성공 가능성에 대한 기대를 높였다. 2011년 성장률은 -0.5%였고 물가도 -0.3% 하락세였다. 2013년 1.4% 성장을 했고 이듬해 물가가 2.7% 올랐으니 일본열도를 흥분시킬 만했다.

최근 들어서는 아베노믹스가 목표했던 2017년 2% 수준의 물가상승률은 달성하기 어려울 것이라는 관측이 힘을 얻고 있다. 성장과 물가가 다시 취임 전 상태로 돌아가고 있기 때문이다. 2015년 성장률은 0.5%, 물가상승률은 0.8%였고, 2016년에는 둘 다 0%대일 것으로 예상되고 있다. 세계경제가 좋지 않기 때문이다. 아베노믹스의 핵심 메커니즘은 엔저를 통해 수출을 늘리는 것인데 글로벌 경기 침체로 이를 기대하기 어렵기 때문이다. 그뿐만 아니라 일본기업들은 수출이 늘어나 돈을 벌어도 임금을 높여주지 않으니 소비가 늘어나기 어렵다는 것이다.

상황이 이렇다 보니 아베노믹스의 목표를 달성 가능하게끔 수정해야 한다는 주장이 힘을 얻고 있다. 소위 목표조정 혹은 리셋(Reset)론이다.

아베노믹스 이후 일본의 성장률, 물가, 환율

자료출처: IMF WEO database

　IMF는 어렵더라도 현재 목표를 유지하고 대책을 강구할 것을 권고했다. 이를 목표 재추진 혹은 리로드(Reload)라고 했다. 이제 와서 목표를 바꾸면 시장의 신뢰를 잃게 되는 더 나쁜 결과가 올 것이라는 주장이다. 물론 IMF도 대외 여건이 좋지 않고 그대로는 달성이 어렵다는 데에 공감한다. 그래서 목표는 유지하되 강제적으로라도 임금을 올리는 정책을 추진하라는 권고를 덧붙였다. 이익이 나는 기업은 그만큼 직원들의 임금을 올려주도록 법으로 강제하라는 것이다. 경제학에서는 이런 류의 정책을 소득정책이라 한다. 이 정책의 성패를 가를 열쇠는 비정규직 문제이다. 일본기업도 우리나라처럼 비정규직을 많이 쓰고 있다. 기업들에게 직원들의 임금을 올려주도록 강제할 경우 임금 부담이 적은 비정규직으로 대체해버리면 임금

인상에 따른 소비증진 효과가 제한되기 때문이다.

한국 경제보고서에도 비정규직 문제는 중요한 이슈이다. 새삼 우리나라가 이대로 가면 일본의 전철을 밟을지가 궁금했다. 거의 돈을 나눠주다시피 해야 할 정도로 쇠락한 일본 경제의 모습은 결코 닮고 싶지 않다. 그렇지만 인구고령화 충격을 본격적으로 겪게 되고 구조적으로 일본과 비슷한 데가 많아 희망대로 될지가 궁금했다.

일본처럼 될 수도 있다는 주장의 가장 중요한 논거는 잠재성장률이 지속적으로 하락하고 있다는 점이다. IMF에 의하면 우리의 잠재성장률은 1990년대 초 7%대였으나 지금은 3%대로 떨어졌다.

잠재성장률은 노동력과 자본, 생산성으로 측정한다. 고령화로 노동가능인구가 줄고 투자가 감소하면 생산성이 획기적으로 개선되지 않는 한 잠재성장률의 하락은 불가피하다. 노동가능인구, 투자 그리고 생산성 측면에서 긍정적인 요소가 없으므로 앞으로 잠재성장률이 일본처럼 계속 하락할 수밖에 없다는 논리이다.

우리나라는 일본과 다름없이 세계에서 출산율이 가장 낮다. 반면 베이비붐 세대가 은퇴기에 접어들고 있어 2017년 이후부터는 노동가능인구가 빠르게 줄어들 것이다. 2025년 이후부터는 전체 인구도 줄어든다고 IMF는 전망하고 있다.

일본의 잃어버린 20년이 시작될 때 나타났던 것이 소득불평등과 빈곤문제였다. 우리도 그런 조짐이 있다는 게 IMF의 지적이다. 우리

나라의 지니계수는 1990년대 초반 세계 최고수준으로 개선됐다. 하지만 분배지표가 계속 악화되고 있다. 과거에는 교육과 기업가정신으로 계층 간의 이동이 활발했지만 이젠 그렇지 못하다. 20%의 가구만이 2011년과 2014년 사이에 상위 소득계층으로 이동했다. 또 고령화와 빈곤 문제가 심화되고 있는 데 비해 우리나라의 사회안전망(Social Safety Net)은 여전히 취약하다. 노후불안 때문에 지갑을 닫으면서 경제 활력도 떨어지고 있다.

IMF는 우리나라의 투자 환경도 어둡게 보고 있다. 일본처럼 기업구조가 취약하고 조선, 철강 등 일부 산업의 과잉설비가 고통스럽다. 노동시장의 유연성이 부족하고 정규직과 비정규직 간의 이중성이 심화되고 있다. 기업의 부실채권 문제도 고려하면 성장잠재력을 높일 투자 증대를 기대하기 어렵다는 것이다.

일본보다 수출의존도가 높은 것은 다행스러운 점이다. 일본은 국내시장이 커서 수출의존도가 낮다. 10~15% 수준이다. 국민들의 소득수준이 높아지고 국민의 눈높이에 맞는 적합한 제품을 만들면 기업들은 어렵지 않게 성장할 수 있었다. 일본 국민의 생활수준이 세계 최고가 되면서 일본기업의 제품들은 수준이 너무 높아 세계시장으로 확산되는 데는 한계가 있었다. 소위 갈라파고스 현상이다. 우리나라는 수출 비중이 높다. 다소 낮아지는 추세이긴 하지만 아직도 40% 안팎이다. 수출 증가를 성장 동력으로 기대할 수 있는 배경이다.

최근 걱정되는 것은 우리 기업들이 국내에 투자해서 수출하는 게 아니라 자꾸 해외로 나가는 문제이다. 국내투자는 부진한데 경상수지 흑자는 계속 늘어가는 이유 중 하나이다. 외환위기를 겪었기 때문에 경상수지 흑자가 많을수록 좋다고 생각할지 모른다. 하지만 지나치면 그 또한 고민스럽다. 우리의 흑자 규모가 크다는 것은 다른 누군가는 외환으로 고통을 받는다는 이야기이다. 국제적인 압력도 걱정해야 한다.

IMF는 해외시장만 쳐다보지 말고 내수시장을 키우라고 충고하고 있다. 선진국을 비롯해 세계경제가 어렵고 가까운 시일 내 개선될 가능성도 희박하다. 수출에 의존해 우리 어려움을 해소하려면 다른 나라의 견제와 갈등이 불가피하기 때문이다. 사회안전망을 확충하면 노후의 삶에 대한 국민들의 걱정을 해소하고 내수가 활성화될 수 있음을 주목한다. 적절한 연금제도를 통해 노후소득을 보장해주고 은퇴하더라도 자녀를 공부시키거나 의료보장을 받는 데 어려움이 없도록 해주어야 한다. 노후불안이 줄어들어 소비가 늘어나면 기업은 신규투자를 늘리게 될 것이다. 사회안전망을 확충하면 노동시장의 유연화를 위한 노조의 협조를 받을 수 있다.

IMF는 투자 환경도 시급히 개선할 것을 강조한다. 노동시장 구조를 유연하게 만들고, 특히 정규직과 비정규직 문제는 조속히 해결하지 못하면 두고두고 발목을 잡을 가능성도 있다고 경고한다. 일본이 그 좋은 본보기이다. 기업 구조조정도 신속히 마무리해야 한다. 요체는 속도이다.

사회안전망 확충이나 기업 구조조정, 이런 일을 하려면 돈이 있어야 한다. 그런 측면에서 우리에게 아직은 희망이 있다. 세계 최고 수준의 건실한 재정이 있기 때문이다. IMF 보고서는 부럽다고까지 쓰고 있다. 물론 재정이 만병통치약은 아니다. 일본의 예에서 보듯이 방심하면 나라 곳간은 금방 바닥을 드러낼 수 있다. 재정을 건실하게 해야 하는 것은 늘 타당한 일이다. 그렇지만 미래를 충분히 내다보는 가운데 재정여력을 기업 구조조정을 신속하게 하는 촉매제로 활용하고 사회안전망을 확충해 나간다면 일본처럼 오랫동안 고통받지는 않을 것이다. 특히 사회안전망 확충과 노동시장의 유연화, 건전재정화를 두고 사회세력 간 연대와 협력을 이끌어낸다면 우리는 새로운 미래를 꿈꿀 수 있다.

3부

—

미국이라는 윈도우

시즌 THREE는 바로 이런 것!

미국인의
선택이
기다려지는 이유

—

1월 26일 어렵사리 워싱턴 D.C.로 돌아왔다. 눈으로 폐쇄된 덜레스 공항 때문에 화요일도 결항될지 모른다는 소식에 걱정을 많이 했었다. 급한 일이 있는 건 아니었지만 할 일이 끝난 한국에서 오래 머무르는 것도 어색했다. 비행기가 출발하니 다행스러웠다. 공항에 내려 우버택시를 탔다.

모하메드라는 이름을 가진 아아(미국에선 흑인을 아프리칸 아메리칸이라 하니 약해서 아아로 하기로 하자)였다. 근데 이 기사는 차가 출발하면서부터 내내 라디오방송에 집중하고 있다. 앞쪽에만 들리도록 해놓고 누가 봐도 경청하는 모습이 역력했다. 잘 들리지는 않았지만 미국 대선 관련 방송인 것 같았다. 한참을 갔을까, 이 친구가 말을 붙이기 시작한다. 방송을 뒤에서도 듣게 해줄까, 라고.

그러라고 해놓고 물었다. "선거에 관심이 많으신 모양이에요?" "그렇다."며 그는 이유를 덧붙인다. "트럼프가 될까 봐 걱정이에요." 자기는 시에라리온 출신 아이인데 트럼프가 되면 미국을 50년쯤 뒤로 후퇴시킬 것이라 했다. 그는 대단히 위험한 인물이라고도. 한국에게도 별로 좋지 않을 거다, 북한을 공격할지도 모른다면서.

그가 확고한 공화당 선두주자이고 당선될 가능성도 있지 않느냐고 물었더니, 그는 트럼프가 공화당 주자는 될지 모르지만 대통령은 될 수 없을 거라 했다. 그래선 안 된다고 단호하게 말했다. 나는 그에게 "트럼프가 지지를 받는 이유가 뭐라 생각하느냐."고 물었다. 그는 백인들이 뒤에 있기 때문이라 답했다. 이번 대선은 지배력 상실을 두려워하는 백인들과 이에 반대하는 세력 간의 싸움이기에, 백인들은 트럼프를 내세워 이민자들이 미국으로 들어오는 문을 닫으려 한다는 것이다. 이번 대선을 인종 간의 대결로 보는 시각이 재미있었다.

미국의 인구는 3억 1,500만 명이다. 70억 세계인구의 5%가 조금 안 된다. 미국 인구의 주류는 백인인데, 히스패닉계를 제외하고 1억 9,700만이다. 대략 2억 명쯤 되는 거다. 전체 인구의 64% 수준이다. 아아가 12.3%, 히스패닉이 11%, 아시아계가 5% 안 되는 수준이다. 이 수치만 보면 백인들이 지배력 상실을 두려워한다는 건 실감이

나지 않는다. 문제는 증가속도이다. 2000년 이후 지난 15년간 히스패닉과 아시아계가 급속히 늘어났다. 히스패닉과 아시아계의 비중은 40% 이상 증가했고 아아는 12% 늘었다. 백인은 5% 증가에 그쳐 상대적으로 감소했다. 아시아계는 이민이 늘어난 것이고 히스패닉계는 출산이 큰 원인이다. 미국에서 아이를 열심히 낳는 건 대체로 천주교 신자인 히스패닉으로 알려져 있다.

인종적 분포에 따른 투표성향을 연구한 결과에 의하면 백인들은 공화당, 아시아계나 히스패닉 등은 상대적으로 민주당 지지성향이 높다고 한다. 2008년 대선에서 히스패닉은 67%, 아시아계는 50%가 민주당을 지지했다. 반면 공화당에 투표한 비율은 31%, 28%에 그쳤다.

이렇게 보면 모하메드의 주장이 일리가 없는 것만은 아니다. 실제 미국은 중요한 선택의 기로에 있는 것도 사실이다. 국력을 유지·발전시키기 위해서는 적절한 인구가 필수적이다. 우리 앞에 빨간불이 켜진 것도 저출산으로 인구문제가 눈앞에 있기 때문이다. 미국이 성장 모멘텀을 이어가기 위해서는 지속적인 이민유입이 필수적이다. 3억 명만이 살아가기에는 미국의 땅덩어리는 너무 넓다. 특히 10억 이상 인구를 가진 중국과의 주도권 경쟁을 염두에 두면 그 중요성이 배가된다. 물론, 비백인 이민이 많아진다면 모하메드 말처럼 백인 지배를 주장하는 측에서 보면 바람직하지 못할 것이다.

정말 백인들이 트럼프를 내세워 자신들의 지배력 유지를 위해 이민을 저지하려는 건지, 나는 잘 모른다. 미국사회나 정치에 대한 인식이 부족하기 때문이다. 다만 이민 확대를 반대하거나 혹은 억제해야 한다는 목소리는 언제나 힘을 얻을 수 있고 그것이 트럼프 지지로 연결될 가능성이 있다고 생각한다. 이민의 문제는 국가 전체적으로는 바람직할지 모르나 개별 국민의 이익에는 반할 수 있기 때문이다.

과도한 인구유입은 내국민의 일자리를 잠식하고 임금상승을 억제하며 세부담 증가로 이어질 수 있다. 조금 더 설명하면, 경제가 좋아지면 노동에 대한 수요가 늘어난다. 이때 사람이 부족하면 임금이 올라가게 된다. 그러나 이민으로 노동력 공급이 증가한다면 임금상승이 어려워진다. 반대로 이민자들을 지원하는 사회적 비용이 늘어나므로 세부담은 높아질 것이다.

미국의 임금수준이 높은 이유 중 하나는 국경을 잘 관리하고 있고 불법노동에 대한 규제가 강하기 때문이라고 나는 생각한다. 그렇지만 이 역시 과도하면 산업의 경쟁력을 떨어뜨려 결과적으로 일자리를 줄이는 방향으로 작용할 수도 있다.

IMF는 이민유입에 따른 부정적인 효과를 일축한다. 최근 연구결과에 의하면 이민유입으로 일자리가 줄거나 임금수준이 떨어지는 일은 없다는 것이다. 물론 저임금 일자리를 잠식하고, 의료나 사회보장비용이 일시적으로 높아지는 문제는 있다. 장기적으로 노동생산성이 높아지고 소득이 늘어나는 긍정적인 효과가 더 크다는 것이다. 또, 재정적 측면에서도 젊은 노동력의 유입으로 의료보장이나 연금 등에 있어서 돈 낼 사람은 별로 없고 혜택 받는 사람만 늘어나는 문제를 완화시킨다는 것이다.

이민, 일자리, 임금 그리고 국력, 이런 문제는 미국만의 고민은 아니다. 우리에게도 현실이고 숙제이다. 그런 의미에서 이런 이슈를 놓고 토론이 이루어지는 것 자체가 부럽다. 이는 미국민의 선택이 기다려지는 이유이기도 하다.

생각보다 작은
자유의 여신상

(결코 자유롭지 않은 미국에 대하여)

—

월가 사람들을 만나 이야기를 들어보려고 뉴욕에 갔다. 딸도 마침 대학원 입학 인터뷰가 있다고 와서, 같이 큰마음 먹고 자유의 여신상에 갔다. 미국 온 지 1년이 넘었는데 아직도 못 본 것이다. 자유의 여신상은 미국독립 100주년을 기념하여 1876년 프랑스가 기증한 것이라 한다. 프랑스가 내세우는 게 자유·평등·박애니까 그에 걸맞긴 하다.

하지만 그 진의는 라이벌인 영국을 긁는 데 있었을지 모른다. 이 자유의 여신상은 에펠탑을 설계한 구스타프 에펠이 주도했다고 한다. 에펠탑을 좋아했기에 기대가 컸다. 그런데 자유의 여신상은 생각보다 조그마했다. 에펠탑 정도의 규모를 상상했으나 어림없었다.

미국은 자유의 나라라고 하는데 미국의 자유라는 것도 우리 기대보다는 작을지 모르겠다.

미국의 자유에 대한 기대를 어긋나게 하는 관문은 바로 공항이다. 난 국제관계 일을 오래 했기 때문에 많은 나라를 가보았다. 그러면서 생긴 생각 중 하나는, 그 나라를 입국할 때 쓰는 출입국신고서가 간단하면 할수록 선진국이라는 믿음이다. 이는 출입국신고서가 없는 거나 마찬가지인 프랑스에서 3년이나 살았기 때문인지도 모르겠다. 프랑스 입국신고서는 너무나 간단했다. 이름, 국적 정도. 그나마도 열심히 들여다보는 걸 경험하지 못했다.

후진국으로 갈수록 신고서에는 많은 걸 적도록 요구한다. 쓰면서도 이거 알아 뭐할까 싶은 것들이 대부분이다. 사회주의 국가이거나 그 잔재를 뿌리 뽑지 못한 나라일수록 더 그렇다. 선진국 중 예외인 나라가 미국이다. 미국에 들어갈 땐 많은 걸 적어야 한다. 식품, 동물, 그리고 돈에 이르기까지. 뿐만 아니다. 출입국을 담당하는 직원들은 친절하게도 상세히 물어본다. 또 비행기에서 내려 최종 출구로 나가기까지 곳곳에 큰 개를 볼 수 있다. 애완견을 데리고 입국한 사람들이 아니다. 돈 냄새, 마약 냄새를 맡으려는 감시견들이다.

지난해 페루 리마에서 개최된 IMF 총회에 참석하고 마이애미를 경유해서 입국했다. 국제선의 경우 출발 때 보안검색을 하면 중간경유지에서 다시 하는 경우는 거의 없었다. 그런데 여기서는 모든 걸 새로, 다시 해야만 했다. 기다리는 사람은 많았고 시간은 오래 걸렸다. 덕분에 경유시간이 2시간 반이나 되었는데도 비행기를 놓쳤다.

　공항이 엄격해진 것은 9.11사태의 영향이 크다. 테러와의 전쟁이 시작되면서 자유에 대한 미국인들의 신념은 크게 바뀌었다. 미국 건국의 아버지들은 자유로운 나라 미국을 만들기 위해서 국민을 구속할 가능성이 조금이라도 있는 제도는 만들면 안 된다고 생각했다. 그러나 테러와의 전쟁이 시작되면서 안전을 위해서라면 시민을 불편하게 만들 수 있는 조치도 필요하다는 쪽으로 생각이 바뀌었다. 예를 들면 테러리스트이거나 혹은 테러를 교사하는 사람이라면 미국 시민이라고 하더라도 발포할 수 있고 무기한 구금할 수도 있다. 영장 없이도 수색이 가능하고 도청 등의 방법으로 수집한 자료도 증거로 채택될 수 있다. 또 시민을 군사법정에 세울 수도 있다.

　미국의 자유시장경제에 대한 확고한 신념도 변화되고 있는 게 사실이다. 미국하면 자유로운 시장, 자유무역이니 했던 것은 곧 역사 교과서에서나 볼 수 있는 이야기가 될지도 모른다. 실제로 TPP가 미국인들의 강한 반대정서 앞에서 불확실한 상태이고 공화당 대선 후보 트럼프는 한미자유무역협정 전면 재검토를 공약으로 내걸고 있다. 뿐만 아니다. 미국은 기업의 활동과 국민생활과 관련해 규제 없이 자유로운 나라가 아니다. 세계 어느 나라 못지않게 규제의 그물이 쳐져 있는 곳이다.

　다시 미국입국 이야기부터 해보자.

그렇게 어렵사리 공항을 빠져나와 시내로 가는 길. 도로는 그리 자유롭지 못하다. 곳곳에 속도규제고 지켜야 할 표지판이다. 카메라가 도처에 숨어 있는 건 미국도 다르지 않다. 속력이 올라갈수록 위력을 발휘하는 독일차를 무용지물로 만들기 위해서일까? 음주운전에 관한 규제도 만만치 않다. 우리나라와의 차이점은 무조건 세워서 음주측정을 하기는 어렵다는 것뿐이다. 음주가 의심되더라도 신호를 위반했다거나 혹은 차량 번호판이 문제가 있다는 뭔가 구실이 있어야 한다.

술에 대한 규제 또한 엄격하다. 슈퍼에서는 주류를 살 수 없는 곳이 많다. 한국슈퍼에 가서 한국산 소주를 찾았더니 없었다. 모양과 이름이 비슷한 게 있었는데, 소주는 아니었다. 사과음료였다. 나중에 알고 보니 그게 소주 대용물이었다. 소주를 못 파니 대용품을 가져다 놓은 거였다. 인디아나주에선 편의점에서 맥주를 차갑게 해서 팔지 못한다고 한다. 차갑게 하면 음주를 장려할 가능성이 있다고.

대학 1학년이 된 아들이 와서 식당에 갔다. 와인을 시켰더니 아들이 몇 살인지 물었다. 19세라고 했더니 술을 마시면 안 된다는 것이다. 뿐만 아니다. 식당에서 술 먹다가 아무리 많이 남더라도 그걸 들고 나오진 못한다.

기업 활동에 관한 규제가 별로 없는 나라가 미국이라는 것이 많은 사람들의 신념이다. 우리나라를 규제공화국이라고 공격할 때 사용하는 모범국가가 미국이다. 그러나 미국에는 재판이라고 하는 무시

무시한 규제가 있다. 기업이 사전적으로 따라야 할 규제는 우리보다 적을지 모르지만, 소비자가 천문학적 금액의 소송을 제기하면 규제에 따른 비용은 용돈에 불과하다. 담배를 피워 암에 걸리고 햄버거를 먹어 고혈압이 된 소비자가 내는 소송을 고려하면 미국도 규제비용이 만만한 나라가 아니다.

미국은 한 마디로 재판공화국이다. 그러니 모두가 소송 당하지 않도록 하는 데 최우선을 둔다. 이삿짐이 왔을 때도, 집을 계약할 때도 그랬다. 나는 급한 이삿짐을 먼저 비행기 편으로 부쳤다. 그래도 양이 꽤 되었다. 흑인할아버지가 조그만 트레이를 하나 들고 나타났다. 혼자 왔다 갔다 하면서 짐을 집안으로 들여놓았다. 계약대로라면 짐을 다 풀어 정리해주어야 한다. 물론 그가 "짐을 다 들여놓고 정리해줄까?"라고 묻긴 했지만 관두라고 했다. 저 속도라면 하루 종일 같이 있어야 할 테니까. 차라리 내가 하고 말지, 싶었다. 그러더니 서류 몇 장을 들이밀고는 사인을 하란다. 법률용어로 빼곡히 적힌 그 문서는 다 보기도 힘들었다. 아마 자기는 아무런 문제없이 배달을 잘했고, 어떤 손상도 책임질 일 없다는 내용일 거다. 가구 등의 큰 이삿짐들도 마찬가지였다. 큰 짐을 배달해온 이들도, 대충 해놓고는 서류를 들이밀었다. 차분히 읽어볼 엄두도, 여유도 나지 않았다. 용감하게 사인을 해줘버리는 게 차라리 마음 편하다.

미국의 규제 없음을 주장하는 사람들은 그래서 새로운 기술이 개발되고 혁신적인 기업이 나타난다고 주장한다. 그렇지만 나는 이 의견에 동의할 수 없다. 미국의 천재적인 젊은이들을 창업으로 이끄는 것은 규제가 없어서 맘껏 시도할 수 있기 때문이 아니다. 여기도 기업이 극복해야 할 규제의 산은 험난하다. 우리처럼 잘 보이지는 않지만.

미국은 기업의 활동을 적극적으로 도와주는 경우가 드물다. 한 예로, 미국에서 사업하는 친구가 있다. 한국으로 수출을 좀 했으면 하는데 어떻게 하면 좋겠냐고 물어왔다. 우리 같으면 코트라(KOTRA)나 중소기업진흥공단을 찾아가면 될 일이다. 미국에는 그런 기관이 없고, 있다 해도 좋은 서비스를 기대하기 어렵다고 했다. 여기서는 변호사를 찾아가서 돈 주고 자문을 받아야 한다는 것이다. 미국이 변호사의 천국이 된 이유 중 하나를 알 수 있는 순간이었다.

미국도 우수한 젊은이가 법대나 의대를 간다. 우리만 그런 것은 아니다. 여기도 변호사, 의사가 되면 평생 안정되게 잘 살 수 있다. 그래서 우수한 사람들이 많이 간다. 의대는 미국 시민권자가 아니면 쉽사리 가기도 어렵다. 미국의 천재성 있는 젊은이들이 창업을 하고 벤처를 만드는 것도 사실이다. 규제가 없어서가 아니다. 세계 최대 규모의 시장이 있기 때문이다. 세계에서 가장 높은 소득을 가진 인구 3억 이상의 단일시장은 지구상에 없다. 유럽이 인구규모나 소득 수준은 비슷할지 모르나 많은 나라로 갈라져 있어 단일시장으로 보기는 미흡하다. 매력이 훨씬 덜하다.

예를 들어, TV를 보면 미국에선 한 지역에서 통하는 것이면 3억 이상 인구 어느 지역에서건 쓸 수 있다. 유럽은 아니다. 나라마다 언어가 다르니 하다못해 사용설명서라도 많은 종류를 만들어야 한다. 성공만 하면 3억 명에게 큰 노력 없이 팔 수 있는 게 미국시장이니 이곳은 아이디어만 좋다면 백만장자가 되기가 쉬운 것이다. 그래서 빌 게이츠가 나오고 마크 저커버그가 미국에는 탄생할 수 있는 것이다.

성공하면 대박 나올 가능성이 높기 때문에 이를 지원하는 시스템도 차원이 다르다. 하지만 그만큼 감당해야 할 리스크도 크다. 1990년대 말 등장해서 2000년대 초반 큰 인기를 누렸던 싸이월드(Cyworld)라는 SNS가 있다. 페이스북보다 등장이 빨랐기에 그것을 잘 개발했으면 시장을 선점했을 것이라 애석해하는 사람들이 있다. 그렇지 않다. 우리가 잘 발전시켰더라도 한국시장이라는 규모의 한계를 극복하지 못했을 것이다.

우리는 시장의 규모가 작다. 그래서 우리 선배들은 세계로 가야 한다고 했다. 수출입국이 그것이다. 거기에 맞는 시스템을 만들었다. 물론 지금은 정부지원에 의한 수출증대는 생각할 수 없다. 그렇다고 규제를 풀면 새로운 아이디어가 나오고 세계시장을 주도할 사업가가 나온다는 건 로또 맞기를 바라는 것이다. 미국의 자유가 생각보다 작듯이 우리 시장도 여전히 아주 작기 때문이다.

햄버거와
미국

———

　　오늘은 무척 바쁜 날이다. 아침에는 아시아태평양국의 중국경제 현황 보고가 있었다. 이슈가 이슈인지라 라가르드 총재가 직접 주재했고, 모든 이사들이 돌아가며 한 마디씩 하는 바람에 회의는 12시가 다 돼서야 끝났다. 다른 때보다 30분 빨리 시작했는데도 그렇다. 5시까지 내보내야 하는 몬테니그로 그레이를 검토하고 나니 1시가 넘었다. 2시부터는 골치 아픈 그리스와 우크라이나 관련 이사회가 있다. 역시 총재 주재다. 점심을 후딱 먹고 와야 한다. 이럴 때 가장 좋은 건 역시 햄버거다.

　좋아하는 쉑쉑(Shake-Shack)버거까지 걸어서 10분, 주문하고 10분쯤 기다렸다. 햄버거도 햄버거지만 특히 감자(프렌치프라이)를 좋

아한다. 사실 가장 좋아하는 건 커피셰이크다. 이 집은 사실, 햄버거
보다 셰이크로 더 유명해졌다. 그 나이에 그런 거 좋아하느냐 할까
봐 난 이곳에 혼자 온다. 라지 콜라에 셰이크까지 하면 18불. 햄버
거로 때우는 식사치고는 지출이 과하다. 그러나 18불을 지불할 가
치는 충분하다고 느낀다. 언제나처럼 지나가는 사람들을 볼 수 있는
스탠드에 앉아 먹었다. 행복감이 밀려온다.

햄버거를 가까이하기 시작한 건 1991년 영국으로 공부하러 가면
서부터다. 영국음식으로 하루 세 끼를 해결해야 한다는 건 큰 고통
이었다. 느끼하기도 했지만 냄새도 견디기 힘들었다. 그전엔 잘 먹
지 않았지만, 그나마 괜찮았던 게 햄버거였다. 간편하면서 덜 느끼
했다. 중국식당에 가서 볶음밥 먹는 게 최고였지만 학생신분으로 사
치였다(한국요리는 접근 자체가 힘들었다). 그러다 보니 햄버거가 좋아
졌다. 가끔씩은 먹어줘야 한다.

햄버거는 미국에 잘 맞는 음식이다. 햄버거는 몽골군이 빠르게 이
동하면서 먹던 전투식량에서 유래했다고 한다. 독일의 함부르크에
서 현재의 이름을 얻었고 미국에서 유명해졌다. 많은 사람들이 미국
에서 시작된 걸로 알고 있을 정도니.

점심을 후다닥 먹어야 하는 미국인들에게 햄버거만 한 음식이 없
다. 미국인들은 점심시간을 아껴가며 일한다. 대부분의 직장이 공식
적인 점심시간이 없다. 그래서 보통 '하루 8시간 일한다' 하면 9시

부터 오후 5시까지를 뜻한다. 미국인들은 일하면서 점심을 먹는다 해도 과언이 아니다. 여기에는 햄버거만큼 적합한 것도 없다. 빨리 먹을 수 있으면서 영양도 풍부하니까.

이와 가장 대조적인 곳이 바로 프랑스다. 프랑스는 점심시간이 2시간이다. 이 시간은 단지 요기를 위한 것이 아니라, 온갖 비즈니스와 사교가 이루어지는 시간이다. 프랑스 식당은 작아도 대체로 방이나 독립공간이 있다. 미국식당은 아무리 큰 곳도 방이 있는 곳이 드물다. 점심시간이 길다 보면 노동시간이 줄거나 노동 강도가 약해질 수밖에 없기 때문이다. 실제 프랑스 사람들은 일을 열심히 하지 않는다. 주당 35시간을 목표로 근로시간을 줄여왔고 지금은 32시간을 지향한다.

미국인들은 유럽 사람들보다 상대적으로 오래 일한다. 1년으로 치면 약 1,789시간 일한다. 프랑스 1,473시간, 독일 1,371시간, 영국 1,677시간에 비하면 꽤 많은 시간이다. 주당 평균근로시간은 차이가 크지 않다. 모두 35~37시간 사이이다.

문제는 휴가를 포함한 휴일 수다. 프랑스인들이 12주, 독일인들이 13주가 휴일인데 미국인들의 휴일은 3.7주에 불과하다. 1991년에 영국에 처음 갔더니 휴일에는 슈퍼마켓이 다 쉬었다. 대학 도서관이 가장 먼저 문을 닫았다. 일하는 사람들도 쉬어야 한다는 논리였다. 영국을 떠날 때쯤 바뀌기 시작했지만.

미국인들은 조금 놀 뿐 아니라 생산성도 선진국 중 최고이다. 미국의 생산성이 100이라고 하면 프랑스는 92.8, 독일은 91.0 수준이다. 유럽인들은 미국인들보다 일을 잘 못하면서 오래 쉬니 미국과의 격차가 생기는 것일 테다.

우리는 어떤가? 잘 알려져 있는 것처럼 아주 오래 일하는 나라이다. 휴일 수는 4.3주니 미국보다 약간 길다. 그런데 우리는 주당 45시간 가까이 일한다. 그러면 연간 2,124시간 일하는 셈이고, 미국보다는 약 20% 이상 높다는 말이 된다. 그러나 우리는 20%나 더 일을 하는데도 노동생산성이 통계상으로 미국의 절반에도 미치지 못한다. 시간 대비 효율적이지 못한 문제 때문에, 최종적으로 미국의 절

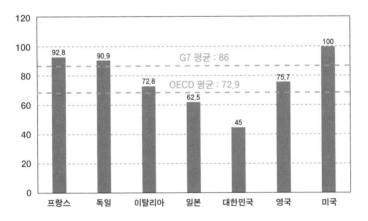

주요국의 노동생산성 비교

주: 2012년 각국의 근로시간 당 GDP를 미국(=100)을 기준으로 표준화한 수치임
자료출처: OECD

반 수준에 머무를 수밖에 없는 것이다. 측정의 객관성 등 여러 문제 등이 있으므로, 효율성이 반 정도에 불과할 것으로 생각하지는 않지만 현저히 낮으리란 점은 수긍이 된다.

효율성의 문제에 있어, 흔히들 지적하는 자본의 문제가 있을 수 있다. 쉽게 말해 한국 농부는 손으로 농사짓지만 미국 농부들은 대규모 기계를 쓰기 때문에 생산성이 높다는 것이다. 이것도 가능성 있는 이야기이긴 하다. 그렇지만 이보다 주목해야 하는 사실은 우리 사회의 효율성이 현저히 낮기 때문이 아닐까, 하는 생각이다.

이곳에서 내가 자주 가는 슈퍼마켓인 홀푸드는 연중무휴, 아침 7시부터 밤 11시까지 한다. 그런데 모든 종업원이 똑같이 일하는 게 아니다. 예를 들면 계산대는 20개가 있지만 고객 수에 따라 계속 줄이고 늘린다. 20개가 다 가동하는 것은 몇 시간 안 된다. 슈퍼는 오래 문을 열어 많은 손님을 받지만 탄력적인 배치로 비용을 최소화한다. 반면 우리는 그런 융통성이 별로 없다. 모든 사람이 똑같이 일하므로 피로도는 높고 바쁠 땐 모두가 바쁘겠지만 때로 한가한 종업원이 있을 수 있다. 그리고 이런 것들은 모두 비용 발생으로 이어진다.

프랑스에 있을 때는 토요일에 문 여는 은행이 많았다. 토요일에 일하는 곳은 월요일을 쉰다. 고객들은 토요일에 은행 갈 수 있어 좋다. 교통도 분산되니 사회적 비용도 낮아질 것이다.

경제의 진리는 평범하다. 열심히 일하고 효율적이면 성공하는 것이다. 우리는 효율성은 미국만 못해도 그나마 열심히 일해 보충했다. 오늘날 유럽의 위기는 효율성은 떨어지는데 열심히 일하지 않는다는 데서 온다. 그렇게 보면 우린 근로시간은 줄여나가되 효율성은 높여야 한다는 숙제가 있을 것이다. 햄버거의 의미를 되새겨 봐야 하는 이유이다.

꿈과 분노

———

　　　딸이 뉴욕 소재 대학 두 군데의 드라마스쿨 입학허
가서를 받았다는 소식을 전해왔다. 꽤 흥분한 목소리였다. 세계적인
물리학자가 되겠다던 딸이 연극을 하겠다고 선포해 온 집안을 발칵
뒤집어놓은 지도 벌써 5년이 지났다. 딸은 많은 반대를 무릅쓰고 자
신이 원하는 길을 걷고 있다. 그 작은 결실 중 하나가 드라마스쿨의
입학허가서를 받은 것이었다. 딸은 특히 뉴욕에 있는 학교를 가고
싶어 했다. 공부도 하고 브로드웨이로 진출할 길을 찾기 쉬울 것 같
아서란다. 그럴 것 같기는 하다.
　　하지만 나는 썩 맘이 편치 않았다. 돈 때문이다. 뉴욕 학교들은 하
나같이 등록금만 6~7만 불이 넘는다. 생활비도 비싸다. 적어도 한

달에 3,000불은 기본이다. 그러면 1년에 1억은 있어야 한다는 계산이다. 외국인인데다가 전공이 장학금을 기대하기가 어려운 탓이다. 아무리 생각해도 자신이 없었다. 그렇다고 "포기하라."고 말할 용기도 생기지 않았다. 아빠로서 딸의 날개를 꺾는 게 수치스럽다는 생각도 들었다. 한심하게 느껴졌다. 무력감이다. 도대체 여긴 왜 이리 학비가 비싼 건가? 미국 사람은 그렇다 치고 다른 한국 사람들은 잘도 보내더니만.

미국인들이 느끼는 분노가 갑자기 와 닿았다. 트럼프현상을 설명하는 유력한 논리 중 하나는 미국인들이 분노하고 있기 때문이라고 한다. 분노는 더 이상 아메리칸 드림이 내 이야기가 될 수 없다는 좌절감에서 기인한다. 아메리칸 드림은 열심히 일하기만 하면 사회적 지위, 계급, 인종, 성별과 무관하게 누구나 성공할 수 있다는 메시지이다. 그러나 많은 미국인들이 이는 더 이상 진실이 아니라고 생각하게 되었다. 심지어 이룰 수 있는 꿈이 아니라 환상에 속았다는 것이다. 특히 대학등록금이 비싸 자녀를 교육시킬 수 없어 자식들까지 남들처럼 버젓이 살게 할 수 없다는 것이 미국인들이 좌절하고 분노하는 이유이다.

이런 환상을 만든 건 누구인가? 정치인들이다. 그들은 정직하지 않다. 도저히 이룰 수 없는 환상을 제시하면서 열심히 일만 하면 된다고 우릴 기만했다. 그래서 미국인들이 트럼프를 지지한다고 한다.

정치인이 아니라서. 트럼프가 막말하는 것은 사실이지만 그것이 오히려 그의 솔직함이라는 것이다.

미국 상무성은 매년 내는 보고서에서 아메리칸 드림을 정의했다. 집이 있고 성인 각자가 자기 차를 가지고 있으며 자녀들을 모두 대학교육을 시키는 것. 또, 건강과 연금 등 노후 걱정이 없는 상태라고 정의했다. 그리고 1년에 한 번은 가족여행을 갈 수 있는 상태라고 한다. 건강 관련 부분은 의료비가 비싼 것이 미국의 현실이므로 이를 감당할 수 있어야 한다는 것이다. 이러한 구분은 중산층을 어떻게 보느냐와도 맥이 통한다.

최근 연구에 의하면 이런 생활을 유지하려면 가구의 연간 소득이 13만 불 이상 되어야 한다. 그런데 미국 근로자 1인 평균소득이 5만 불 이하이다. 그러므로 부부가 열심히 일해도 이런 생활수준을 달성할 수 없다. 더구나 등록금이 너무 비싸서 자녀를 대학에 보내기도 힘들다. 설령 보내더라도 학생 때부터 많은 빚을 지는 게 현실이다. 그러면 자식들 또한 대학 졸업 후 남은 인생은 평생 빚을 갚는 데 써야 한다. 최근 조사에 의하면 미국인의 64%가 아메리칸 드림을 이룰 수 있다고 생각한다. 지난 수십 년간 조사 중 가장 낮은 수치이다.

미국연방준비은행 이사회(FRB)가 2013년부터 매년 발표하는 소비자 보고서에 재미있는 항목이 있다. 긴급하게 400불이 필요하다면 어떻게 조달할 것인가를 물었다. 놀라운 것은 절반 조금 넘는

53%만이 가지고 있는 예금이나 비상금으로 충당할 수 있다고 답했다. 47%나 되는 사람들이 은행에서 빌리거나 가진 물건을 팔아서 구하겠다고 했다. 심지어 방법이 없다는 사람도 많았다.

평범한 미국 사람들을 더욱 분노하게 하는 건 자신들의 꿈이 좌절되는 게 분배구조가 잘못되었기 때문이라는 것이다. 미국사회 구조가 잘사는 소수의 상류층에게 유리하게 되어 있어서 열심히 일해봐야 가진 사람 좋은 일이라는 것이다. 특히 이런 현상은 2000년 이후 심화되었다. 2000년 초 미국 가구의 중위소득은 9만 불 수준이었다. 그런데 2015년, 5만 불로 낮아졌다. 중위소득은 평균소득이 아니라 가구를 소득별로 줄 세워놓고 정확히 가운데가 어딘지를 찾는 것이다. 그러므로 중위소득의 수준이 떨어졌다는 건 저소득가구의 수가 크게 늘어났다는 의미와 같다. 물론 2008년 미국금융위기 탓이 클 수도 있다. 그러나 비판적인 학자들에 의하면 이런 경향은 1980년대 아니 1970년대 초반부터 진행되었다. 미국 근로자의 실질 임금은 2차대전 이후 지속적으로 상승하다가 1970년 초 피크를 쳤다고 한다. 그 이후에는 현재까지 같은 수준을 유지하고 있다.

이 통계가 의미하는 건 두 가지이다. 분명 미국경제는 발전했는데 그 과실이라 할 수 있는 임금이 오르지 않았다면 다른 누군가가 그 결실을 대부분 향유했음을 의미한다. 그리고 근로자의 입장에서는 생활수준을 유지하거나 혹은 개선하려면 더욱 열심히 일해야 한다는 것이다. 그뿐만 아니라 대학등록금이 2000년 초 이후 급격하게 올랐기 때문에 근로자들은 더욱 열심히 일하지 않으면 지금의 생활수준을 유지하기 어렵다는 결론도 된다.

이건 아메리칸 드림을 뿌리부터 흔드는 것이다. 아메리칸 드림은, 즉 신대륙에서는 열심히 일만 하면 사회적 지위, 계급, 인종이나 성별과 상관없이 누구나 잘살 수 있는 것이 아니었던가.

미국사회의 불평등한 경제구조에 대한 불만이 보수적인 공화당 후보인 트럼프 지지로 나타난 것은 조금은 아이러니이다. 이는 곧 정치인에 대한 불신이 상당하다는 것을 보여준다. 분배구조를 바꾸어야 한다고 생각한 사람은 민주당 후보인 샌더스를 열광적으로 지지했다. 같은 맥락인 것이다. 그러고 보면 미국은 위기 속에 있다고 하는 게 정확한 진단일지 모른다. 꿈을 이룰 수 없는 게 나의 문제가 아니고 사회의 문제라고 보는 것. 좌절의 수준을 넘어 분노로 표출되고 있기 때문이다.

··
미국의 경쟁력은
학교로부터
나온다

—

지난주 내린 눈이 아직 채 녹지 않았다. 도로의 눈은 거의 다 치워졌지만 나머지는 여전히 눈밭이다. 그래서 주말 내내 집에 있었다. 일요일 저녁이 되니 좀 답답해서 워싱턴 근처에 사는 한국 사람들과 만나 저녁을 먹었다. 이야기하다 보니 화제가 죄다 교육에 관한 것이었다. 교육 이야기를 하고 나면 으레 기분이 별로다. 대개는 미국의 학교가 참 좋다고 하고 그 이유를 자신의 각종 경험을 통해 입증하는 데 몰두하기 때문이다. 이야기의 마지막은 한국 교육은 엉망이라고 개탄하고 나도 딱히 반박하지 못하면서 개운치 않은 느낌으로 헤어지기 십상이다.

아이들을 미국 학교에 보낸 적은 없다. 그렇지만 파리와 홍콩에서 아메리칸 스쿨에 보냈기 때문에 어느 정도는 안다. 미국 학교들이 좋은 점이 많은 것은 사실이다. 무엇보다 미국학교는 자유롭다. 자기가 하고 싶은 것을 열심히 할 수 있다. 게으르게 살기를 원한다면 그 또한 가능하다. 우리처럼 몇 군데 좋은 학교 가는 것이 모든 학생들의 목표가 아니므로 공부를 원하는 만큼 자기 능력에 맞추어 하면 된다.

친구하고 과열된 경쟁이 있을 수 없다. 선생님도 학교 명예를 위해 조금이라도 좋은 학교 보내려고 학생들을 몰아붙이지 않는다. 한국에서처럼 학교생활을 힘들게 만드는 선후배관계도 없고 복장도 자유롭다. 선생님하고 반말 쓰고 친구 같은 관계이니 학교생활이 스트레스 있을 리 없다.

그렇다고 미국학교가 학생들을 방치하는 것은 아니다. 오히려 규칙은 훨씬 더 엄격하고 세밀하며 냉정하게 적용한다. 아들이 홍콩에서 학교 갔을 때 제일 먼저 받은 것은 두툼한 규정집이었다. 거기에는 지켜야 할 것과 지키지 않았을 때의 벌칙이 아주 자세히 기재되어 있었다. 예를 들면 같은 지각이라도 아침 등교 시와 각 수업시간 지각은 차이가 있었다. 또 수업 중 핸드폰 벨이 울리면 상당히 높은 벌점을 부과했다. 그리고 아들이 벌점을 받으면 집에 오기 전에 '오늘 무슨 잘못을 해서 벌점 얼마 받았다'라는 내용의 이메일과 문자가 날아왔다. 사정해서 바꿀 수 있는 여지를 완전히 차단했다. 벌점

합계가 일정 수준을 넘으면 학생부 기록은 물론 실질적인 불이익조치가 따른다. 가장 학생들이 겁먹는 것은 수학여행을 갈 수 없는 거였다. 고벌점자들만 모아 홍콩 시내 학습관광을 시켰다. 다른 학생들이 중국으로, 일본으로, 호주로 갈 동안.

두 번째로 모든 수업은 학생들이 흥미를 잃지 않도록 다양한 방식으로 진행된다. 대부분의 교과가 수준별로 나누어 수업한다. 능력을 감안하여 과목을 선택하면 되는데 자기 학년에만 국한되지 않는다. 예컨대 고교 1학년이지만 수학은 3학년 수준이라면 3학년과 같이 수업을 들을 수 있다. 우리나라는 한번 반이 편성되면 1년간은 한 단위로 움직인다. 같은 반 친구만 집중적으로 친해야 하고 자기 수준과 무관하게 수업을 들어야 하니 흥미나 관심이 쉽사리 떨어질 수밖에 없다. 그런데 미국에서는 자기 수준에 맞는 수업을 다양한 친구와 함께하게 되고 그만큼 만남의 폭이 넓어질 수 있다.

미국학교는 공부가 전부가 아니다. 스포츠, 예술 등 다양한 활동에 중점을 둔다. 축구나 야구처럼 단체종목, 그리고 오케스트라 활동을 집중적으로 시키기 때문에 체력을 키우고 그 과정에서 팀워크, 룰을 지키는 태도 등이 자연스레 길러진다. 공부만 잘하는 사람은 공부벌레에 불과하다. 운동 잘하는 사람, 악기를 멋지게 다루는 사람이 인기가 더 좋다. 또 실제로 운동 하나를 확실히 잘하면 그걸로 좋은 대학에 갈 수 있다. 또한 각종 봉사활동을 시킨다. 이를 통해 사회의 다양한 부분을 미리 체험해볼 수 있다.

미국학교들은 대체로 시설이 좋다. 널찍한 운동장, 수영장이 기본이고 야간조명시설이 있는 테니스코트를 가진 학교도 많다. 음악회를 할 수 있을 만큼 좋은 음향시설을 갖춘 강당도 있다. 학생 수도 많지 않아서 선생님들이 학생들을 거의 개인상담 하듯이 관리해준다.

홍콩에서 아들이 다니는 학교를 가보고 부럽다는 생각이 들었다. 이런 학교를 한번만 다녀보면 소원이 없을 것 같았다. 미국의 경쟁력은 이런 좋은 학교들에 의해 뒷받침되고 있다. 시대를 바꾸는 천재부터 민주사회를 지탱하는 시민에 이르기까지 미국의 학교들이 길러내고 있다. 미국이 세계를 이끄는 원동력은 바로 '좋은 학교'에서 나온다.

미국학교가 그대로 한국에 오면 미국에 있는 것처럼 좋은 학교일 수 있을까? 나는 유감스럽게도 아니라고 생각한다. 능력별로 구별, 그리고 낮은 등급에 속할 수 있다는 가능성을 즐겁게 받아들일 준비가 되어 있지 않기 때문이다.

벌써 15년 전, 프랑스에 살 때의 일이다. 딸이 다닌 아메리칸 스쿨은 영어수업을 9단계로 나누어 진행했다. 내 딸처럼 영어수업을 받은 경험이 없으면 대부분의 한국학생은 가장 낮은 9단계에서 3년간 있다 가는 게 보통이었다. 그런데 딸아이가 4학기 만에 한 단계 올라섰다. 나는 너무나 기뻤다. 딸이 그렇게 기특할 수 없었다. 딸을 격려하고 다음 학기에는 한 단계 더 올리는 것으로 목표를 정했다. 영어 과외 시간을 늘렸다. 딸도 고무되었는지 영어공부에 더 많은 시간을 할애했다. 그러나 결과는 다시 9단계로 복귀였다.

나는 받아들일 수 없었다. 전화도 하고 교장 선생님 앞으로 항의 편지도 보냈다. 그랬더니 영어선생님이 만나자고 연락이 왔다. 학교에 갔더니 선생님 세 분이 나왔다. 그러면서 셋이 나누어서 영어를 가르치고 있는데 효(딸의 이름은 효정인데 발음하기 좋게 효라 불렀다)의 학급 배정은 셋이 합의한 것이라고 했다. 나는 지난 6개월간 우리가 얼마나 노력했는지 설명했다. 또 영어 과외선생님도 효의 영어가 크게 늘었다고 했다고 주장했다. 선생님들의 반응은 차가웠다. 테크닉은 늘었는지 모르나 창의성 면에서 전보다 오히려 못하다 했다. 할 말이 궁색했다. 마지막으로 애가 레벨이 떨어져서 너무나 실망하고 있다는 말을 덧붙였다. 이에 대해 세 사람이 동시에 보인 황당하다는 표정을 나는 지금도 잊을 수 없다. "레벨에 맞추어 공부하는데 왜 실망하느냐."는 것이다. 오히려 행복하지.

나를 포함하여 한국 사람들은 대체로 도전적이라고 생각한다. '하면 된다'는 신념 속에 모두가 살아가고 있다 해도 과언이 아니다. 단적으로 정말 욕심이 없다고 말하는 사람조차도 가장 욕심 많은 미국인보다 도전적일 거라고 나는 생각한다. 그런 우리나라 사람들에게 그게 무엇이든 수준차를 만들고 낮은 등급이라도 능력에 맞는 것을 선택하라 하면 잘 되지 않을 것이다. 사교육을 해서라도 고급

과정에 참여해야만 직성이 풀리는 것이다.

우리는 결과에 대해서도 쉽게 승복하지 않는다. 능력이 부족해서가 아니라 문제가 잘못되었고 심지어 선생님이 차별을 두고 가르쳐서라 생각한다. 지금은 좀 나아졌지만 과거 축구나 농구 등 중요한 경기에서 국가대표팀이 지면, 으레 심판 판정이 석연치 않다든가, 관중들의 편파적인 응원이 문제라는 식의 반응을 보였다. 나는 우리의 이런 태도, 성향이 획일적인 교육을 만들고 있다고 생각한다. 지나치게 경쟁적이고 결과에 승복하지 않기 때문에 누가 봐도 흠잡을 수 없게 똑같이 가르치고 마는 것이다. 그러니 개성이 길러진다는 건 기대하기 힘들다. 창의적 인재의 싹을 자르지나 않으면 다행이다.

그런 한편으로 우리의 이런 과열경쟁을 꼭 나쁘다고만 생각지는 않는다. 배우려는 열정, 그래서 남보다 뛰어나고 싶은 소망은 조상으로부터 물려받은 DNA라고 생각하기 때문이다. 그리고 이러한 기질과 노력이 세계가 경탄하는 경제발전의 원동력이라고 믿는다.

미국 사람들에게 우리가 1700년 전에 대학(고구려의 태학을 말한다)을 만들어 인재를 길러냈다고 하면 다들 깜짝 놀란다. "그래서 한국이 이렇게 잘하는구나." 하고 긍정한다. 한국 사람들이 미국으로 이민을 와서 단시일 내 주류사회로 도약한 원동력도 바로 교육에 대한 열정 때문이다. 어렵게 돈을 벌면서도 사는 곳은 학군 좋은 백인 거주지인 것이 바로 한국 사람들이다. 다 그럴 것 같지만 대부분 자기 소득수준에 맞추어 산다. 아프리칸 아메리칸은 가난하기 때문에 학군도 좋지 않은 동네에 산다. 그러면 좋은 교육을 받지 못할 테고, 그래서 빈곤을 탈출하기가 어려워지는 거다. 한국 사람들은 벌이가 적어도 다른 씀씀이를 줄여 아이들을 좋은 학교에 보낸다.

미국인들도 교육에 대해 불만이 많다. 최근에는 불만이 커지고 있다. 첫 번째 이유는 학부모들의 교육비 부담이 계속 늘어나고 있기 때문이다. 특히 미국의 대학들이 교육비 부담 증가를 주도하고 있다. 좋은 시설, 훌륭한 선생님이 많은 학교는 당연히 돈이 많이 든다. 과거에는 연방정부와 주정부가 대학을 비롯해서 학교에 지원을 많이 했다. 그런데 정부의 재정지원이 줄어들면서 등록금을 계속 올리고 있다. 정부가 지원을 줄인 이유는 재정형편이 날이 갈수록 악화된 것도 이유일 것이다. 못지않게 중요한 것은 미국 부모들이 교육에 대한 관심이 높아졌기 때문도 있다.

미국 학생들은 좀 더디더라도 아르바이트 등을 하며 벌어서 공부하는 경우가 많았다. 지금은 그런 학생이 갈수록 줄어든다고 한다. 미국 부모들도 자녀들이 '제때 공부 못하면 손해'라는 생각을 하기 시작했다. 미국이 우리를 닮아가는 것이다. 그러면서 대학교육에 대한 수요가 폭발적으로 증가하고 있다. 정부 입장에선 재정지원을 안 해도 대학 가려는 사람이 많으니 지원을 줄이게 된 것이다. 대학이 등록금을 올려 충당하면 될 테니까. 한 연구에 따르면 지난 10년간 대학등록금은 75% 올랐다고 한다. 반면 근로자 월급은 실질적으로

2% 줄었다고 한다. 부모가 능력이 있으면 도와주지만 그렇지 못한 학생들은 빚을 내게 된다. 미국사회에서는 빚 많은 대학생이 이슈이다. 이들은 졸업한 후에도 빚 갚는 데 대부분의 시간을 보낸다.

　등록금뿐 아니라 사교육비 부담도 상승세다. 미국인들도 우리처럼 좋은 성적을 올리기 위해 자녀에게 과외를 시킨다. 뿐만 아니다. 미국 대학에 들어가려면 입학지원서를 잘 써야 한다. 지원서를 잘 쓰기 위해 전문 상담교사에게 주는 비용도 만만치 않다. 이뿐만 아니라 미국에서 사교육비 부담의 상당 부분을 차지하고 있는 것은 학생들의 스포츠 활동 지원비이다. 앞에서 이야기한 것처럼 미국에선 운동 잘하는 학생의 인기가 높다. 그리고 운동을 잘하면 대학 가기가 쉽다. 아주 잘하면 대학에 가서 장학금 받을 가능성도 높다. 그러다 보니 미국 부모나 학생 모두 운동부 활동에 적극적이다. 학교 대표선수가 되면 학교 대항전에 출전하기 위해 비행기 타고 다른 주로 원정도 자주 간다. 한 조사에 의하면 2013년 학생들이 스포츠 활동비로 지출한 금액이 연간 평균 2,000불이라고 한다. 학생 수가 2,100만 명인 걸 생각하면 연간 약 420억 불을 지출하는 셈이다. 미국 GDP 규모가 18조 불이니 이 비용만 GDP의 0.2%를 차지한다. OECD에 따르면 미국의 사교육비는 GDP의 1.7%로, 이 부분 2위인 우리나라(2.0%)보다 크게 낮지 않다. OECD 국가 중 4위이다. 미국인들도 대학등록금과 과외비로 허리가 휘고 있긴 마찬가지인 것이다.

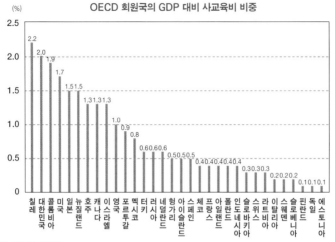

(%)

OECD 회원국의 GDP 대비 사교육비 비중

2.5

2.2
2.0
1.9
1.7
1.51.5
1.31.31.3
1.0
0.9
0.8
0.60.60.6
0.50.50.5
0.40.40.40.40.4
0.30.30.3
0.20.20.2
0.10.10.1

2.0

1.5

1.0

0.5

0

칠레 대한민국 콜롬비아 미국 일본 뉴질랜드 호주 캐나다 이스라엘 영국 포르투갈 멕시코 터키 러시아 네덜란드 형가리 아이슬란드 스페인 체코 프랑스 아일랜드 폴란드 인도네시아 슬로바키아 라트비아 이스라엘 스리랑카 슬로베니아 핀란드 독일 에스토니아

주: 2012년 기준
자료출처: OECD

미국인이 당면하고 있는 또 다른 문제는 교육격차, 차별이다. 미국에서 교육은 국가가 아니고 지방정부, 즉 주의 책무로 되어 있다. 또 카운티의 역할이 상당하다. 그런데 이 말은 주나 카운티의 재정력에 따라 교육 격차, 차별이 존재할 수 있다는 의미이다. 여기에 비싼 수업료를 내야 하는 사립학교를 생각하면 간격은 더욱 커지게 된다. 그리고 천문학적인 등록금을 받는 동부 유명대학과 학부모들의 사교육비 부담을 생각하면 이 차별문제는 결코 쉽게 넘길 수 있는 게 아니다. 상상하기 힘들 정도로 좋은 학교도 많지만 희망 없는 교육이 이루어지는 학교도 적지 않은 것이 미국이다. 작년 볼티모어 사태를 어렵게 만든 것은 좌절한 고교생이 시위에 참여해서 돌을 던졌기 때문이다. 한국 사람들은 미국에서 아이들을 공부시킬 때 무

리를 해서라도 좋은 학교에 보내려 한다. 미국의 학교가 으레 좋다는 선입견이 거기에서 비롯된 것이라고 나는 믿고 있다.

그런 의미에서 나는 대한민국의 평등주의적인 교육이 나쁜 것만은 아니라고 생각한다. 산간벽지나 도서 등도 같은 교육을 시켜야 한다는 것이 우리의 장점일 수 있다고 믿는다. 특히나 우리 교육은 평등을 강조하면서도 치열한 경쟁에 의해 뒷받침되고 있어서 평등주의가 갖기 쉬운 비효율과 나태를 방지하고 있다.

물론 좋은 학교, 좋은 교육시스템을 갖기 위해 더 많은 노력을 해야 한다. 투자를 늘려야 한다. 좋은 시설, 다양한 교육과정은 투자 없이는 곤란하다. 특히 뛰어난 인재를 키우려면 고등교육 쪽의 비중을 높여가야 한다. 우리 교육의 장점인 평등주의적인 부분도 살려가면서 말이다. 솔로몬의 지혜가 필요한 이유이다.

미국남부군기를
아시나요?

　　　　　남의 나라 전쟁이지만 미국의 남북전쟁은 우리나라 사람들이 가장 많이 알고 있는 전쟁일 것이다. 1861년부터 1865년까지 4년간 진행된 이 전쟁에서 북군은 승리를 거두었다. 그 결과 노예제도가 폐지되고 미국은 오늘날과 같은 거대한 국가가 될 수 있었다.

　미국에 와서 놀란 것은 당시 남부군의 군기가 아직도 광범위하게 사용되고 있다는 사실이다. 남부군에 속해 있던 주는 모두 13개이다. 사우스캐롤라이나를 필두로 미시시피, 플로리다, 알라바마, 조지아, 루이지애나, 텍사스 등 7개 주는 처음부터 속해 있었고 버지니아, 알칸소, 노스캐롤라이나, 테네시, 미주리, 켄터키 주는 나중에 합류했다.

남부 맹방(Confederate of the states)이 사용하던 국기는 1861년 제작된 'The stars and bars'이다. 주의 수가 늘어나면서 모양이 바뀌나 원형은 유지된다.

남부군이 전투에서 사용한 군기는 국기와는 다르다. 국기를 그냥 사용하다 보니 북군의 깃발과 유사해서 피해가 컸다고 한다. 그래서 은색 바탕에 국기를 그렸는데 그러다 보니 항복한 것으로 오인되는 문제가 나타나 옆에 줄을 하나 더 넣었다는 것이다. 이게 미국 남부 군기다.

재미있는 것은 남북전쟁이 끝난 지 150년이 지났지만 아직도 이 깃발이 다양하게 사용되고 있다는 점이다. 지금은 법으로 금지했지만 얼마 전까지만 해도 남부지역 공공기관에서 이 깃발을 게양했다. 많은 논쟁에도 불구하고 민간 건물에서는 남부군기를 거는 곳이 여전히 많다. 옷이나 학용품 등 일상 필수품에도 자주 새겨진다. 차량 번호판에서도 이 깃발을 쉽게 볼 수 있다.

북부지역 사람들은 이 깃발을 인종차별의 상징처럼 받아들여, 못마땅해한다. 오늘날 미국사회의 가장 큰 문제가 인종차별이라고 하는 데 대해서는 큰 이의가 없는 듯하다. 그런 시각에서 이 깃발의 사용을 제한해야 한다는 주장이 강했다.

그런데도 여전히 사용되는 이유가 무엇일까? 영어선생 마이클은

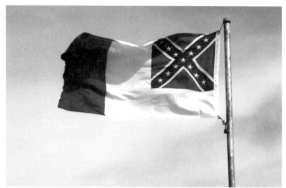

남부군기

ⓒ J. Stephen Conn

남부군기로 디자인된 티셔츠

남부지역 사람들은 남북전쟁에서 패한 것이 자신들이 도덕적으로 열세라서가 아니라고 생각하기 때문이란다. 남북전쟁이 노예제도 폐지를 둘러싸고 벌인 전쟁이라는 것이 대체적 견해다. 근데 남북 전쟁은 법적으로는 남부지역이 미합중국에서 탈퇴하겠다고 주장을 했고, 이는 헌법에 의해 받아들여질 수 없다고 링컨이 주장하면서 시작된 전쟁이라고 한다. 남부군 입장에서 이 전쟁은 주의 자주권을 지키기 위한 것이고 그런 면에서 남부의 문화적 정신적 유산이 이 깃발에 있다는 것이다. 그 전쟁에서 죽은 대다수 남부사람은 노예를 가진 대주주가 아니고 남부의 자주와 유산을 지키려던 소규모 자영농민이다. 이들을 이 깃발을 통해 위로해야 한다는 것이다.

최근 이 깃발의 사용이 급속히 사라지는 계기가 발생했다. 지난 6월 17일 사우스캐롤라이나 찰스턴(Charleston)에서 발생한 교회 총격사건이다. 임마누엘 아프리칸 감리교회(Emanuel African Methodist Episcopal Church)는 인종 간 화해와 협력을 표방하려고 오랫동안 일해 온 교회이다. 21세 'Dylann Roof'라는 인종차별주의자가 이 교회에서 작정하고 총을 휘둘렀다.

결과는 참혹했다. 목사 1명을 비롯해서 9명이 사망했다. 더욱 미국인들의 공분을 산 것은 그 사람들이 모두 성경공부 중에 총을 맞았다는 사실이었다.

그리고 이 사건은 인종차별에 대한 관심을 고조시키는 계기가 되었다. 남부군기도 표적이 되었다. 아마존과 월마트에서 즉각 이 깃발을 사용한 제품은 판매하지 않겠다고 했다. 법으로 사용을 금지하는 것도 논의될 전망이다. 150년 명맥을 이어온 깃발의 사용이 기로에 놓인 것이다.

다이아몬드헤드와
진주만

———

　딸과 함께 새벽 5시에 일어났다. 다이아몬드헤드 일출을 보러 가기 위해서였다. 휴가여행의 시작으로 일출을 보는 것도 괜찮겠다 싶어 동의했는데 역시 아침 일찍 일어나는 건 힘들다. 5시 45분 호텔 입구에서 기다리는 가이드를 만나 그의 차를 탔다. 산 입구 주차장까지 약 15분 남짓 걸려 도착했다. 새벽 6시쯤 산을 오르기 시작했다. 정상은 해발 250미터, 30~40분만 오르면 된다.

　이곳은 하와이를 발견한 쿡선장이 찾은 곳이라고 한다. 배를 타고 가다 유난히 아름답게 빛나 발견한 곳이다. 다이아몬드보다 값은 덜 나가지만 하와이다이아몬드가 나는 곳이라 다이아몬드라는 이름을 갖게 된 듯하다. 그 정상이라 헤드이고.

등산로는 포장이 잘 되어 있었다. 많은 사람들이 가족끼리 혹은 친구나 연인과 함께 산에 오르고 있었다. 어린아이들도 눈에 띄었다. 어려서 아버지와 함께 산에 오르던 생각이 났다. 산의 높이도 비슷하고 컴컴한 새벽이기 때문이었을까. 겨울이라도 이곳은 찬바람이 불지 않는다는 게 차이다. 일어나기 싫고 올라가기 힘들었지만 정상에 서서 떠오르는 해를 바라보며 느끼던 묘한 환희가 기억났다. 오늘은 해가 멋있게 떠오르지는 않았다. 엷은 구름이 깔리면서 해는 오르고 있었지만 둥그런 불덩어리는 볼 수 없었다. 정상과 근처에 모여 멋진 일출을 기대하던 많은 사람들을 실망시켰다.

다이아몬드헤드를 오르는 도중에 그리고 이곳 정상에서 가장 많이 들리는 언어는 영어가 아니라 일본어였다. 미국의 하와이가 아니라 일본 땅이라는 착각이 들 정도로. 가이드 말은 하와이는 일본 사람들이 가장 즐겨 찾는 관광지이고 그들은 반드시 이곳 일출을 보러 온다고 한다. 자주 오는 사람도 올 때마다 일출 보는 일을 거르지 않는다는 것이다. 처음에는 가이드와 함께 오지만 익숙해지면 아침 일찍 버스를 타고, 훨씬 많이 걸어서 오른다고 한다.

한국 사람들이 이곳을 찾는 경우는 거의 없다. 1년 중 하와이를 찾는 한국인 관광객은 약 15만 명. 그중 10명 중 1명 정도가 여기를 온다. 일본 사람들은 연간 약 200만 명이 하와이를 찾는다. 한국 사람이 2만 명 정도 이곳에 온다면 일본인은 적어도 180만 명 이상 오는 셈이니 90 혹은 거의 100배 가까운 차이가 난다.

일본 사람들은 잘 살아도 여전히 부지런하다는 생각이 들었다. 어려서부터 아침 일찍 일어나 산에 올라야 성공할 수 있다는 교육을 귀에 못이 박히게 들어서 가지게 된 편견일지 모른다. 그러나 일본을 경쟁자라고 생각하니 조금 걱정이 되었다. 한국인 관광객은 신혼부부가 주라서 그렇다는 설명이지만 두려움은 가시지 않는다.

하와이에는 그런 곳이 또 한 군데 있다. 진주만이다. 1941년 12월 7일 일본은 하와이 진주만을 기습해서 미국이 자랑하는 항공모함 애리조나호를 격침시켰다. 이 공격으로 인해 미국은 2차대전에 참전하게 된다. 그날의 상처를 모아놓은 곳이 바로 진주만이다. 그런데 이곳을 가장 열심히 찾는 이들 또한 바로 일본인이다.

진주만에서는 미국의 상처와 영광을 동시에 느낄 수 있다. 미국이 자랑하는 항모 미주리호가 퇴역해서 쉬고 있기 때문이다. 미주리호는 6.25에도 참전해서 우리에게 낯익기도 하다. 일본이 공식적으로 2차대전 항복문서에 서명한 곳이 바로 이 배의 갑판 위이다. 미주리호에 올라 보면 가장 먼저 볼 수 있는 것이 일본이 공식적으로 서명한 그 테이블이다.

미주리호를 보려면 입장료로 1인당 25불이라는 만만치 않은 돈을 내야 한다. 침몰한 애리조나호를 만나는 데는 돈이 들지 않는다. 대신 일본이 진주만을 공격한 이유나 미국의 대응 등 당시 상황을 설명하는 비디오를 보고 공부를 해야 한다.

요약하자면 일본이 동남아지역으로 세력 확장을 시도했고 미국이 석유금수 등으로 견제한 것이 원인이라는 것이다. 일본은 진주만에 있는 항모와 전투기 등을 파괴하면 미국이 이를 금방 회복할 수 없고, 그 시기에 동남아로의 팽창을 완성할 수 있다고 보았다는 것이다. 경계병의 오판까지 겹쳐 진주만 공습을 당했지만 이것이 국민이 단결하는 계기가 되어 전쟁을 승리로 이끌었다는 내용이다. 그런데 이 비디오를 시작하기 전 안내방송은 단 2개의 언어, 영어와 일본어로 한다. 하와이 곳곳에서 중국어나 우리말 안내를 들을 수 있는 것과 대조적이다.

비디오를 본 후 약 15분쯤 배를 타고 가서 만나는 애리조나호 추모관에서도 마찬가지이다. 도처에서 들리는 게 일본말이다. 애리조나호는 물속에 잠겨 있다. 추모관은 침몰한 배 위에 만들어진 높은 수상구조물이다. 아직도 배에서 기름이 떠오르는 것을 볼 수 있고 기습으로 사망한 고인의 이름을 새겨놓은 추모비를 만나게 된다. 일본인들은 왜 여기를 올까? 난 선뜻 이해가 안 되었다. 미안해서 올 리는 없을 것 같고. 아들에게 물었다. "그냥요." 그렇게만 생각하기에는 일본 사람들이 너무 많이 온다. 일본의 기개를 생각하며 조금 부족했던 점을 보완하자고 결의하는 것이라면 오싹한 느낌을 지울 수 없는 진주만이었다.

:·

우버택시
이야기

———

오늘 오후 치과에 갔다. 워싱턴 D.C.에도 치과가 없
는 것은 아니다. 그러나 치과 관련 사업을 하는 조카가 잘하는 곳이
라고 소개해서 메릴랜드 베데스타에 있는 곳까지 다니게 되었다. 차
로 약 30분 걸린다. 나는 여느 때와 다름없이 우버택시를 불러 타고
갔다. 갑자기 이런 생각이 들었다. 우버가 없었으면 나의 미국생활이
어떠했을까? 차 없이 미국생활을 하는 내게 우버는 구세주였다.

나처럼 워싱턴 D.C.에서 직장생활을 하는 사람들은 대부분 워싱
턴 D.C. 외곽, 버지니아나 메릴랜드에 산다. 아이들 학교도 좋고 한
국인 슈퍼, 식당 등 커뮤니티가 형성되어 있기 때문이다. 한국에서
도 일은 서울 시내에서 하더라도 주거지역이 다른 것과 같다. 미국

은 이동 거리가 멀다는 것이 특징이다. 20km는 기본, 30~40km가 되기도 한다. 그리고 대부분 차로 출퇴근한다.

난 워싱턴 D.C. 내에 산다. 차 없이. 직장은 걸어서 15분. 아침저녁 걸어 다닌다. 건강에 좋은 것 같다. 교통체증이 없으니 7시 30분에 일어나도 출근에 아무런 문제가 없다.

오늘처럼 멀리 가야 할 때는 머리가 아프다. 미국은 버스나 지하철 등 대중교통 시설이 열악하다. 워싱턴 D.C. 내 택시가 없는 건 아니다. 그러나 잡기도 힘들고 값도 무척 비싸다. 특히 택시비를 낼 때 팁을 붙여줘야 하는데 여간 난감한 일이 아니다. 이 모든 고민을 해결해준 것이 우버다.

우버택시는 편리하다. 우버를 타려면 앱을 다운받고 신용카드 정보를 입력하면 된다. 앱을 실행하면 ①번 사진처럼 탑승위치 설정 화면이 나온다. 주소를 입력할 수도 있지만 대개는 자기 위치를 가리키는 핀을 누르면 된다. 이것은 대단히 중요하다. 내가 어디 있는지를 몰라도 택시를 부를 수 있기 때문이다. 또 원하는 차종도 선택해야 한다. 브랜드명이라기보다 세단형인지 카시트가 있는 차인지 여부에 따른 차이다. 물론 고급형이나 카시트가 있는 차는 요금이 비싸지만 아기가 있는 승객에게는 선택의 폭이 커지는 것이다.

탑승위치 설정이 끝나면 ②번 사진처럼 내게 오는 택시의 차량번호, 종류, 기사명, 사진이 든 화면이 뜬다. 그러면 상단의 목적지란에 내가 가고자 하는 곳을 입력하면 된다. 차량이 정해진 다음에 목적지를 입력하기 때문에 단거리 승차거부 등을 걱정할 필요가 없다. 그리고 택시가 오기까지 걸리는 시간(대기시간)이 표시되고 택시가 어느 경로를 통해 오고 있는지도 지도에서 볼 수 있다.

택시가 출발하고 나면 대기시간을 나타내던 란에는 목적지까지 남은 시간이 표시된다. 도착하고 나면 그냥 내리면 된다. 요금은 앱에 연결된 카드에서 자동으로 결제가 이루어진다. 택시기사에게 한마디 말을 하지 않고 택시를 타고 목적지에 갈 수 있는 것이다. 우버 택시 습관이 붙어, 지난번에 한국에 갔을 때에는 택시를 타고 나서 아무 말도 안 하고 앉아 있었다. 게다가 돈도 안 내고 내리려다 무임승차범으로 오인받기도 했다.

우버를 이용하고 나면 영수증이 메일로 온다. 어느 경로로 주행했

늘지 걸린 시간, 요금, 운전기사명 등이 나온다. 필요한 모든 정보가 빠짐없이 들어 있는 영수증이다.

　소비자 목소리를 반영하는 것도 훌륭하다. 택시를 다시 이용하려면 지난번 사용한 기사에 대해 평가해야 한다. ③번 사진이 그것이다. 5개 별 중 하나를 선택해야 한다. 이뿐만 아니라 현금을 요구했다든지 오지 않았다든지 하는 것도 문제제기가 가능하다.

　재밌는 것은 빙빙 돌았다는 것도 항의할 수 있다는 것이다. 기사가 나의 콜을 접수하면 회사에서는 기사의 내비게이터에 최적 경로를 준다. 빙빙 돌았다고 항의하면 회사가 제시한 경로와 실제 운행한 것을 비교하여 판단한다.

　또한 우버택시는 안전하다. 미국에서 택시의 안전성은 무엇보다 중요하다. 승객뿐만 아니라 운전자의 입장에서도. 우리나라와 달리 인적이 드문 길을 달려야 하기 때문이다. 총기소지가 자유로운 나라에서 상대방이 흉악범으로 돌변할 가능성이 있다면 그 비즈니스는 성립될 수 없다. 우버가 안전을 담보하는 방법은 완벽한 정보공유다. 나는 택시기사 사진, 전화번호, 차량번호를 안다. 택시기사는 내 전화번호, 신용카드 계좌번호를 알 수 있다. 그리고 택시 움직임의 모든 경로가 회사에 의해 컨트롤된다. 나는 택시가 이 이상 안전할 순 없다고 생각한다.

　놀라운 점은 이 모든 과정이 우버 시스템이 있는 곳에선 어디서나 똑같이 적용된다는 것이다. 뉴욕에 갔을 때에도 아무 불편 없이 우버를 이용했다. 독립기념일에 샌프란시스코의 그 유명한 피어16에서 불꽃놀이를 보고 나왔다. 순간적으로 많은 사람이 몰리니까 택시는 구경할 수 없었고 버스도 힘겨웠다. 내가 어디 있는지조차 몰랐다. 그 많은 인파 속에서 우버 시스템이 작동하고 차가 바로 내 앞에 서는 것은 기적이라고밖에 할 수 없었다.

우버의 경쟁력은 값이 싸다는 데 있다. 우버는 정말 싸다. 20~30% 싸다는 것은 대체적인 공감대이다. 사람에 따라선 반값이라고 주장하기도 한다. 덜레스 공항에 갈 때 우버는 50불 이하로 나온다. 난 다른 택시를 타보지 않아 잘 모르지만, 사람들 말로는 팁을 포함해서 80불 이상 준다고 한다. 그러면 40%나 싸다는 이야기가 된다. 미국에선 요금의 20% 정도를 팁으로 준다. 팁 말고 나머지는 무엇인가? 사실 이 부분이 우버 혁신의 핵심이고 본체이다.

우버의 가격경쟁력을 이해하려면 우버 기사의 수입구조를 알면 된다. 기사가 되겠다고 하면 우버 시스템을 주고 계좌정보를 알아간다. 운행을 시작하면 매일 운행실적과 수입을 알려주고 총수입에서 20%를 제한 나머지 금액을 다음날 계좌로 입금해준다. 그러면 80%에서 차량 유지비, 기름값, 보험료 등등을 제외한 금액이 기사의 실질적인 수입이다.

여기서 금방 눈치챌 수 있는 것이 있다. 우버 기사는 회사에 소속된 택시 기사라기보다 우리의 개인택시에 가까운 것이다. 우버택시는 개인택시나 회사가 누리던 프리미엄을 없앤 것이다. 그 결과 기사의 소득상승, 택시요금 인하가 이루어졌다. 경제학적 용어로 렌트 (Rent)를 없애 소비자의 후생이 증가한 것이다.

과거 비디오가게를 생각하면 쉽게 이해가 될 것이다. 불과 10년 전만 해도 우린 비디오가게를 이용했다. 비디오테이프는 한 번 보고 마는 거라 사기보다는 빌려보는 게 나았다. 그 과정에서 비디오가게가 장사가 되었던 것이고 목 좋은 곳은 권리금이 꽤 붙기도 했다. 그러나 기술이 진보했다. 케이블TV에서 다시보기가 가능해지고 스마트폰에서 비디오 빌리는 것보다 싸게 다운로드를 하게 되었다. 더 이상 비디오가게를 갈 필요가 없어졌고 이곳은 이제 추억 속으로 사라졌다.

우버택시의 등장도 기술진보와 함께 택시의 개념을 바꾼 것이라고 보아야 한다. 택시기사는 특정한 자격을 가진 사람이 해야 하고 회사도 차량이나 노무관리 등 노하우를 필요로 했다. 개인택시를 하려면 재력과 함께 3년 무사고를 요구하는 것이 대표적이다. 우버는 그런 통념을 극복할 때 받아들일 수 있는 시스템이다. 내가 운전하는 차에 가족과 친구를 태울 수 있다면 영업이 왜 어렵냐는 것이다.

미국은 대중교통이 뛰어난 나라가 아니다. 택시도 마찬가지로 낙후된 수준이었다. 그런데 이제 우버와 함께 세계의 대중교통을 장악하려고 하고 있다. 아이폰을 들고 노키아, 에릭슨 등을 거꾸러뜨리고 세계 최강으로 우뚝 선 것처럼.

우리의 선택은 무엇인가? 삼성처럼 갖은 노력으로 살아남을 것인가? 아니면 택시는 인가받아야 한다고 하면서 문을 꽁꽁 걸어 잠글 것인가?

우버가 가진 장점에도 불구하고 우리나라에서 우버택시를 보기는 쉽지 않다고 생각한다.

그 첫째 이유는 우리나라에는 택시가 너무 많기 때문이다. 웬만한 곳은 큰길가에서 쉽게 차를 잡을 수 있다. 미국은 그렇지 못하다. 미국인들은 전원생활을 좋아한다. 인적이 드문 곳에 살면서 차를 몰고 다닌다. 집까지 택시를 타는 것은 비용도 비용이지만 위험한 일이었다. 택시는 뉴욕 시내와 같은 번화가에서 사용되는 것이었다. 우버는 미국인의 라이프 스타일에 적합한 것이다. 런던이나 파리 같은 곳은 공항이나 역 근처밖에는 택시가 없다. 이방인이 택시회사 번호를 알기도 어렵다. 이런 곳은 우버의 경쟁력이 돋보일 수밖에 없다.

두 번째로 우리나라의 택시요금 수준이 낮다는 점이다. 또 팁 문화도 없다. 미국은 택시요금이 우리의 두 배이고 대부분 장거리다. 그러나 우린 그렇지 못하다. 이런 점에 있어 우버의 경쟁력도 제한적일 수밖에 없다. 그렇다고 우버가 가진 혁신이나 좋은 점을 막기만 하는 것은 아쉽다.

힘들긴 해도 우리나라에 우버를 도입하면 어찌될까? 난 우리 택시가 바로 우버에게 점령당하리라고는 생각지 않는다. 한참을 기다리기보다는 바로 택시 타야 하는 사람들이 많기 때문이다. 발달된 IT, 적응력을 생각하면 우버를 능가하는 창조적인 시스템이 나타나는 계기가 되리라고 생각한다. 또 모범택시와 같이 한정된 영역에 도입하는 방법도 생각해볼 수 있다. 무엇이 되었건 우버의 혁신성을 발판으로 우리의 대중교통 시스템이 전반적으로 업그레이드되는 계기가 되었으면 좋겠다.

100세 시대
살아가기

—

1

내 영어선생 마이클은 연방정부와 IMF에서 근무하고 은퇴했다. 이미 70세가 넘은 나이지만 IMF에서 영어를 가르친다. 나는 지식인이고 풍부한 경험을 가진 그와의 수업을 기다린다. 그와 미국을 이야기하고 인생을 토론하다 보면 1시간은 금방이다. 그는 미국 사람답게 때론 흥분된 어조로 이야기하다가도 1시간이 끝나면 망설임 없이 수업을 마무리한다.

그에게서 아쉬운 한 가지는 툭하면 쉰다는 것이다. 노인이라 아파서가 아니다. 야구 때문이다. 그는 지역팀 워싱턴내셔널즈의 광팬이다. 지난 2월에는 스프링캠프를 본다고 2주간 쉬었다. 또 160km

이상의 강속구를 던지는 스티븐 스트라스버그(Stephen Strasburg)의 등판 시합이, 원정경기이고 그리 멀지 않은 곳이면 'I am sorry'로 시작하는 메일을 보내온다. 툭하면 그러니 가끔은 불편하지만 저렇게 노년을 보내는 것도 괜찮겠다 싶어서 받아들인다. 나도 은퇴하면 내가 응원하는 기아타이거스의 챔피언스필드 옆에 살면서 원정가면 따라다니면 어떨까 생각해본다. 마이클처럼 가끔씩 일도 하면서.

나처럼 절정의 베이비붐 세대에 태어난 사람은 어쩌면 죽을 때까지 일자리를 찾아야 할지 모른다. 노동가능인구가 줄어드는 우울한 미래가 기다리고 있기 때문이다. 어제 발표된 IMF의 독일 경제보고서를 보면 그 동네 노인들도 편히 쉬긴 어려울 것 같다. 출산율이 1.4명에 불과하고 2020년부터 노동가능인구가 줄어들기 때문이다. 1.24명인 우리보단 낫지만 이상적인 숫자로 치는 2.0명에는 턱없이 못 미친다. 조금이라도 높여보려는 노력은 오래전에 포기한 것 같다.

인구가 고령화되면 연금과 의료 등 사회보장지출이 크게 늘어나기 때문에 재정을 압박한다. 경제 활력도 떨어질 수밖에 없다. 부양인구 증가로 조세부담이 늘어나 일하고 싶은 의욕이 꺾일 것이기 때문이다. 똑같이 일했는데 소득은 계속 줄어드는 우울한 상황이 나타날 것이다. 이와 함께 노후 걱정으로 소비를 줄이게 될 것이다. 또, 인구가 고령화되는 자체가 소비수요의 감소로 이어진다. 어린이는 끊임없이 성장하니 옷이라도 신체발달에 따라 계속 사야 한다. 고령화로 어린이가 줄고 성장이 멈춘 노인들만 많으면 소비할 일이 줄어들 가능성이 높다. 이런 상황은 기업 입장에서 보면 투자를 늘릴 이유가 없어진다. 모든 것이 축소지향적이 된다.

IMF가 제시한 해법은 65세 이상 인구가 더 오래 일하는 것이다. 독일의 정년은 법상 65세인데 이를 다른 OECD국가처럼 67세로 높이라는 것이다. 또 독일인들이 법적 정년보다 평균 2년 이상 일찍 은퇴하는 걸 막는 정책도 권고했다. 연금을 받을 수 있는 나이를 평균수명이 늘어나는 만큼 늦추라는 것이다. 또 근로소득이 있더라도 연금을 깎지 말고 다 줘서 조금이라도 오래 일하게 하라는 것이다.

IMF는 자신들의 권고대로 하면 일손 부족문제를 해결하고 경제 활성화를 기대할 수 있다고 주장했다. 그뿐만 아니라 노후 걱정이 줄어 저축을 늘리지 않고 소비하게 되니 경제가 더욱 좋아질 거라는 것이다. IMF의 정책권고는 독일이라는 커버만 떼면 그대로 우리 것이 될 수 있다. 우리도 정년연장을 위한 고민을 해야 한다.

미국 연방정부에 정년이 아예 없는 것도 타산지석으로 삼아야 한다. 물론 오래 일하는 사람이 많아지면 노동생산성이 서구의 나라보다 급속히 떨어지는 가슴 아픈 현실도 마주하고, 해결책을 찾아야 할 것이다.

2

17, 18일 워싱턴에 눈이 쏟아져서 출발이 연기되었다. 모처럼 여

유로운 시간이 생겼다. 선배를 만났다. 성실하게 공직생활을 하신 분이었다. 늘 의욕이 넘쳤고 아이디어가 많은 분이었다. 공무원을 그만두고 잠시 다른 일을 하기도 했지만 지금은 특별한 일 없이 지인들 경조사 챙기고 가끔 친구 만나는 게 전부라 했다. 일을 했으면 좋겠다, 했다. 사모님이 "매일 집에만 있느냐"며 주는 스트레스가 힘들다고. 직장 다닐 때 일한다고 매일 늦게 오고 집안일은 쳐다보지도 않고 살던 후유증일 거다. 그러고 보니 60대 중반이면서도 젊고 건강한 게 문제였다.

나도 저리 될 날이 이제는 머지않아서인지 남의 일 같지가 않았다. 시차적응을 완전하게 못해서인지 새벽녘에 깨었다. 선배 얼굴이 떠올랐다. '난 나중에 무얼 하고 살까.' 생각을 했다. 딱히 답이 떠오르지 않았다. 책상물림으로 볼펜만 굴리고 살아온 탓에 별 재주 있을 리 없다.

문득 영국 생각이 났다. 영국 유학을 1991년에 갔으니 25년이 되었다.

영국에서 유럽으로 가는 중심항구는 도버(Dover)다. 당시 프랑스로 여행을 가기 위해 도버로 갔다. 대부분 거기서 출발하는 카페리에 차를 싣고 유럽으로 떠나기 때문이다. 항구에 너무 일찍 도착한 탓에 무엇을 할까 고민하다 전망대가 있다 해서 그곳에 갔다. 특이한 것은 주차장이 가장 전망이 좋았다는 사실. 배가 항구에 드나드는 것을 지켜볼 수 있는 자리에 차를 빙 둘러 주차해놓았다. 우리 같으면 전망대 있어야 할 자리가 주차장인 셈이었다. 평일인데도 차가 많았다. 인상적이었던 것은 차에 앉아 항구를 내려다보는 사람들이 젊은 연인들이 아니라 대부분 노인들이라는 것이었다. 혼자 있는 사람도 있었고 부부가 손잡고 앉아 있는 사람도 많았다.

우리가 사는 아파트를 관리하던 노인이 있었다. 영국의 아파트는 우리처럼 대단지가 아니고 10~20가구 정도가 모여 산다. 우리 용어로는 연립주택이지만 이들은 아파트라고 부른다. 영국식 용어도 있긴 한데 생각이 나지는 않는다. 이 노인이 하는 일은 차량관리이다. 자기 소유 차가 두 대인데 하루 종일 차를 만지고 있다. 차를 번갈아가며 고친다. 주차장이 아파트 앞쪽과 뒤쪽에 있었다. 앞주차장에서 안보이면 영락없이 뒤쪽에 있다. 내가 물어보았다. 차가 왜 매일 고장이냐고. 그랬더니 정색을 하고 답한다. "고장이라니! 성능을 개선할 방법을 찾고 있는 중."이라고.

영국은 도서관이 잘 발달되어 있다. 대학교는 말할 것 없고 동네 곳곳에 시립도서관이 있다. 구경 삼아서 도서관을 가보았다. 한 노인이 엄청나게 많은 양의 책을 빌리겠다며 카운터에 내려놓았다. 할아버지가 어떻게 저 많은 책을 읽지? 눈도 안 아픈가? 싶어서 보니 책의 활자가 무척 크다. 애들 그림책 수준이다. 활자가 굵다 보니 내용은 대체로 요약이었다. 도서관에는 그런 책으로 가득 차 있다. 또 노인들이 많았다. 도서관 이용객의 80%는 노인들이었다. 책 한 보따리를 들고 빌리려고 줄 서 있는 노인들도 많았다.

영국에선 종합병원을 가기가 어렵다. 돈이 아무리 많아도 자기 맘대로 갈 수 없기 때문이다. 아프면 먼저 가정의를 찾아가야 한다. 가정의가 '전문적인 진찰이 필요하다' 인정해줘야 종합병원에 갈 수있다. 귀가 많이 아팠는데 동네의사가 인정해줘서 종합병원을 경험하게 되었다. 그 병원에는 자원봉사자가 거의 5미터 간격으로 서 있는데 다 노인들이었다. 조금만 헤매는 듯하면 쫓아와서 도와주겠다는데 귀찮을 정도였다.

당시 나는 고령화니 100세 시대니 하는 말을 몰랐다. 그로부터 10년 후 OECD에 근무할 때 이 용어를 처음 접하게 되었다. 나는 일찌감치 고령화시대를 맞이한 영국 사람들이 살아가는 모습을 체감한 것이다. 영국인들이 고령화를 대처해 나가는 방법은 돈 버는일보다는 시간을 효율적으로 보내는 데 있다.

영국도 수도권 집중이 심하다. 젊은이들 모두가 런던에서 살기를원한다. 그러나 나이 들어 퇴직하면 제일 먼저 런던 집을 팔고 집값싼 교외로 혹은 시골로 나간다. 그곳에서 집을 싸게 장만하고 남은돈으로 여생을 보낸다. 그런 노인들에게 시간을 보다 의미 있게 쓰는 일이 중요할 것이다.

우리나라에서 고령화시대에 대처하는 핵심은 노인 일자리이다. 우리 노인들은 여전히 일하기를 원한다. 일본 사람들도 그렇다. 서

양 사람들은 동양 사람들이 일하기를 좋아한다고 생각한다. 물론 영국보다 복지시스템이 잘 갖추어져 있지 않아서 그런 측면도 있을 것이다. 또 자기가 살던 집을 팔고 싼 곳으로 나가기를 꺼려하거나 세부담 때문에 더욱 그렇기도 하다. 소득이 없어 집 유지비나 먹고 사는 생계비가 부담되기 때문이다.

그래서 우리는 없는 사람이나 있는 사람이나 일자리를 바란다. 물론 어렵지만 노인 일자리를 만드는 노력은 더욱 강화될 필요가 있다. 그러나 그 선배를 보면서 영국식 방법도 필요한 건 아닐까 하는 생각이 들었다. 선배에게 물었다. "집안일이라도 좀 하시지요?" 대답이 재미있다. "남자가 어떻게." 난 워싱턴 D.C.에 혼자 산다. 이런저런 이유로 가족이 모일 수 없기 때문이다. 그러다 보니 모든 집안일을 해야 한다. 귀찮을 때가 많지만 고령화시대를 살아가는 방법을 연습하는 것으로 생각하기로 했다.

3

내가 좋아하는 이성부 시인은 봄은 기다리지 않아도 오고 기다림마저 잃었을 때도 온다고 했다. 어쨌든 봄은 왔고 프로야구 시즌 개막이 일주일 남았다. 그 시간도 기다리기 지루해서 시범경기도 보고 관련된 뉴스를 검색하면서 야구를 느낀다. 미국에 살고 있으니 미국프로야구로 생각하는지도 모르겠다. 아니다. 한국프로야구 이야기이다. 나랑 같이 일하는 박국장도 야구팬이다. 그는 미국메이저리

그를 좋아한다. 나보고 수준 좀 높이라고 한다. 난 별로 그럴 생각이 없다. 운동경기는 좋아하는 팀이 있어야 한다고 믿기 때문이다. 동네축구가 영국프리미어리그보다 재미있는 건 응원하는 팀 때문이다. 나는 기아타이거스 팬이다. 그것도 아주 열렬한!

시즌이 시작되어 아침에 일어나면 진행되고 있는 경기스코어부터 확인한다. 한국과의 시차 때문에 일어나면 한국 시간으로 저녁 8시쯤 된다. 야간경기의 경우 6회나 7회쯤에 해당된다. 응원하는 팀이 이기고 있는 날은 끝날 때까지 중계를 본다. 핸드폰으로 보는 거지만 과거 같으면 꿈도 꿀 수 없는 일이니, 그럴 때마다 나는 스티브 잡스에게 정말 고맙다. 경기를 승리로 마무리 짓는 날은 그날 저녁까지 하이라이트를 몇 번이고 본다. 기분이 둥둥 떠서 마치 내가 이긴 것 같은 느낌이다. 물론 지고 있는 날은 쳐다보지도 않는다. 그런 날은 기분이 하루 종일 우울하다.

나만 그러는 게 아니다. 야구의 본고장인 이곳 미국 사람들도 그렇다. 내 영어선생 마이클은 지난겨울 2주 동안 못 온다고 했다. 왜 그러냐고 했더니 응원하는 워싱턴 내셔널스(Washington Nationals) 훈련을 보러 가야 한단다. 그도 응원하는 팀의 승패에 따라 기분이 달라진다고 했다. 미국은 지역팀이 승리하면 도시 전체가 활기차게 돌아가는 느낌을 갖는다고 한다. 기획재정부 장관을 하셨던 박재완 장관님은 열광적인 롯데 팬이었다. 아무리 바빠도 롯데 경기 중계를 보신다고 했다. 그런 것이 좋아 보였다.

좋아하는 팀을 응원하다 보면 프로야구 전체를 이해하게 된다. 모든 팀과 돌아가며 경기를 하기 때문이다. 내가 좋아하는 팀을 응원하기 위해서라도 상대팀에 대해 관심을 가질 수밖에 없다. 그러다 보면 다른 팀도 누가 잘하고 못하는지 감독의 스타일은 어떤지 등 많은 것을 알게 된다. 야구에 깊숙이 빠져들게 되는 것이다. 지금은 기아 소속이 된 김주찬 선수는 기아의 라이벌인 롯데 소속이었다. 그는 너무 잘했다. 필요할 때 꼭 한 방을 터뜨리는 선수였기 때문이다. 그는 홈런타자는 아니었다. 그렇지만 필요할 때 2루타나 3루타를 가장 잘 치는 선수였다. 라이벌팀 소속일 땐 미워했지만 나는 그가 기아 소속이 된 게 너무 기뻤다.

기아타이거즈의 열광적인 팬이 된 건 야구를 좋아하게 된 계기와 관계가 있다. 내가 야구에 푹 빠진 건 역전의 명수 군산상고 때문이다. 9회초 4점을 줘서 다 지던 경기를 9회말 5대4로 역전시킨 경기를 나는 감동 깊게 지켜봤다. 그 주역이던 김봉연, 김일권 이런 선수를 어릴 때부터 좋아했다.

한때 야구선수가 되고 싶다는 생각도 했지만 큰 머리 탓에 일찌감치 포기했다. 그리고 나는 그때부터 군산상고를 열심히 응원했다. 고등학교 시절에는 광주일고에 다녔던 선동렬 투수의 팬이었다. 이러한 선수들을 끌어안은 팀이 바로 기아의 전신 해태타이거즈였다. 해태타이거즈는 막강했다. 한국시리즈를 9차례 제패했다. 개성 있는 선수들이 많았다. 해태 야구를 보는 건 큰 즐거움이었고 나는 야구와 함께 젊은 날을 보냈다.

나는 프로야구와 함께 100세 시대를 잘 살아갈 수 있다고 생각한다. 이런 말이 있다. 은퇴 후에도 골프를 칠 수 있다면 성공한 인생이라고. 경제적인 능력이 있고 건강하며 또 같이 어울릴 수 있는 친구들이 있으니 성공적인 인생이란 뜻일 것이다. 노인빈곤이 심각한 우리 현실에서 골프를 이야기한다는 것은 사치다. 그러나 경제적 능력과 건강 그리고 시간을 보낼 수 있는 취미나 친구가 있어야 한다는 말은 정곡을 찔렀다.

프로야구를 즐기는 것은 이 3가지를 모두 만족시킨다. 프로야구를 즐기는 데는 대단한 건강이 필요치 않다. 야구장을 가면 좋지만 못 가더라도 TV를 볼 수만 있으면 된다. 미국의 노인들은 야구장을 많이 간다. 쉬는 시간에 음악에 맞추어 열심히 춤추는 노인들을 쉽게 볼 수 있다. 그리고 돈이 많이 안 든다. 야구장 입장권도 비싸지 않거니와 이조차 부담된다면 TV를 보면 되기 때문이다. 야구와 함께 많은 시간을 보낼 수 있다. 경기를 보는 것도 즐겁지만 그 못지않게 관련 뉴스 등을 보는 일도 재미있다.

물론, 야구를 좋아하는 친구가 있다면 금상첨화다. 응원하는 팀이 같은 경우에는 더 말할 필요도 없다. 내 아들과 딸 중에서 야구를 좋아하는 유전자를 받은 것은 내 딸이다. 그 놈은 기아 팬을 만들려고 야구장에 데리고 갔더니 상대팀이 더 멋있다며 두산 팬이 되었다. 이야깃거리가 없더라도 딸과 야구 이야기를 하면 상당한 시간 동안 대화할 수 있다. 물론, 상대방의 기분을 보아가면서 해야 한다. 지난 여름방학 때 딸이 워싱턴에 와 있었다. 아침에 뭔가 우울해 보이는 날은 두산이 진 날이다. 기아가 진 날은 나도 기분이 안 좋다. 둘 다 이긴 날은 딸과 야구 이야기로 시간가는 줄을 모른다. 친구가 없어도 된다. 혼자서도 하루 종일을 기분 좋게 보낼 수 있다.

야구가 100세 시대를 살아가는 사람들에게 좋은 이유는 꿈과 희망을 주기 때문이다. 나이가 들어갈수록, 노년을 향할수록 모든 것이 결정되고 변화가 없어진다. 꿈꿀 것도 없어지고 희망도 나날이 줄어간다. 그럴 때 내가 응원하는 팀이 오늘 경기에서 이기고 그래서 가을야구를 할 수 있고 우승을 한다는 것은 대단히 중요한 삶의 활력소인 것만은 틀림없다. 나는 매년 기아가 우승할 것이라고 예언을 해왔다. 물론 최근에는 2009년을 빼고는 한 번도 맞힌 적이 없다. 양치기 목동이 되어버린 지 오래됐지만 그래도 나는 올해 기아가 우승할 것이라고 믿는다.

4부

—

클라이맥스는 바로 이것

-가족과 나

시즌 FOUR는 더욱 강력하다!

세상에서 가장
살기 좋은 곳은
바로 여기!

—

　　나는 경제관료치고는 세상 구경을 많이 했다. 영국 유학을 했고 파리와 홍콩에서 외교관 생활을 했다. 동료들이 많이 가는 미국과는 인연이 없다가 마침표처럼 미국에서 국제기구 물도 먹고 있다. 국제 분야에서 많이 일한 탓에 가본 나라가 어림잡아 60개국 이상이다. 그러다 보니 자주 받는 질문이 있다. 바로 "어디가 제일 좋으세요?"이다.

　　처음으로 외국생활을 시작한 영국은 선진국이 무엇인가를 느끼게 해준 곳이다. 막 돌이 지난 딸을 안고 줄을 서 있으면 항상 맨 앞줄로 가도록 해주었다. 런던 시내에서 길을 헤매고 있을 때 경찰이다가와 목적지까지 에스코트해줄 때는 감동 자체였다.

하지만 영국 날씨는 우울하다. 10월부터는 오후 3시면 해가 지고 비가 부슬부슬 내린다. 물가도 비싸다. 그럼에도 영국인들의 절제와 남에 대한 배려로 좋은 곳이라는 추억을 간직하게 되었다. 조상에게서 물려받은 것을 소중히 간직하고 때론 전통에 과도하게 집착하는 것이 답답해 보이기도 하지만 영국의 멋은 거기에서 나온다.

아름답고 볼 것 많기로는 프랑스가 으뜸이다. 똑같은 건물이 없고, 에펠탑, 개선문, 노트르담 사원 등 파리는 그 자체가 그림이다. 루브르, 오르세이 등 세계적인 박물관은 나 같은 문외한도 새로운 세상을 볼 수 있게 했다. 고흐가 살던 오베르나 모네의 지베르니는 그들의 회화 세계와 함께 묘한 향수와 연민을 느낄 수 있는 곳이다. 알퐁스도데의 『별』로 유명한 아비뇽 아를의 짙푸른 하늘은 '아, 이런 것이 하늘색이구나.' 하고 느끼게 해주었다.

프랑스는 풍요로운 나라다. 비옥한 농토에서 유럽 농산물의 1/4을 생산한다. 물가가 싸고 와인, 요리가 발달했다. 크로와상과 바게트 등은 프랑스에서 만든 걸 먹어야 제맛이다.

프랑스는 자유, 평등, 박애라는 대혁명의 유산이 숨 쉬고 있는 곳이다. 특히 곳곳에서 평등의 가치를 느낄 수 있다. 앞서 말했듯, 샤를드골 공항에 가면 요금 받는 곳이 맨 꼭대기 층에 있다. 나올 때 맨 위층까지 다녀와야 하므로 주차타워에 들어가는 모든 차가 동일한

거리를 주행해야 한다. 그 결과, 좋은 자리가 없다. 자기 형편에 따라 고르면 된다. 미국 사람들 같으면 1층에다 만들고 위치에 따라 요금을 달리 매기는 차별화를 했을 것이다. 프랑스는 차별화 대신 모든 사람들이 꼭대기까지 다녀오도록 만들었다. 노조가 며칠씩 파업을 하고 기차를 세워도 이해하고 기다리는 것도 같은 이치이다. 풍요로운 나라 프랑스에서 함께 사는 법을 배웠다.

홍콩은 편리한 곳이다. 살면 살수록 도시구조와 인프라의 효율성과 편리함에 감탄하게 된다. 요리에 관한 한 최고다. 중국요리는 물론 프랑스나 이탈리아 요리 등도 본고장 수준의 맛을 볼 수 있다. 홍콩 살면서 대한민국 국민인 것이 행복하다는 생각을 했다. 홍콩 사람들의 국적은 중국이다. 홍콩은 경제 분야의 자치권을 인정받았을 뿐이다. 홍콩 사람들은 자신이 중국 사람이라는 것을 받아들이지 못한다. 그렇다고 홍콩 사람이라고 내세울 수도 없다. 주권도 없고, 실제로 중국과 떨어지기도 어려운 현실이기 때문이다. 축구나 농구 등 국제경기를 하면 응원을 할 팀이 없는 홍콩 사람들이 처량해 보였다.

워싱턴 D.C.는 큰 도시답지 않게 공기가 신선해서 좋다. 같이 일하는 호주와 뉴질랜드 친구들에게 그렇게 얘기했더니 그런 곳은 자기 나라에도 많다며 대수롭지 않아 했다. 오히려 서울의 최신 인프라와 역동적인 거리를 부러워했다. 나 듣기 좋으라고 하는 인사가 아니었다.

새삼스럽게 '우리 도시도 이제 내놓을 만한 곳이 되었구나.' 하고 느꼈다. 미세먼지도 많고 교통체증이 심하기는 하다. 물가도 비싸다. 그러나 우리나라 도시가 세계 어느 곳보다 안전하다는 사실은 이런 문제를 모두 덮고도 남는다. 워싱턴 D.C.는 대낮에도 맘 놓고 걸을 수 있는 곳이 많지 않다. 대부분의 미국 도시가 사정이 비슷하다.

우리 도시를 국제적인 명품으로 만들려는 노력은 계속되어야 한다. 물론, 지금도 우리가 살고 있는 곳이 세계 어디에 내놓아도 자랑스러울 만큼 편리하고 재미있는 곳이라는 자부심은 빼놓지 말자.

석유탐사 엔지니어인 미국인 친구가 있었다. 아버지가 미공군 조종사이기도 해서 120개국 이상을 가보았다고 했다. 나도 같은 질문을 했다. 어디서 살고 싶으냐고. 그는 가장 아름다운 곳은 파괴되기 전의 아프가니스탄 카불이고 은퇴해서 살고 싶은 곳은 태국 방콕이라 했다. 의아해하는 내게 설명을 덧붙였다. 태국사람들이 가장 친절해서 그 사람들과 같이 살고 싶어서란다.

나도 외국생활을 했던 곳 중에서는 프랑스 파리가 가장 좋고, 따스한 기억이 많다. 파리가 우리 가족이 함께 모여서 산 유일한 곳이었기 때문이다. 딸은 초등학교 3학년, 아들은 유치원생이었다. 3년 동안 아침마다 아이들을 학교까지 태워다주었다. 그때의 추억이 아직도 따뜻하게 남아 있다.

프랑스에서 살던 집 앞에서(2016년 4월)

딸의
졸업식

———

　　딸의 대학원 졸업식에 갔다. 비행기로 1시간 거리
니까 미국에서 근무하고 있는 덕을 본 셈이다. 딸이 대학교 졸업할
때는 가지 못했다. 본부에서 국장을 하고 있을 때여서 엄두를 내지
못했다. 일주일씩 자리를 비운다는 게 한국적 현실에선 쉽지 않았
다. 이번에 그때 가졌던 미안함을 조금은 털어낸 셈이다.

　무엇보다 날씨가 좋았다. 약간 더위가 느껴지는 절정의 봄이었다.
하늘도 맑고 태양이 눈부셨다. 날씨 때문인지 졸업식이 봄의 축제 같
은 느낌이었다. 나도 졸업식을 네 번 했지만 한결같이 추운 2월이었
다. 벌벌 떨면서 끝나기만을 기다렸던 게 졸업식에 대한 대부분의 기
억이다. 그보다는 5월의 졸업식이 훨씬 나았다. 축하해주는 입장이

지만 날씨가 좋으니 맘이 편하고 내가 졸업하는 것처럼 흥이 났다.

졸업식은 자유롭고 생동감이 있었다. 졸업생들의 표정도 즐거움으로 가득 찼고 줄을 서서 입장했지만 편하고 자유롭게 움직였다. 학과에 따른 개성을 표현하기도 했다. 치대생들은 칫솔을 들고 입장했고, (무슨 연관인지 나는 이해가 잘 안 되었지만) 우리 딸의 전공인 디자인과는 레고를 들었다. 군사문화가 지배했던 시절에 학교를 다닌 나로서는 엄격하게 줄 서고 경직된 표정이 전부였던 것 같은데 이렇게 사는 방법도 있구나, 새삼스러웠다.

교수들도 진지했지만 여유와 유머를 잃지 않았다. 전통과 격식을 지키면서도 얽매이지 않았다. 심지어 총장도 쉴 새 없이 농담을 곁들였다. 어떤 교수는 내용을 잘못 읽고 나서도 내가 너무 긴장했다며 웃고 넘어갔다. 실수도 모두가 웃고 즐기는 그런 분위기였다.

행사의 명칭이 졸업식이 아니라 '시작(Commencement)'이었다. 이름이 그러다 보니 졸업식과 함께 마무리와 결산을 한다기보다 지금까지 배운 걸 가지고 새로운 도전에 나선다는 출정식 분위기였다. 중국 출신 학생은 자신의 어린 시절 과학적 지식이 부족해 고통 받은 경험을 이야기했다. 그러면서 아직도 많은 지역이 과학적 무지로 고통 받고 있다며 빈곤한 개도국의 현실을 개선하기 위해 헌신하겠다는 뜻을 밝혀 큰 박수를 받았다.

공식 행사 후에 스티븐스필버그의 연설이 있었다. 짧은 연설이었지만 쉰들러리스트를 비롯해 자신의 작품세계를 돌아보면서 이런 작품들이 인류가 당면하고 있는 문제의식에 대한 도전이라고 설명했다. 도전을 멈추지 말라는 말과 함께. 유대인에게 했던 인종 학살은 지금도 도처에서 진행되고 있다고 했다. 연설을 들으며, 미국의 위대함이 저런 거구나 싶었다. 우리나라 어떤 명사가 졸업식 축사하면서 인류의 자유와 평화를 위해 애쓰라고 말하는 사람이 있을까? 그런 말을 할 수 있을 만큼 세상을 살아온 사람이 몇 명쯤 될까? 기껏해야 나라의 발전을 위해 앞장서는 인재가 되어 달라는 게 전부일 텐데. 그러나 스필버그는 미국의 영광이니 발전이니 하는 말은 한 마디도 언급하지 않았다. 어릴 적부터 세계를 생각하고 세계를 무대로 활동할 꿈을 꾸는 곳이 미국이라는 생각이 들었다. 물론 미국도 문제가 많다. 고민도 많고 해결해야 할 일이 많다. 그렇지만 이처럼 넓은 세계를 꿈꾸니 세계를 이끌어가고 세계를 움직이고 있는지도 모른다는 생각이 들었다.

그는 같이 온 99세 아버지를 소개하며 자기가 영화감독이 된 건 아버지가 12살 때 새로 산 비디오카메라를 맘껏 쓸 수 있도록 허락했기 때문이라고 했다. 비디오카메라에 잡히는 영상을 보고 세상의 경이로움을 느끼면서 영화감독이 되겠다고 결심했다는 것이다.

나도 비슷한 경험이 있다. 아버지는 어려운 형편에도 초등학생인 나를 서울로 보냈다. 남자는 고생해야 한다면서. 대학 2학년 때 아버지는 서울에 집을 샀다. 계약은 아버지가 했다. 그렇지만 중도금과 잔금부터 입주하는 데까지 모든 일을 나에게 일임했다. 대학생이 었지만 당시로선 수천만 원짜리 수표를 들고 다니는 일이 부담스러 웠다. 또 집을 사는 과정에서 겪게 된 많은 일들이 나로선 생생한 인 생 공부가 되었다.

그래서 나는 아이들을 키울 때 스스로 많은 경험을 하도록 신경을 많이 썼다. 아들과 홍콩에서 3년을 사는 동안 함께 자주 중국 선전 을 다녔다. 오고 갈 때 출입국신고서를 쓰고 중국 공안과 인터뷰를 해야 했다. 난 단 한 번도 아들의 신고서를 대신 써준 일이 없다. 그 리고 인터뷰도 항상 혼자 하게 했다. 택시 탈 때도 행선지를 아들에 게 말하도록 했다. 어디서든 길을 모르면 아들을 시켰다. 하기 싫어 서가 아니라 그게 아들에게 도움이 된다고 믿었기 때문이다.

파리에 살 때에는 아이들과 봄과 가을 한 번씩 런던으로 뮤지컬을 보러 다녔다. 애들에게 그런 여행 자체가 좋은 경험이라는 생각이었 다. 그리고 음악을 좋아했기에 아이들도 항상 예술을 가까이하고 살 기를 바라서였다. 그런데 세계적인 물리학자가 되겠다던 딸이 어느 날 연극배우가 되겠다고 했을 때 이러한 내 생각들이 영향을 미친 게 아닌가 싶어 자책을 조금 하긴 했다.

그로부터 5년간 우리는 많은 일을 경험해야 했다. 딸은 지금도 엄 마와 자신의 진로에 대한 이견을 좁히지 못했다. 맘이 약해서 딸을 도와줄 수밖에 없던 나도 많은 어려움을 겪었다. 이번 졸업식은 그런 의미에서 조금은 특별했다. 꿋꿋이 자기 길을 가고 있는 딸이 작은 결실을 거두고 새로운 도전을 시작하는, 그런 의미의 '시작'이기 때문이다.

어렵지만 자기의 길을 개척해가고 있는 딸에게는 졸업이라기보다 말 그대로 출정식이다. 경제적으로나 정신적으로 어려운 일이 많을 테지만 내색하지 않고 듬직하게 서 있는 딸을 보며 난 그저 큰 응원의 박수를 보낼 수밖에 없다.

아들의
자존심

———

　　　아들과 나는 홍콩에서 3년을 같이 살았다. 아버지가 아들과 같이 사는 건 너무나 당연한 일이지만, 둘이서만 같이 있었으니 특별했다. 아내는 직장 때문에 일찍 한국으로 들어갔고, 고등학생이던 딸은 아예 서울에 머물렀기에 우리는 둘만 남았다.

　초등학교 6학년이던 아들은 홍콩에서 중학교 3년을 보내고 귀국했다. 학업에 있어서도 중요한 때였고, 사춘기였기에 어려운 시기였다. 물론, 나도 아들 밥 해 먹이는 일부터 학교 공부까지 뭐 하나 쉬운 일은 없었다. 다 아내 일이라고 쳐다만 보았기 때문이다. 지금 생각해보면, 여차하면 아버지와 아들 사이가 평생 불편해질 수도 있었다. 다행이도 나는 아들과 친한 사이를 유지하며 홍콩생활을 마무리

했다. 아들은 나름대로 자기가 나를 가장 잘 안다고 생각한다. 표정만 보고도 화가 난 건지 서운한 건지 알아챈다. 나는 그 시절 아들과의 많은 기억을 가지고 있다는 게 행복하다. 아들 행동이나 말투 하나까지도 많은 것을 마음속에 새겼다.

아들과의 관계가 원만할 수 있던 것은 아들의 선택을 최대한 존중했기 때문이다. 물론 공부를 하거나 게임을 하는 문제 등에 있어 아들의 자유를 보장한 것은 아니다. 게임은 여느 한국 부모처럼 최대한 자제시키려고 별별 수단을 다 썼다. 그렇지만 대부분의 영역에서는 아들이 스스로 선택하고 알아서 행동하도록 했다.

어쩌다 외식을 갈 때에도, 난 반드시 아들의 선호를 물었다. 그런데 이 녀석은 아빠가 한식을 먹고 싶어 하는 줄 알면서도 한 번도 한식을 이야기한 적이 없다. 양식 아니면 이탈리아식이다. 식당에 가서도 메뉴를 고르라고 하면 내가 좋아하는 것만 빼고 자신이 생각했던 것만 고른다. 속으론 불편하기 그지없지만 꾹 참고 먹었다. 나도 거짓말을 못하는 편이라 싫다는 게 금세 나타났던가 보다. 이 녀석이 말한다. 그렇게 꼭 티를 내야 하냐고. 그땐 꼭 응수해주었다. 아빠 지금 별로지만 아들이 시켜서 먹고 있으니, 너도 나중에 아빠 늙으면 싫더라도 아빠 원하는 거 먹어주어야 한다고.

무슨 일이든 아들의 일을 대신 해준 적이 없다. 학교 숙제가 무엇이든 자기가 하도록 했다. 간섭을 하지 않았기 때문에 서로 간의 긴장을 줄일 수 있었다.

두 번째는 말조심이었다. 아들은 자존심이 강했다. 아들이 이뻐서 하는 말이라도 그게 귀에 거슬리면 바로 반응했다.

어느 날부턴가 아들은 내 화장품이 좋다며 바르기 시작했다. 여드름 난 얼굴에 내 화장품 바르고 좋아하는 것을 보면 나도 흐뭇했다. 저 녀석이 벌써 저리 컸구나. 그렇지만 정작 말은 거꾸로 나갈 때가 많았다. 너 때문에 화장품값 많이 들어 쓰겠냐고. 한두 번쯤 그렇게 이야기한 것 같다. 이 녀석이 갑자기 안 쓰기 시작했다. 며칠이 지나도 마찬가지였다. 이젠 사정을 해야 했다. 괜찮으니 쓰라고. 그래도 안 썼다. 그때 배웠다. 이쁘면 이쁘다고 해야 하는 거구나. 이쁜데 형편없다 해놓고 내 마음을 알아달라는 게 사실 조금만 생각해보면 억지라는 건 금방 알 수 있다.

비슷한 해프닝이 또 있었다. 홍콩에도 겨울이 있다. 홍콩의 겨울은 서울보다 춥다. 난방이 안 되기 때문이다. 옷을 두껍게 끼어 입고 전기장판에 의존해서 오들오들 떨어야 하는 홍콩의 겨울밤은 생각만 해도 이가 시리다. 그때 우리 둘 다 내복이 몇 벌 없었다. 퇴근해서 샤워하고 내복을 갈아입으려는데 아무리 찾아도 없어서 보니, 이 녀석이 입은 것이다. 춥긴 했지만 사실 아들이 내 옷을 같이 입을 만큼 컸다는 건 대견한 일이었다. 그런데도 말은 역시 반대로 나갔다. "네가 그걸 입으면 아빠 어떻게 하냐." 갑자기 이 녀석이 벌떡 일어나더니 내복을 벗기 시작하는 게 아닌가. 황당했다. 그다음부터는 절대 거꾸로 말하지 않으려고 노력했다. 시험결과도 마찬가지다. 나쁜 성적을 보고 무척 화를 내놓고 "이건 널 사랑해서야." 하면 설득력이 떨어진다.

가급적 칭찬하고, 격려하려고 애를 썼다. 아들이 중학교를 졸업한 후부터는 강압적인 수단은 거의 효과가 없었다. 머리가 컸기 때문이다. 그래서 나는 성서에 있는 것처럼 했다. 아들을 볼 때마다 "너는 내가 믿는 아들, 내가 사랑하는 아들이니라." 했다. 꼭 껴안거나 혹은 엉덩이를 살짝 두드리면서. 주변 사람에게 이 이야기를 하면 대부분 "쑥스러워서 어떻게 그럽니까."라고 한다. 물론, 나도 쑥스러웠다. 하지만 한 번만 해보면 효과는 놀랍다. 아들이 너무 좋아했다. 어쩌다 빼먹으면 "오늘은 안 해?" 하며 묻기도 했다. 이쁘면 이쁘다고 말해줘야 한다. 쓰다듬고 보듬어주어야 한다. 성서에 나온 것이니 2000년 전에 나온 진리다.

여기서 중요한 질문. "애들 맘 상할까 봐 좋다고만 하면 되느냐?" 이다. 맞는 말이다. 아이들에게는 절제도 가르쳐야 한다. 특히 어린 아이인 경우에는 반드시 필요하다. 벌주는 것도 좋다. 나는 아이들에게 손 번쩍 들고 서 있는 벌을 많이 주었다. 이때 중요한 건 애들에게 많은 이야기를 해줘야 한다는 것이다. 무엇을 잘못했고 이게 왜 나쁜 건지 꼭 이야기해주어야 한다.

문제는 아이들이 성장한 다음이다. 이때부턴 방식이 달라져야 한다. 자칫 강압적이거나 부모의 화난 표정은 사태를 악화시킬 뿐이다. 내 스스로 생각해도 어느 정도 큰 다음부터 부모님의 훈계는 약발이 없었다. 격정적으로 꾸짖어봐야 사이만 나빠지고 아이들에게도 안 좋은 기억만 심어줄 뿐이다. 그렇다고 아이들이 명백히 잘못을 저지르고, 문제가 있다고 생각하는데도 이를 방관하거나 무조건 잘했다고 하는 건 부모의 도리가 아니다. 그러다가 결과가 나쁘면 모든 걸 부모 탓으로 돌리는 경우를 많이 봤다.

나는 스스로 이름 붙인 마이동풍식 교육을 한다. 나는 내 말을 듣고 애들이 바로 고칠 것이라는 기대부터 버렸다. 난 아이들의 문제를 발견하면 빼놓지 않고 지적한다. 중요한 것은 절대 화내지 않는 것이다. 그래야 내일도 하고 모레도 할 수 있기 때문이다. 당장 아이가 안 고치더라도 '언젠가는 고치겠지.'라는 바램이다. 물론, 나처럼 이 녀석도 결국 못 고칠 수도 있다. 그렇지만 언젠가 우리 아빠가 왜 그렇게 이야기했는지는 이해하리라 생각한다.

지금 아들은 대학 3학년이다. 기숙사에 있다가 강하게 원해서 학교 앞에 오피스텔을 얻어주었다. 당연히 경제적 출혈이 상당했다. 아빠 힘든지도 모른다고 두 번 생색냈더니 예의 그런 반응을 보였다. "다시 기숙사 갈게." 내가 오히려 당황해서 웃고 말았다. 하지만 이젠 이야기해줄 것이다. 자존심도 좋지만 바로 극단적인 방법으로 가지는 마라. 결국은 너의 손해니까.

::

멋진
헤어짐을
위하여

—

오늘은 평소보다 일찍 일어났다. 방학이라고 나에게 왔던 아이들이 돌아가는 날이기 때문이다. 2주가 긴 것 같았는데 지나고 보니 참 짧다. 애들 오면 해야지 하고 많은 걸 계획했다. 그렇지만 대부분 도상연습에 그쳤다.

이유는 아이들이 잘 일어나지 않아서다. 아이들과 보낼 수 있는 주말이 두 번밖에 없었다. 조지 워싱턴이 살던 마운트버논과 토마스 제퍼슨이 살던 몬티첼로 갈 계획을 세웠다. 차가 막히니 아침 일찍 일어나야 한다고 그렇게 말했건만, 10시도 좋고, 11시도 좋다. 오후까지도 잘 기세다. 겨우 깨워 차에 태우고 참다못해 잔소리를 했다. 그렇게 꾸물거려서 뭘 보겠냐고. 아들 녀석이 대번 볼멘소리다. "내가 손님이야? 좀 편하게 있다 가게 해주면 안 돼?" 졸지에 내가 가고 싶어서 계획한 여행이 돼버렸다.

나도 지지 않고 대물림한 잔소리를 늘어놓았다. 아침 일찍 일어나야 한다, 부지런해야 성공할 수 있다, 하면서. 아이들이 멋지게 반격을 했다. 위대한 발명은 모두 게으른 사람이 했다고. 게을러서 편하게 살고 싶어 만든 게 모든 발명이라는 거다. 아들이 말하니 딸이 덧붙인다. 게으른 사람이 효율적이라고.

몬티첼로로 가는 길은 장관이다. 도로변에 서 있는 나무들이 폭포처럼 늘어서 있다. 두 녀석 모두 여기엔 관심이 없다. 아들은 차에 타고서부터 게임만 하고, 딸은 카톡 중이다.

아들은 게임을 좋아한다. 홍콩에서 근무할 때 아들과 단둘이 2년을 살았다. 그때 모든 내 관심은 아들이 게임을 못하게 하는 거였다. 게임하다 걸리면 벌을 주고 훈계를 했다. "게임은 도박이나 같은 거야. 중독성이 높고, 어쩌고⋯⋯." 하며. 이제 대학생이 되니 눈치 안 보고 게임에 열중이다. 잠깐 졸 때 빼고.

그래서 설교를 시작했다. 아들이 반격했다. 게임을 중독성 강한 도박으로 보는 나라는 대한민국밖에 없다고. 공부를 못하는 건 게임이 아니라 다른 이유 때문이란다. 게임 안 해도 공부 못하는 애들이 얼마나 많은데. 나도 지지 않고 말한다. 그래도 게임할 시간에 공부하면 더 잘할 거 아니냐고. 아들은 애들이 게임밖에 할 수 없도록 한 건 어른들이다. 만약 아이들에게 게임마저 못하게 하면 미쳐버릴 거다, 청소년 자살을 게임이 막아주는 거다, 라고 말한다. 이쯤 되면 할 말 없다. 딸이 거든다. 하버드나 MIT 천재들도 다 게임광이야.

관광을 마치고 워싱턴 D.C.로 돌아왔다. 큰맘 먹고 스테이크 좋아하는 아들을 위해 고급 레스토랑으로 예약했다. 그렇지만 식사시간 내내 힘들었다. 아이들의 소위 '지적질'이 장난이 아니었다. 나를 숫제 어린아이 취급이다. 아빠도 사회적 지위가 있으니 식사 매너도 신경 쓰라느니 남한테 말할 때 조심하라느니. 난 목 있는 셔츠를 못 입는다. 답답해서다. 티셔츠를 입는데 단추를 대체로 잠그지 않는다. 딸이 대경실색 따라다니면서 잔소리다. 제발 단추 좀 잠그라고. 밥 먹으면서까지 그 이야기이다. 아빠 때문에 창피했다고.

집에 오자마자 딸하고 아들을 앉혀놓고 이야기했다. 너희들은 완벽한 아빠를 원하겠지만 그런 지적은 그만해라, 아빤 성장을 멈춘 사람이다. 너희들이 다소 창피하더라도 아빠가 편한대로 살게 해다오, 했다. 이제 아빤 아무리 노력해도 보기가 더 추해질 일만 남았다. 남들에게 다소 부끄럽고 추해지더라도 우리 아빠니까 이해하고 인정해달라고 했다.

아이들이 머무는 동안 좋은 기억은 별로 없었지만, 막상 간다니 섭섭했다. 그래도 아이들이라도 있으니까 좋았는데, 생각했다. 금세 아이들이 보고 싶어졌다. 걱정도 되었다. 이제나저제나 전화를 기다리다, 참다못해 전화를 했다.

시차 때문인지 졸린 목소리다. "잘 왔지 뭐." 건성으로 대답하는 놈들에게 더 대화를 이어갈 용기가 생기지 않았다. 마지막으로 상처받을 줄 알면서도 물었다. 아빠 안 보고 싶으냐고. "보고 싶어." 하지만 일단 건성이다. 속내는 아예 그런 걸 생각조차 한 일이 없다. 딸은 구체적인 설명까지 했다. "아빠! 헤어진 지 얼마나 되었다고."

아버지는 내가 방학 때 고향집에 내려오거나 서울 갈 때 꼭 역에 마중을 나왔다. 서울에 도착할 때쯤이면 전화를 했다. 커갈수록 그런 게 싫었다. 한번은 여쭤보았다. "뭐 하러 역에 나오세요?" 아버지는 대답했다. "그래야 나중에 너도 역에 나올 거 아니냐." 40년이 지나서야 아버지의 마음이 이해가 간다. 그리고 저 녀석들도 이해가 된다. 나하고 똑같겠지. 자유롭고 싶을 테니까. 그러고 보니 난 아버지만 못하다. 아버진 자신의 감정을 노출시키지 않았다. 내 얼굴 보면서 그저 흐뭇해할 뿐 나의 사랑이나 표현을 원하시지 않았다.

내가 불편했던 것은 저희들을 위한 일인데 내 뜻을 따라주지 않는다는 불만 때문이었다. 원하는 일도 아니었던 아이들로서는 어처구니가 없을 법도 하다. 내가 욕심을 버렸다면 아이들과의 시간을 훨씬 행복하게 보냈을 것이다. 오히려 아빠 뜻을 따른다고 따라준 아이들에게 고마워해야 할 일이다.

그러고 보니 저 녀석들도 많이 컸다. 둘 다 스무 살을 넘겼다. 옛

말로 이제 '품 안의 자식'이 아닌 것이다. 자기 세계가 너무 재미있고 친구와 놀기도 바쁘다. 내가 그랬던 것처럼 부모는 뒷전일 수밖에 없다. 새삼 애들을 떠나보낼 때가 되었다는 생각이 들었다. 아이들과 함께하고 싶고 늘 걱정스러운 맘을 접고 애들이 마음껏 자기 뜻을 펼치는 것을 지켜보아야 할 것이다.

산다는 게 만남의 연속이기도 하지만 뒤집어보면 모두 헤어지는 일이다. 애들이 커간다는 건 부모와 헤어질 날이 멀지 않았다는 거다. 이 헤어짐은 아이들보다 내가 더 힘든 것 같다. 그래서 아이들에게 자꾸 애정 표현을 원하는지 모른다.

멋지게 헤어져야 한다. 듬직하게 서서 아이들이 자신감 있게 자기의 길을 가는 것을 지켜볼 것이다. 사랑하고 이해해주는 마음을 간직하면서.

아버지의
아침

———

아버지는 아침을 신성한 것으로 여겼다. 아침에 일찍 일어나는 사람만이 성공할 수 있다고 믿었다. 부자가 되는 일도 아침에 일찍 일어나야만 가능하다는 게 아버지의 신념이었다. 할 일이 없더라도 무조건 일찍 일어나야 한다고 생각했다. 피곤해서 아침잠이나 낮잠을 자는 한이 있더라도 일찍 일어나야 한다는 것이다.

아버지가 사람을 판단하는 기준도 '아침 몇 시에 일어나느냐'였다. 아무리 공부 잘하고 똑똑해도 늦잠 자면 대번 '걔는 게을러서 틀렸다'고 했다. 철저하게 아침형 인간의 신봉자였다. 어쩌다 이를 반박하면 아예 들으려고도 하지 않았다. 대신 "네가 사업에 실패하더라도 술 먹고 늦게 일어나면 아무도 동정하지 않는다. 그렇지만 일찍 일어나서 씩씩하게 돌아다니면 누가 돈이라도 빌려주는 것이다. 기회가 오는 법이지."라는 설교를 들어야 했다.

아버지의 기상시간은 철저하게 새벽 5시였다. 취침시간이 몇 시였는지, 간밤에 과로했는지, 혹은 술을 마셨는지와 무관했다. 출장 갔다가 밤새 차를 달려 새벽 4시에 돌아온 날도 5시에 일어나셨다.

아버지의 첫 번째 일은 산에 가는 것이다. 일찍 일어나야 한다고 믿는 것도 산에 가는 일과 관련이 있다. 산에 늦게 가면 남들이 좋은 공기를 마셔버린다는 것이다. 아버지는 취미가 등산이라고 했다. 그러나 아버지는 200m가 넘는 산도 올라본 적이 없었다. 30~40분쯤 걸리는 뒷동산에 산보 가는 것이 전부였다. 그런데 놀라운 사실은 하루도 빠지지 않았다는 것이다. 아버지가 산에 가지 않는 것은 외지에 갔거나 몸이 대단히 아플 때뿐이었다. 웬만한 병은 산에 가면 낫는다고 했다. 비가 와도 태풍이 불기 전에는 우산을 받으며 산에 올랐다.

중학교 1학년 여름방학 때였다. 서울에 있는 고모 집에서 학교를 다니다 고향집에 내려온 나에게 아버지는 이제부터 같이 산에 다니자고 했다. 그때 나는 체력장 종목이던 턱걸이를 너무 못했다. 한두 개 하고 나면 맥없이 떨어져서 큰 고민이었다. 몸이 약하니 체력단련도 하고, 턱걸이 연습도 할 겸 산에 가자는 것이었다. 여름날의 새벽 5시는 시원하기도 해서 깊이 생각하지 않고 그러겠다고 했다. 그렇게 시작한 일이 슬며시 의무가 되어버렸다.

그때부터 집에 가면 무조건 아침 5시에 일어나 산에 가야 했다. 날씨가 나빠도 거르는 일은 거의 없었다. 조금 아프거나 공부하다 밤늦게 자더라도 상관없었다.

아침에 일찍 일어나는 일은 장남인 내가 가문을 굳건히 세우기 위해 반드시 해야 할 일이 되었다. 장남이 출세하면 집안이 잘된다는 것을 굳게 믿던 아버지는 두 동생과 어머니는 아침 일찍 일어나는 의무를 면제시켜주었다. 그러나 내겐 조금의 예외도 없었다. 5시에 못 일어나고 뒤척거리면 대번 불호령이 떨어졌다. 친구들이 놀러와 집에서 자고 있더라도 일어나라고 큰소리를 쳤다. 뿐만 아니었다. 졸음을 못 이겨 산에 가는 발걸음이 둔하면 야단을 맞았다. 늙은 아버지보다 못해서 뭐에 쓰겠냐고 했다. 그런 날 아침 밥상에선 온 식구가 돌아가며 긴긴 설교를 들어야 했다. 어머니는 가정교육을 잘 못시키고 있다는 잔소리를 들어야 했고, 애꿎은 동생들도 형같이 될 거면 아예 지금부터 포기하란 말을 들어야 했다.

그 효과는 놀라웠다. 장남이라는 이유 하나로 새벽에 일어나는 엄청난 의무를 지고 있던 나에게 집안에서 동정하는 사람이 없어져버렸다. 오히려 너만 잘하면 우리가 잠도 편히 자고 아침밥도 잘 먹으니 제발 아버지 기분 좀 맞춰주라는 말을 들어야 했다. 어쨌든 몸에 좋은 일이니, 하면서.

여름은 그래도 좀 나았다. 겨울철의 새벽 5시는 춥고 깜깜했다. 어린 내가 감당하기에는 벅찬 일이었다. 나는 내 인생을 비관하기 시작했다. 다행스러웠던 것은 아버지가 아침 일찍 일어나라는 것 이외에는 아무런 간섭을 하지 않는 것이었다. 친구들 하고 놀다 몇 시에 들어오건 잔소리가 없었다. 성적이 떨어져도 개의치 않았다. 비관스러웠지만 버틸 수 있던 이유이다.

나의 아침산행은 행정고시 공부를 시작한 대학교 3학년 때 끝이 났다. 큰아들이 고시 패스해서 시장, 군수 되기를 간절히 바랐던 아버지는 그때부터 나의 아침잠을 방해하지 않았다.

행정고시에 합격하여 공무원이 된 지 올해로 30년이 되었다. 아버지의 소망과 달리 나는 경제 분야에서 대부분의 공직생활을 했다. 경제 관료로서 국가발전에 기여하고 있다는 자부심도 느꼈고, 청와대 근무와 네 번의 외국생활을 통해 너른 세상도 보았다.

그러나 돌이켜보면 지나간 시간은 아버지의 가르침이 얼마나 중요한지를 깨닫는 시간과도 같았다. 아침에 일찍 일어나는 건 경제 관료로 생활하기 위해 필수적이었다. 밤새워 일해도 툭하면 조찬으로 열리는 회의에 가려면 새벽에 일어나야 했다. 어머니를 닮아 타고난 저녁형 체질이고 의지도 약한 내가 아버지의 아침산행이 없었으면 견디기 쉽지 않았을 것이다. 나로선 감당하기 힘든 일도 '그 추운 겨울날도 새벽 5시에 일어났는데.'라고 생각하면 해낼 수 있었다. 또, 직장에서 사소한 일에도 스트레스 받고 승진에서 조금만 밀려도 혼자 세상 낙오자가 된 것처럼 불행하다 느낄 때, 나는 새삼 아버지를 떠올렸다. 아버지가 사업에 실패하고도 아침에 일찍 일어나

산에 오르고 지인들과 더욱 큰소리로 인사하는 것이 얼마나 어려운 일이었는지를. 남다른 배움도 없었고, 도와줄 부모 형제도 변변치 않았다. 부지런하고 씩씩하게 움직이면 누군가 기회를 주지 않을까 라는 간절한 몸부림이었음을 알게 되었다. 집안이 어려웠던 때도 아버지가 혼자 술 마시고 좌절하는 모습을 본 적이 없는 게 얼마나 큰 행복이었는지를 깨닫게 된 것이다.

결혼해서 아들과 딸을 키웠다. 아버지를 생각하면서 나도 사랑하는 아이들을 아침형 인간으로 키워야겠다고 마음먹었다. 그러나 아이들을 깨우려던 나의 시도는 단번에 실패로 끝났다. 하루에 적어도 8시간은 자야 한다는 아이들과 아동학대라면서 반대하는 집사람 틈에서 나는 혼자 가끔 아침산행을 하는 걸로 만족해야 했다. 그리고 깨달았다. 그 오랜 시간 동안 일찍 일어나라고 호통치며 가족을 못 살게 하는 것도 쉬운 일이 아니었다는 것을. 사랑 없이는 안 되는 일이란 것을 말이다.

이제 아버지는 팔순을 넘겼다. 할 일이 있는 것도 아닌데 여전히 새벽 5시를 고집하신다. 좀 천천히 일어나시라고 하면 매번 말씀하신다. 그래도 내가 이리 건강하니까 편한 줄 알라고. 아버지의 아침은 여전히 신성하다.

2015년은 공무원을 시작한 지 30년 된 해다. 동기생들과 만든 문집에 기고한 글이다.

아버지 모습

어머니의
말

—

        오늘도 어머니는 방송에서 본 건강정보를 알려주려고 미국으로 전화하셨다. 어머니는 몸이 약하다. 그렇지만 아들에게 오랫동안 살아있는 모습을 보여주어야 한다고 건강정보를 정말 귀담아 듣고 실천하려 애쓴다. 외할머니가 몸이 아파 일찍 가시니 자식이 정말 안 좋더라면서. 나와 관련된 정보가 있으면 워싱턴으로 전화한다. 현미가 좋다더라, 하루에 계란 세 알을 삶아 먹으면 병이 없다더라 등등. 어머니 같은 사람 때문에 방송에 그런 프로그램이 많구나 싶다. 그렇지만 나는 매번 시큰둥이다. 나를 생각해주는 말씀이니 경청하고 "아, 그래요? 한번 해봐야겠네요." 해야 한다고 생각하면서도 항상 태도는 정반대로 나간다. "알았어요." 하고 건성으로 대답하거나 가끔은 "방송이 업자랑 짜고 하는 거예요." 하고 면박도 준다. 불효인 줄 알지만 나로서도 어쩔 수 없다. 긍정적으로 답했다간 난 매일같이 어머니가 가져오는 건강정보를 들어야 할 테니까. 끈질긴 어머닌 내 시원찮은 반응에도 불구하고 며칠 후면 다시 전화를 한다. "이건 정말 좋단다." 하고.

어머닌 내게 공부하라는 말을 많이 하지 않았다. 공부는 힘든 거니까 잘하라고 말만 한다고 잘 되는 게 아니라서 그러는 거라 했다. 또 너는 말 안 해도 잘하니까, 그럴 필요가 없었지 한다. 하지만 공부 잘하는 친구들일수록 잔소리에 더 많이 시달렸던 게 일반적인 걸 보면 어머닌 좀 특이했다. 오히려 어머닌 침묵하거나 아들의 기분을 상하지 않게 하는 데 대단한 인내심을 발휘했다.

중학교 때 일이다. 야구에 푹 빠져 있던 나는 야구 관련 기사를 스크랩하기 시작했다. 좋아하는 팀 관련 기사, 경기 결과뿐만 아니라 김봉연, 김윤환 선수 사진이며 기사를 찾아 빠짐없이 모았다. 열심히 공부해도 성이 차지 않을 큰아들이 매일같이 스포츠신문과 잡지만 뒤적이며 자르고 붙이고 하는 모습을 보면 무척 화가 날 일이었다. 그런데 어머닌 딱 한마디 했다. "너 그게 그렇게 재미있니?" 속없던 나는 그때부터 어머니에게 야구가 어떤 스포츠고 그걸 보면 인생이 보이고 어쩌고 하는 소릴 한참 했다.

대학교 때는 음악에 미쳤다. 아버지를 조르고 졸라 고급오디오를 사고 나선 돈 있는 대로 LP 디스크를 사서 모았다. 공부할 때도 음악이 있어야 했다. 명색이 고시 공부 한답시고, 집이 떠나가라 음악을 틀고 있는 내가 무척 걱정되었을 거다. 그때도 어머닌 참다못해 한마디 했다. "넌 그렇게 음악 들으면 시끄럽지도 않니?"라고. 난 어머니가 이해가 안 되었다. 이 좋은 음악을 듣는데 뭐가 시끄러워요?

어렸을 때 난 어머니 심부름을 정말 열심히 했다. 어머닌 강압적으로 심부름시키는 일이 없었다. 그렇다고 돈과 같은 인센티브를 주는 일도 없었다. 나를 움직인 건 끊임없는 칭찬이었다. 콩나물을 사가지고 오면 "넌 어떻게 이렇게 많이 받아 오냐?" 그리고 두부 사가지고 오면 "네가 사오면 두부가 참 크다." 그래서 난 심부름하는 일이 재미있었고 칭찬을 받기 위해 더 노력했다. 빨리 뛰어 배달시간을 단축시키려 했다. 또 어머니가 사가지고 온 것이 맘에 안 들거나 사가지고 온 물건을 바꾸려고 할 때도 내 차지였다. "그 주인이 너를 좋아해서 잘 바꿔주더라." 난 이런 말이 모두 진실인 줄 알았다. 그런데 나중에 우연히 들었다. "재가 가면 장사꾼들이 시들고 안 좋은 것만 잔뜩 줘."

어머닌 영화 보러 다니길 좋아했다. TV가 없던 시절이라 인기 연예인을 보는 길은 지방 순회쇼를 보는 것밖엔 없었다. 대개 밤늦게 끝나기에 집에 아주 늦게 들어가야 했다. 어머닌 내게 말했다. 아버지에게 엄마 친구들하고 모임이 있어서 늦게 왔다 하라고. 나는 아버지에게 한 번도 진실을 이야기한 적이 없다. 어머니가 늘 "네 동생들은 입이 가벼워서."라고 했기 때문에. 난 그 말에 입이 돌처럼 무거운 사람이 되기로 마음먹었다.

그렇지만 결정적인 순간의 어머니 말은 달랐다.

초등학교 졸업식 때다. 6학년 1학기 때까지 공부 잘하다가 2학기 때 친구들하고 노는 데 정신 팔려 공부를 등한시했다. 그 결과 난 그 흔한 상장 하나 없이 졸업을 했다. 몸이 약해 학교도 자주 빠졌으니 개근상도 내 차지가 아니었다. 창피하기도 했는데 어머니가 졸업장을 펴서 들고 사진을 찍으라고 했다. "우등상도 아닌 걸 창피하게."라고 했더니 어머니 말씀. "졸업을 해준 것도 고맙다. 공부야 언젠가 내 아들이 더 잘할 텐데."

중·고등학교 때 어머니 친구들을 만나거나 혹은 내 초등학교 동창 부모들을 만나는 일이 있었다. 과거 나보다 공부 못했던 친구 부모들이 자기 아들이나 딸이 전교 1등을 했니, 지금 같으면 서울대학도 문제없다 하는 자랑을 듣고 올 때도 어머니의 반응은 한결같았다. '나중에 내 아들이 결국 제일 잘할 거다.' 어머니가 믿고 있기에 난 포기하지 않았다.

1983년 행정고시 27회 때 2차 시험을 합격하고도 면접을 잘못해서 3차 시험에 떨어지는 이변을 낳았다. 대학원 1학년 때 일이다. 만약 1년 내에 1차부터 3차까지 다 합격하지 못하면 군대를 가야 했다. 솔직히 자신이 없었다. 고시를 그만두고 군대를 빨리 다녀와서 다른 길을 찾는 게 나을 것 같았다. 아버지도 은근히 내 생각에 동조했다. 필요하면 유학을 가는 것도 괜찮겠다, 했다. 어느 날 아침 어머니가 말했다. "너희 아버지를 비롯해 너희 집안사람들이 맘이 약하고 뒷심이 없어서 큰일 하는 사람이 없다. 잘 되건 못 되건 끝까지 해봐야지 조금 어렵다고 뒤로 빼면 큰일 못해." 그래서 나는 포기하지 않았고, 고시에 합격했다.

초등학교 졸업식 날 어머니와 함께

아이들을 키우면서 난 새삼 어머니가 내게 어떤 인내심을 보였는지 때론 얼마나 강한 교훈을 주었는지 절감한다. 지금은 버젓한 대학생이 된 아들이 특목고 시험에 떨어졌다. 저 녀석 기분을 상하게 하지 않으면서 힘을 번쩍 낼 수 있는 멘트가 무엇일지 고민했다. 그러나 떠오르지 않았다. 지적할 거리들은 쉴 새 없이 떠오르고. 어머니를 생각하며 참고 또 참았다. 그렇지만 결국은 비위를 건드리는 말을 하고 만다.

세계적인 물리학자가 되겠다던 딸이 어느 날 연극을 하겠다고 진로변경에 대해 통보해왔을 때, 도저히 꺾을 수 있는 일이 아니라서 따라는 가지만 영 마땅치 않았다. 그래서 잘 지내다가도 괜히 한 소리 하게 된다. 딸이 하는 말이 "이제 그쯤 되었으면 기분 좋게 밀어주면 안 돼?" 맞는 말이다. 어머니라면 그랬을 것이다.

난 도저히 어머니처럼 애들에게 말로 오래오래 기억되고 고맙게 느낄 수 있게 해줄 아빠 재목이 아니라는 생각이 든다. 그래서 성서에서 하느님께서 예수그리스도에게 하신 것처럼 '자나 깨나 내 사랑하는 아들, 딸, 내가 믿는 아들, 딸이니라'만 주문처럼 외우기로 마음먹고 실천하고 있다.

＊＊
＊

나의
SNS
이야기

───

　　오늘은 2월 셋째 주 월요일, 미국 대통령의 날
(President Day), 공휴일이다. 막강한 미국 대통령이라 쉬는 날까지
있나 보다, 라고 생각했다. 알고 보니 미국 건국의 아버지인 조지 워
싱턴과 미합중국을 재건했다 평가받는 링컨을 기념하는 날이라고
한다. TV를 보니 꼭 두 대통령뿐 아니라 대통령에 대해 생각해보는
날 같다는 느낌이다. 꿀맛 같은 3일 연휴지만 주말부터 너무 추워
꼼짝 않고 집에 틀어박혀 있었다. 혼자 있다 보니 심심하긴 했지만
오늘은 눈까지 내려 나갈 엄두가 나지 않았다.

　워싱턴에 혼자 살고 있다 하면 받는 질문이 있다. "가족도 없이 뭐

하고 지내세요?"다. 가족과 함께하지 않으면 정말 지루한 곳이라는 걸 아는 사람들이 특히 궁금해한다.

지난해는 "집안일하고 포토맥강 산책하지요."가 답이었다. 혼자 해야 하니까 하루 세 끼 해결하고 빨래, 청소하다 보면 시간이 많은 것도 아니다. 특히 시장 가는 일이 그렇다. 난 시장 가는 게 재미있다. 오늘은 뭐가 또 새로 나왔나 살펴보고, 가끔 지금까지 보지 못했던 걸 발견하는 건 기쁨이랄까 설렘, 이런 거다. 그러다 보니 많을 때는 일주일에 두세 번도 갔다.

나는 유명한 워터게이트 아파트 옆에 산다. 집에서 포토맥 강가까지 걸어서 5분이다. 포토맥 강가를 산책하고 조지타운을 거쳐 집에 오면 1시간이다. 때로는 국무성 앞쪽으로 해서 링컨메모리얼 있는 공원을 다녀오기도 한다. 그것도 1시간 걸린다.

그런데 워싱턴 날씨가 매일매일 산책하는 걸 힘들게 했다. 좋은 날도 있지만 때로 너무 덥고 또 너무 춥다. 가끔 눈도 많이 온다. 산책 대신 아파트에 있는 헬스클럽에서 운동하는 걸로 바꾸었다. 장보러 가는 일도 크게 줄었다. 모바일로 주문하는 게 훨씬 물건을 많이 구경할 수 있고 값도 싸다. 주문이나 배달도 편리하다. 이제 시장은 2주일에 한 번, 그것도 신선채소나 계란 등을 사러 가는 거니 시간도 대폭 줄었다. 집안일도 익숙해져서 처음보다 훨씬 적은 시간을 쓴다. 크게 늘어난 시간을 나는 모조리 SNS 하는 데 쓴다. 이제 "뭐하세요?"에 대한 대답이 "SNS요."로 바뀐 것이다. 대부분 페이스북을 하는 데 시간을 쓰니, "페인으로 산다."고 이야기한다.

페이스북은 재미있다. 한국 소식이 궁금하지만 이를 접하려면 노력이 많이 들어 포기했다. 그런데 페이스북만 열면 한국 돌아가는 걸 금방 알 수 있다. 각종 새로운 소식은 말할 것 없고 주요한 이슈에 대해 어떤 주장들이 있는지를 아는 데 많은 노력이 필요치 않다. 도사의 경지를 '앉아서 천리를 내다보는 것'이라 했다면, 페이스북 때문에 나는 미국에 앉아 한국을 손바닥처럼 들여다보는 도사가 된 셈이다. 좋아요, 공유, 댓글 달기 등등 하다 보면 친구들이 바로 옆에 있다는 착각을 할 때도 많다. 하루 종일 외국 사람들하고 영어로 대화하고, 영어로 된 보고서 읽다가 집에 와서 페북을 하면 마음이 편안해지고 활기도 생긴다.

그러다 글도 올리기 시작했다. 삶의 모습을 기록하고 정리해두어야겠다는 생각은 늘 했었다. 엄두가 나지 않았다. 핸드폰으로 하는 건 도전해볼 만했다. 어렴풋했던 일들이 쓰기 시작하니 정리가 되고 명확해졌다. 사진까지 올릴 수 있으니 제법 그럴 듯했다. 요즘 말로 '있어' 보였다. 처음엔 별생각 없이 올린 글에 페친들의 반응이 좋았다. '좋아요'가 붙어 있고 댓글이 달려 있으면 신기하기도 했고 격려도 되었다.

또 아이들하고 대화할 수 있는 것도 좋았다.

딸과 아들 둘 다 나의 페친이다. 아빠가 올리는 글에 '좋아요' 누르라고 해도 말을 듣지 않는다. 아들 녀석은 오히려 우리 이야기 페북에 쓰지 말라고 협박한다. 그래서 "알았다."고 했다. '이 녀석들이 보기는 하는구나.'라고 내심 좋아하면서. 나는 글을 쓸 때 내 아이들에게 해줄 이야기라고 생각하고 쓴다. 페북에서 좋은 글을 발견해서 공유할 때도 일차적 관심은 '아이들에게 내가 해주고 싶은 이야기인가'이다.

지난 1월, 서울에 가서 후배들과 저녁을 먹었다. 한 친구가 나의 SNS를 거론했다. 공무원이니까 위험하다는 것이다. 그랬더니 다른 후배들도 거들고 나섰다. 대체로 다음과 같은 이야기였다.

"형이 청문회라도 갔다 칩시다. 그동안 페북에 올려놓은 건 좋은 공격거리가 될 거예요. 그때 이렇게 써놓고 지금 와서 왜 다른 소리 하느냐고 할 겁니다. 하고 싶으면 IMF에서 나온 좋은 보고서 소개나 하세요."

"유수한 대기업들이 직원들이 해외 출장 가서 관광지 등에서 찍은 사진 올린 걸로 문제 삼아서 잘랐대요."

"제가 트위터 열심히 할 때 옛날 애인이 팔로우 신청을 했어요. 모르는 척 받아주었지요. 근데 제 게시물에다가 한번 만났으면 좋겠다고 글을 올린 거예요. 그걸 아내가 봤어요. 정말 이혼할 뻔했죠."

내 아들 녀석은 말한다. SNS 좋아하는 친구들치고 그걸로 창피 안 당한 사람 못 봤다고. 자기처럼 눈팅만 하란다. 힘들게 글 써서 올리지 말고.

그날 나는 별다른 말을 하지 않았다. 나 역시 그런 걱정이 없지는 않았고 그들이 나를 염려해서 하는 말이란 걸 잘 알기 때문이다. 한편으로 반성도 했다. 좋아요, 댓글 이런 거 좋아해서 그런 게 아닌가 하고.

그렇지만 나는 SNS를 계속 할 작정이다. 나의 이야기를 써서 올릴 수 있는 이 공간을 포기하지 않을 것이다. 하고 싶은 이야기가 있고 이때 아니면 남겨두지 못할 것 같아서다. 실은 페북에 올려놓은 글과 사진들을 보면서 진작 했더라면 하는 아쉬움마저 가지고 있다.

물론 주의를 많이 기울여야 할 거다. 그럴 리야 없겠지만 옛날 애인은 절대 친구로 받지 않을 생각이다. 남의 명예를 손상시키거나 사생활 침해가 될 수 있는 이야기도 피할 생각이다. 정치적 주의, 주장에 대해서도 지금까지처럼 거리를 두고 싶다. 또 소신을 말하기보다 세상이 다양함을 남겨두고 싶다.

내가 아끼는 공무원 후배 중 한사람이 나의 페친이다. 이 친구는 나보다 훨씬 과감하다. 싫으면 싫다 하고 좋으면 좋다 한다. 그를 아끼는 마음에 따로 메일이라도 보낼까 하다 또 한 사람의 영혼 없는 공무원 만들까 봐 '좋아요'를 꾹 누르고 말았다. 그리고 자기주장을 솔직하게 하는 사람을 더 인정해주는 사회가 되기를 기원했다.

명절준비

———

　　미국 명절인 크리스마스를 앞두고 머리카락을 자르기로 결심했다. 한 달에 한 번씩은 미장원에 갈 생각이었지만 주말에 이런저런 일이 생기면 제일 먼저 머리카락 자르는 일부터 미루었다. 그러다 보니 두 달이 훌쩍 넘었다.

　외국생활하면서 가장 곤혹스런 때가 미장원에 갈 때와 병원에 갈 때다. 영어 때문이다. "속이 더부룩하고 가슴이 답답해요."나 머리카락을 "시원스럽게 정리해주세요." 같은 말을 영어로 할 생각을 하는 순간부터 골이 아파진다. 그래서 프랑스 시절부터 한 사람을 정해놓고 3년 내내 다녔다. 미국에서도 그렇다. 차로 30분이나 가야 하니 먼 거리였지만 고수하기로 했다. 바로 옆에 슈퍼가 있으니 머리카락 자르고 장도 보고 일석이조라는 생각도 했다. 그러나 멀다 보니 툭 하면 미루는 부작용도 생겼다.

딸이 왔는데 먹을 것도 너무 없고 해서 오늘은 장도 보고 머리카락도 자르겠다고 결심했다. 4시 반 예약이라 3시 반쯤 우버를 부르고 나갔는데 차가 오지 않았다. 급기야는 기사가 취소해버렸다. 비가 많이 오는 날이라 교통이 혼잡해서일 것이다. 다시 차를 불러서 출발하니 이미 4시 반이다. 그리고 미장원에 가니 5시 반. 인포메이션에 있는 아가씨가 군기를 잡는다. "너무 늦게 오셨어요." 에휴, 막 기분이 상하려는데 내 미용사인 영 아저씨 목소리가 들렸다. "이리로 모셔주세요." 그렇게 앉으니 "깔끔하게 정리해 드리겠다." 한다. 말이 필요 없다는 게 참 좋다.

이 사람은 내게 두 번의 빚이 있다. 예약시간에 맞추어 갔는데 두 번이나 30분 이상 기다리게 했다. 별다른 사과도 없었다. 옛날 같았으면 단골을 바꾸거나 조목조목 따졌을 거다. 얼굴 시뻘개지면서. 미국 오면서부터 여유 있게 살기로 맘먹었기 때문에 애써 참았다. 악의로 그러진 않았으리라 믿기로 하면서. 그다음에 내가 한 번 실수했다. 아침 일찍 예약해놓고 술을 많이 먹는 바람에 일어나지 못한 것이다. 전화는 왔으나 애써 참는 눈치였다. 오늘이 두 번째다. 역시 그때 참은 보람이 있다 싶었다. 참고 사는 건 서로에게 빚을 지고 또 갚는 기회를 주는 셈인 걸, 누구나 다 아는 사실인데 난 이제야 마음이 편해졌다. 참 바쁘게 살았던 모양이다.

기분 좋게 머리카락을 자르고 장 보러 가서 고민하던 크리스마스 선물까지 샀다. 이번 크리스마스에는 IMF 경비원들과 아파트 관리 직원들에게 작은 거라도 선물을 하고 싶었다. IMF 경비들은 내가 가면 항상 문을 열어주고 인사를 한다. 우리 사무실에 있던 김나정 씨가 내가 오자마자 경비들에게 "우리 이사가 눈이 안 좋으니 신경 써 달라." 했는데 잊지 않고 챙기는데 1년이 한결같았다. 아파트 관리사무소 직원들도 마찬가지다. 늘 기분 좋게 인사하고 작은 일이라도 도와주려고 애쓴다.

그런데 선물이 마땅히 떠오르지 않았다. 너무 큰 걸 하자니 뇌물 같고 그렇다고 사소하게 하고 싶지도 않고. 미국 사람들은 흔히 초콜릿을 한다지만 조금은 특별하게 하고 싶었다. 미장원에 가기 직전 배가 고파, 하나 남아 있던 초코파이를 먹으면서 순간 "이거다!"라는 생각이 들었다. 초콜릿 좋아하니 그것도 좋고, 한국 거니 독특하기도 하고. 몇 박스를 사들고 집에 돌아왔다. 이제야 명절준비를 마친 것 같다. 하하하.

완이의
꿈

———

      완이는 내 기억 속에 있는 나의 첫 친구이다. 여수 항구가 내려다보이는 곳에서 그와 나는 위아래 집에 살았다. 나는 완이와 같이 초등학교에 입학했고, 1학년부터 5학년까지 같은 반을 했다. 아침잠이 많아 툭하면 늦게 일어나는 나 때문에 완이는 우리 집에 와서 나를 기다리는 게 일이었다.

    나는 공부를 잘했다. 그렇지만 동네에서 놀 때는 완이 상대가 되지를 않았다. 구슬치기, 딱지치기 등 완이는 그런 놀이를 무엇이건 잘했다. 날렵했고 반사 신경이 남달랐다. 운동 신경이라고는 찾아볼 수 없는 나는 완이가 늘 부러웠다. 연습을 해서라도 잘하고 싶었다. 음악을 좋아하는 어머니 때문에 나는 완이 누나에게 피아노를 배웠다. 같이 놀다가도 나는 자기 누나에게 피아노 배우러 가고 완이는 등 뒤에다 대고 외쳤다. 남자가 무슨 피아노냐고. 나도 그렇게 생각했다. 그렇지만 바로 옆집이니 안 갔다가는 대번 들킬 일이라 방법이 없었다.

5학년 1학기를 마치고 나는 서울로 전학을 갔다. 남자는 서울 가서 커야 한다는 아버지 때문에 유학길에 오른 것이다. 겨울방학 때 집에 와서 완이를 만났다. 탁구를 배워서 여수 탁구장을 휩쓸고 있다고 했다. 배운 지 여섯 달도 안 되었는데 중학생 선수까지 잡는 신동이 되어 있었다. 그 후 나는 완이가 탁구선수가 되었고 광주로 스카우트되어 갔다는 소리를 들었다. 고등학교 1학년 때 국가대표가 되었고 완이는 우리나라 탁구계의 큰별이 되었다.

내가 완이를 다시 만난 것은 행정고시에 합격해 여수시청에서 실무수습을 받던 여름날이었다. 우연한 만남이었다. 차 한잔 하자며 이야기를 시작했는데 우린 금세 옛날 절친으로 돌아갔다.

86서울아시안 게임을 1년 앞두고 있었다. 국가대표팀 주장이던 완이는 자신감으로 가득 차 있었고 자신의 승리를 믿어 의심치 않았다. 그는 꿈에 부풀어 있었다. 이미 완이는 두 경기에서 모두 라이벌인 중국의 강가량 선수를 잡고 금메달을 목에 걸고 있는 듯했다. 그리고 은퇴해서 프로가 있는 유럽으로 진출하겠다는 각오였다. 나는 그런 친구가 자랑스러웠다. 틈만 나면 완이가 시합하는 걸 보러 다녔다. 열심히 응원했다. 그러나 완이는 두 번의 큰 대회에서 소망한 만큼의 성과를 거두지 못했다. 두 번 모두 결정적인 순간에 주저앉았다.

완이는 은퇴를 했고 지도자의 길을 걸었다. 선수 때만큼 성공하지는 못하고 있다. 꽤 오랜 기간 고향팀 여수시청 감독을 했고 지금은 부천시청팀을 맡고 있다. 자신의 화려했던 선수시절에 비해 만족하기 힘든 결과일 것이다.

나도 정신없이 바빴던 터라 자주 만나지는 못했다. 내가 서울에 있을 때 2년에 두세 번 보는 정도였다. 그렇지만 그는 가끔 "어이, 친구!"하고 카톡을 보낸다. 여전히 자신감에 차 있고 꿈이 있다. 지금은 국가대표 감독이 되는 거다. 완이는 그걸 할 만한 인물이 자기밖에 없다고 생각한다. 꼭 한 번 승부를 걸어보겠다고 한다. 그 놈의 승부는 평생을 이어오고 있다.

완이는 탁구밖에 모른다. 하루 종일 같이 있어도 탁구 이야기만 한다. 다른 스포츠나 취미생활에는 아예 관심이 없다. 탁구에 관한 건 어떤 이야기든 좋아한다. 또 탁구에 관심 있는 사람에겐 적극적이다. 많이 가르쳐주고 자신의 솜씨를 보여주는 걸 마다하지 않는다.

완이는 자기 이야기만을 좋아한다. 지금도 가장 화려했던 시절의 언론 찬사만 기억한다. 자기가 최고라고 생각한다. 왕자병이라는 생각도 들지만 저런 게 스타의식이구나 싶다. 또 그것이 좌절해도 포기하지 않고 새로운 꿈을 꿀 수 있는 원동력인 것 같다.

나는 그의 꿈이 이루어지기를 기대한다. 그렇지만 그가 목표한 것을 못 이루더라도 다음날 다른 목표를 들고 "어이, 친구! 들어봐." 할 줄을 잘 안다. 그런 친구를 지켜보며 늙어가고 있다는 것이 행복하다.

초등학교 1학년 봄소풍 때 완이와 함께

국가대표 김완 선수의 포효하는 모습

부록 1 _ IMF의 연혁

1929년 대공황이 발생하자 주요국은 자국 경제를 보호한다는 명목하에 무역장벽을 강화하고 통화를 경쟁적으로 평가절하했다. 그 결과 국가 간 교역이 급격하게 위축됐다. 뒤이어 2차대전을 겪으면서 세계경제 시스템은 사실상 붕괴됐다. 2차대전이 마무리될 무렵인 1944년 7월 1일부터 22일간 세계 45개국 정부를 대표하는 730명의 경제정책 담당자들이 미국 뉴햄프셔주 브레튼우즈시의 마운트 워싱턴 호텔에 모여 국제금융 및 경제질서의 복구 방안을 논의했다.

이들은 국제금융기구의 수립이 필요하다는 데 합의했지만 그 성격에 관해 영국 대표인 존 메이너드 케인즈(John M. Keynes)와 미국 대표인 해리 덱스터 화이트(Harry D. White)가 격론을 벌였다. 영국은 글로벌 화폐를 만들고 새로운 기구가 이를 관리토록 하는 세계의 중앙은행을 설립하자는 안이었다. 미국은 새로운 기구가 회원국이 내는 자본금을 가지고 위기에 대처하도록 하자는 안이었다. 새로운 화폐를 만들지 않으면 국력이 가장 강한 미국 달러가 사용될 가능성이 가장 크다는 점에서 기축통화로서 달러의 입지를 굳히는 안이라고 하겠다. 결국 미국 측 주장을 대폭 수용해 마련한 초안을 바탕으로 1945년 12월 27일 IMF가 공식 출범했다.

IMF의 주된 임무는 세계 통화금융 시스템의 협력을 증진하고 환율시스템의 안정성을 높임으로써 국제교역의 균형된 확대를 지원하는 것이다. 아울러 회원국의 다자간 결제 시스템의 수립을 지원하고 회원국이 지급결제의 어려움을 겪을 경우 유동성 지원 등 적절한 방어막을 제공하는 것이다.

출범 당시에는 29개국이 협정문에 서명해 회원국이 되었고, 1946년 말 39개국으로 확대됐다. 우리나라는 1955년 58번째 회원국으로 참여했다. 1947년 3월 1일부터 본격적인 활동을 시작했고, 같은 해 5월 8일 프랑스에게 최초로 자금을 지원했다. 이후 줄곧 북미와 서유럽 국가 중심으로 운영되다가 1980년대 들어 새롭게 독립한 아프리카와 태평양 신생 소국들이 대거 합류했다. 1980년에는 중화인민공화국이 이전 중화민국의 회원국 지위를 승계하고 국제금융시스템의 일원으로 편입됐다. 한편 구소련의 붕괴와 동구권 위성국가의 자유화가 진행된 1990년대 초반에 들어서는 동구권 국가들과 구소련 연방에서 독립한 신생국들이 대거 회원국으로 가입하면서 전 세계 국가를 대상으로 하는 거대 조직으로 급성장했다. 가장 최근에는 2010년 태평양 상의 작은 섬나라 투발루, 2012년 4월 18일 남수단이 신규 회원국으로 가입했다. 2016년 현재 전체 회원국은 189개국에 이르고 있다.

IMF 회원국 변천과정

시기	신규 회원국 수	주요국가
(1945년) 창립	29	미국, 영국, 프랑스, 캐나다, 중화민국, 인도, 멕시코, 페루, 칠레, 필리핀 등
(1950~1963년) 2차대전 패전국 및 신생독립국 가입	57	한국, 서독, 일본, 뉴질랜드, 아르헨티나, 스페인, 말레이지아, 차드, 카메룬, 중앙아프리카, 콩고 등
(1977~1982년) 태평양·중남미 등 신생소국 가입	17	세이셸(Seychelles), 부탄, 몰디브, 수리남, 도미니카, 짐바브웨, 바누아투, 벨리즈 등
(1990~1992년) 구소련 동유럽국가 가입	28	러시아, 아르메니아, 벨로루시, 에스토니아, 몽골, 그루지야, 우크라이나, 카자흐스탄 등

부록 2 _ IMF의 대출 프로그램

—

IMF 지원 제도 중 가장 널리 알려져 있는 것은 대기성 차관이다. 1997년 외환위기 당시 우리나라도 이 제도를 이용했다. SDR 금리에 연동된 차입이자(Rate of Charge)를 부담해야 한다. 차입규모도 차입국이 출자한 쿼타 대비 상한 내에서 결정된다. 차입조건으로 구조개혁 과제를 부과하며 이의 이행상황에 따라 단계적으로 자금을 공급한다. 통상 1~2년에 걸쳐 대출조건의 이행상황을 점검해 단계적으로 인출하도록 한다. 차입국은 3.25~5년 후까지 이를 상환해야 한다.

확대협약(EFF)은 단기적 위기에 대응하는 대기성 차관제도와 달리 주로 구조적인 원인으로 대외불균형이 지속되는 국가에 대해 중장기적 구조개혁을 지원하기 위해 제공되는 대출제도이다. 따라서 대출기간이나 상환만기도 대기성 차관에 비해 긴 것이 특징이다. 금리, 지원규모, 조건 등은 대기성 차관제도와 같다.

그 밖에 신속금융제도(RFI)는 위기 발생 초기에 긴급한 자금지원이 필요한 경우 보다 신속하게 대응하기 위해 고안된 제도이다. 대출조건을 최소한으로 요구하며 사실상 모든 회원국이 위급한 지급결제 상황에서 비교적 소액의 자금을 신속하게 요청할 수 있다는 장점을 갖고 있다.

IMF는 저개발국에게는 양허성 대출제도를 운영하고 있다. 이 제도는 우리나라를 포함한 소수의 국가들이 빈곤감축 및 성장 기금(PRGT)이라는 별도의 기금에 돈을 내어 운영하고 있다. 확대신용제도(Extended Credit Facility), 대기성신용제도(Standby Credit Facility), 긴급신용제도(Rapid Credit Facility) 등으로 구성되는데 양허 조항을 통해 무이자로 자금을 제공하고 있다.

확대신용제도(ECF)는 저개발국가의 구조적 지급결제 문제를 완화해주기 위한 프로그램이다. 5.5년 동안 상환을 유예한 후 4.5년에 걸쳐 상환하는 10년 만기 프로그램이다. 대기성신용제도(SCF)는 저개발국이 단기적인 지급결제 문제에 처한 경우 지원하는 제도로 4년의 유예기간을 주고 자금 차입 시점에서 8년 이내에 상환하도록 하고 있다. 긴급신용제도(RCF)는 긴급한 위기상황에서 이용하는 프로그램으로 5.5년의 유예기간을 주며 최초 차입 시점에서 10년 이내에 자금을 상환하도록 하는 제도이다.

IMF는 최근 실제로 자금은 투입하지 않고 유사시 자금을 언제든지 인출할 수 있도록 예비적 용도로 크레딧 라인만을 설정하는 제도를 발전시켜 나가고 있다. 우리나라가 미국, 일본 등과 맺은 통화스왑과 유사하지만 해당국 경제성과가 견조한 경우에 제공하는 것이 특징이다. 신축적 신용 라인(FCL: Flexible Credit Line)과 예비적 유동성 라인(PLL: Precautionary and Liquidity Line)이다. FCL은 견고한 정책기조와 우수한 경제실적을 유

일반대출제도 내용

	대기성 차관(SBA)	확대협약(EFF)	신속금융제도(RFI)
성격	단기위기 사후지원	중장기 구조개혁	단기위기 적시대응
지원대상	단기 국제수지 불균형	중장기 구조개혁	긴급한 국제수지 불균형
인출요건	분기별 성과 검토 후 단계적 인출	이행평가와 연계	이행평가와 연계
인출한도	연간 200% 누적 600% (예외 확대 가능)	연간 200% 누적 600% (예외 확대 가능)	연간 37.5% 누적 75%
금리		쿼타 200% : 기본금리 200~300% : 기본+1% 300% 초과 : 기본+2% (기타 약정 및 인출 수수료 부담)	
대출기간	통상 1~2년 (3년까지 연장 가능)	통상 3년 (4년까지 연장 가능)	1~2년
상환만기	3년 3개월~5년	4년 6개월~10년	3년 3개월~5년

양허성 대출제도 내용

	확대신용제도(ECF)	대기성신용제도(SCF)	긴급신용제도(RCF)
지원자격	2013년 기준 1인당 GNI $1,195 이하인 국가만 지원 가능		
지원대상	구조적 국제수지 불균형	단기 국제수지 불균형	긴급한 위기상황 하에서 국제수지 불균형
이행요건	있음	있음	없음
대출한도	연간 100% 누적 300% (예외적:연간 150%, 누적 450%)		연간 25% 누적 75%
금리	0%	0%	0%
대출기간	통상 4.5~10년	4~8년	5.5~10년
예방적 사용	불가능	가능 (쿼타 대비 50% 이내)	불가능

지해왔으나 대외충격에 따른 파급효과의 위험에 노출된 국가에게 위기 예방 목적으로 유사시 긴급자금을 신속하게 제공할 크레딧 라인을 설정해놓는 제도이다. 현재까지 콜롬비아, 멕시코, 폴란드의 세 국가가 이 제도를 이용했다. PLL은 FCL의 대출조건을 충족하기에는 다소 취약하지만 비교적 건전한 정책기조를 갖고 있는 국가에게 별도의 복잡한 승인절차를 생략하고 신속하게 6개월~2년까지 쿼타의 125~250%까지의 단기 대출한도를 정해주는 제도이다. 크레딧 라인만을 설정하는 이 제도는 IMF로서는 자금을 투입하지 않고도 해당 국가들에게 대외 부문의 위험이 고조되는 상황에서 시장의 신뢰를 제고함으로써 소중한 보험의 역할을 하는 장점이 있다. 그러나 이들 국가가 동 제도의 혜택을 졸업하려고 하지 않고 계속 연장하려고 하는 바람에 상황이 개선되면 즉시 동 제도를 졸업하도록 유도하는 것이 중요한 과제로 부각되고 있다.

크레딧라인 제도 내용

	예방적대출(PLL)	탄력대출(FCL)
성격	위기 사전예방 및 해결	
지원대상	모든 유형의 국제수지 문제	
인출요건	선인출 가능	제한 없음(선인출 가능)
인출한도 (쿼타 대비)	총 1000%	사전한도 없음
금리	쿼타 200% : 기본금리 200~300% : 기본+1% 300% 초과 : 기본+2%(기타 약정 및 인출 수수료 부담)	
대출기간	통상 1~2년(갱신 가능)	1~2년
상환만기	3년 3개월~5년	3년 3개월~5년

부록 3 _ IMF의 쿼타에 대한 이해

IMF의 주된 임무는 회원국이 외환위기를 겪을 때 유동성을 지원하는 것이다. 이를 위해서는 돈이 있어야 한다. '부록 1'에 있는 것처럼 IMF는 회원국으로부터 자금을 모아 이 일을 한다. IMF 회원국이 되려면 자기 경제 능력에 상응하는 자금을 내야 한다. 이 자금은 나중에 자신이 IMF 지원을 받을 때 규모를 결정하는 기준이 된다.

IMF에서는 회원국이 내는 자금을 쿼타라고 한다. 쿼타의 규모는 의결권과 거의 일치하기 때문에 회사의 지분과 유사하다. 그러나 쿼타 보유에 따라 수익이 발생하지 않고 회원국이 원한다고 맘대로 살 수 없다는 점에서 지분과 다르다. 쿼타는 회원국의 경제력을 평가해서 각 국가의 상대적 중요성만큼만 확보할 수 있다. 그러므로 IMF 회원국의 쿼타 비중은 글로벌 경제에서 각국의 가중치를 나타낸다고 이해하면 될 것이다.

IMF 협정문은 5년마다 한 번씩 각국의 쿼타를 조정하도록 명문화하고 있다. 창립 이래 14번 쿼타를 재조정했다. 쿼타 재조정을 통해서 IMF는 재원을 설립 당시 75.14억 SDR에서 4,750.15억 SDR로 늘렸다. 63배 이상 늘어난 것이다. 우리나라는 1955년 가입 당시 전체의 0.38%에 해당하는 3,054만 SDR이었다. 눈부신 경제성장으로 비중이 1.8%로 5배

한국의 쿼타금액 증가 추이

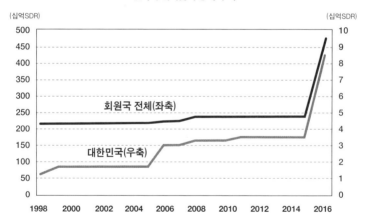

자료출처: IMF

가까이 늘었다. 절대 액수로는 85.83억 SDR이다. 전체 재원 증가 속도보다 우리나라 쿼타 증가 속도가 훨씬 빨랐던 것이다.

설립 초기에는 미국과 서유럽 국가의 쿼타 비중이 절대적이었다. IMF가 문호를 개방해 글로벌 경제기구로 탈바꿈하면서 개도국의 몫이 확대되고 있다. 1998년 개도국 비중은 38.6%였으나 지난 14차 재조정으로 42%까지 늘어났다.

IMF는 미국의 거부권을 인정하고 있다. 그러나 거부권이 협정문에 규정되어 있는 것은 아니다. 쿼타 조정으로 뒷받침되고 있다. IMF 협정문의 중요내용을 수정하려면 회원국 쿼타 85% 이상의 동의가 필요하다. 그런데 미국의 쿼타 비중이 15% 이상이기 때문에 미국의 거부권이 인정된다고 하는 것이다.

IMF가 쿼타를 재조정할 때 가장 먼저 고려하는 것은 향후 필요한 재원의 규모이다. 경제가 어려울수록 필요한 재원규모가 늘어날 것이다. 실제 과거 쿼타 조정은 동아시아 경제위기나 미국 금융위기 등의 시기에 쉽게 합의됐다. 위기 시에 IMF 재원 수요가 늘어날 것이라는 공감대가 비교적 쉽게 도출된다고 하겠다.

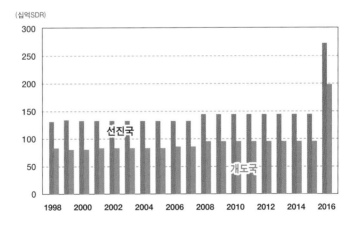

선진국 및 개도국 쿼타 규모 추이

자료출처: IMF

쿼타 재조정에 따른 주요국 지분 비중 변화

	미국	일본	중국
12차(2003년)	17.7(1)	6.3(2)	2.2(11)
13차(2009년)	16.7(1)	6.2(2)	3.8(6)
14차(2016년)	17.5(1)	6.5(2)	6.4(3)

주: ( ) 안은 전체 회원국 중 지분 순위임
자료출처: IMF

회원국 간 쿼타 비중은 쿼타공식에 의해 결정된다. 공식에 포함되는 요소와 비중에 따라 쿼타가 달라지기 때문에 쿼타 재조정 과정에는 회원국 간 치열한 대립이 불가피하다. 쿼타 전쟁이라고 할 수 있다. 현재는 GDP 규모 50%, 5년간 수출입규모로 평가하는 개방성(Openness) 30%, 수출과 자본거래의 변동성(Variability) 15%, 외환보유고 5%로 평가하고 있다.

현재의 공식에 의하면 수출입과 자본거래 비중이 높은 유럽의 중소형 선진국가들이 유리하다. 일부 국가의 주상에 의하면 30% 이상 과다평가되어 있다고 한다. 국가 간 대표성을 확보하기 위해 미국과 BRICs 등 경제대국은 GDP 비중을 높일 것을 요구하고 있다. 현재 진행되고 있는 15차 쿼타 재조정 과정의 핵심 이슈라고 하겠다.

경제규모 대비 쿼타금액 비교

	쿼타[1] (백만 SDR)	GDP (십억불)	인구 (백만 명)	GDP 대비[2] 쿼타규모	인구 대비[2] 쿼타규모
터키	4,658.6 (0.98)	798.332	76.903	0.58 (100.0)	6.06 (100.0)
호주	6,572.40 (1.38)	1,441.95	23.614	0.46 (78.1)	27.8 (459.5)
멕시코	8,912.70 (1.88)	1,297.85	125.386	0.69 (117.7)	7.11 (117.3)
스위스	5,771.1 (1.21)	701.227	8.14	0.82 (141.0)	70.90 (1,170.4)
네덜란드	8,736.5 (1.84)	880.716	16.864	0.99 (170.0)	51.81 (855.2)
벨기에	6,410.7 (1.35)	532.391	11.204	1.20 (206.3)	57.22 (944.5)

주: 1) ( ) 안은 총 쿼타액 대비 비중임
   2) ( ) 안은 터키를 100으로 한 각국의 상대 수치임
자료출처: IMF

부록 4 _ 이사회의 역할과 구성

—

이사회는 IMF의 최고 의사결정기구이다. IMF가 하는 모든 일은 이사회에서 승인이나 결정이 이루어져야 효력이 발생한다.

회원국이 외환위기로 지원을 요청했다고 하자. 사무국은 회원국 상황을 검토해서 지원방식이나 규모 등에 관한 의견을 담은 보고서를 작성해 이사회에 제출한다. 이사회에서 승인이 되면 사무국은 지원방안을 실행에 옮기게 된다.

IMF가 발표하는 세계경제 전망과 같은 중요한 보고서도 사무국이 작성하고 이사회 승인을 얻어 발표한다. 회원국과의 연례경제협의도 마찬가지이다. 사무국은 협의단을 파견해서 회원국 경제상황에 대한 평가와 정책권고를 담은 보고서를 작성한다. 이 보고서는 이사회에서 논의해 승인된 후 발표된다.

이사회에서 해당 안건이 승인되기 위해서는 협정문에서 규정한 의결 정족수의 표를 얻어야 한다. 일반안건은 70%, 중요안건은 85%이다. 이 비율은 회원국 수가 아니라 회원국이 가진 쿼타의 합이다. 미국이 거부권을 가지고 있다고 하는 것은 쿼타를 15% 이상 확보하고 있어 중요한 안건이 미국의 의사와 달리 처리되는 것을 저지할 수 있기 때문이다.

이사회의 의사결정은 실제로는 대부분 컨센서스 방식으로 이루어진다. 특별한 반대가 없으면 결정이 이루어진다. 그렇지만 암묵적으로는 표 계산이 깔려 있다. 특히 회원국 간 이해관계가 첨예하게 대립되는 경우에는 철저하게 표 대결을 하기도 한다.

이사회는 당연직 의장인 총재와 24명의 이사가 참석한다. 형식적으로 각 이사는 자신이 소속된 국가의 그룹을 대표한다. 국가 그룹은 일률적인 기준으로 회원국을 나누는 것은 아니다. 회원국이 자발적으로 소속 그룹을 정할 수 있는데 지리적 근접성, 경제적 이해관계, 역사적 유대관계 등 다양한 요인이 작용한다. 예컨대 멕시코는 중남미 국가이지만 스페인과 그룹을 함께한다. 대부분의 중앙아시아 국가는 스위스와 같은 그룹이다. 유일하게 우즈베키스탄은 우리나라와 같은 그룹이다. 한국의 경제모델을 닮고 싶어 해서이다.

이사는 각 그룹별로 행해지는 투표로 선출하도록 되어 있다. 실제로는 투표권이 쿼타의 비중에 따라 주어지기 때문에 그룹 내 최대지분 국가가 이사로 선출된다. 각 그룹 내 쿼타분포가 다양하다 보니 이사를 결정하는 방식도 일률적이지 않다. 미국 등 8개 국가는 단독이사국이고 특정국의 지분이 월등한 경우 그 나라가 항상 이사국이 된다. 월등한 쿼타보유국이 없으면 여러 나라가 교대로 한다. 우리나라처럼 호주와 두 나라가 돌아가며 하기도 하고 서너 개 나라가 교대하는 경우도 있다. 심지어 아프리카 국가는 모든 회원국이 돌아가며 한다.

이사는 이사국에서 선임한다. 각 국가마다 IMF에서 자국을 대표하는 기관이 결정되어 있다. 우리나라는 기획재정부 장관이다. 중국은 중앙은행 총재이다. 이사는 회원국 대표의 대리인이라고 할 수 있다. 이사가 각국 재무부나 중앙은행 출신이 많은 것은 회원국 대표에 이들 기관이 많다는 의미로 보아야 한다.

IMF 이사회 국가 구성 현황

그룹명(회원국수) (주요국가)	투표권 비중	현재 이사	국적	주요경력
OEDAE(22) (남아공, 케냐, 나이지 리아, 에티오피아 등)	2.98	Chileshe M. Kapwepwe (Ms)	잠비아	– 잠비아 재무부 차관
OEDAF(23) (세네갈, 토고 등)	1.58	Ngueto T. Yambay	차드	– 차드 대통령 경제수석비서관
OEDAG(6) (아르헨티나, 칠레, 페루, 우루과이 등)	1.58	Hector R. Torres	아르헨티나, 이탈리아	– WTO 자문관
OEDAP(15) (한국, 호주, 뉴질 랜드, 우즈벡, 몽골, PNG 등)	3.87	Barry Sterland	호주	– 호주 재무부 차관보
OEDRR(12) (브라질, 에콰도르, 니카라과 등)	3.06	Alexandre Tombini	브라질	– 브라질 중앙은행 총재
OEDCC(1) (중국)	6.09	Zhongxia Jin	중국	– 중국 인민은행 국장
OEDCE(8) (스페인, 멕시코, 베 네수엘라 등)	5.32	Fernando Jimenez Latorre	스페인	– 스페인 경제부 장관
OEDCO(13) (캐나다, 도미니카, 아일랜드 등)	3.38	James A. Haley	캐나다	– 캐나다 경제부 국장

그룹명(회원국수) (주요국가)	투표권 비중	현재 이사	국적	주요경력
OEDEC(8) (오스트리아, 터키, 헝가리 등)	3.23	Ibrahim Halil canakci	터키	- 터키 재무부 차관
OEDFF(1) (프랑스)	4.04	Herve de Vilero Che	프랑스	- 프랑스 재무부 국장
OEDGR(1) (독일)	5.33	Steffen Meyer	독일	- 독일 재무부 국장
OEDIN(4) (인도, 스리랑카, 방 글라데시, 부탄)	3.06	Subir V. Gokan	인도	- 브루킹스 인디아센터 자 문관
OEDIT(6) (이탈리아, 포르투 갈, 그리스 등)	4.14	Carlo Cotterell	이탈리아	- IMF재정국 국장
OEDUA(1) (일본)	6.16	Massaki Kaizuka	일본	- 주중일본대사관 공사
OEDMD(7) (이란, 파키스탄, 튜 니지아 등)	2.20	Mohammad Jafar Mogarrad	이란	- 이란 중앙은행 부총재
OEDIM(13) (이란, 이집트, 쿠웨 이트 등)	2.96	Hazem Beblawi	이집트	- 이집트 국무총리
OEDNE(15) (네덜란드, 벨기에, 우크라이나 등)	5.43	Willy Keikens	벨기에	- IMF 이사(1994~2012)
OEDNO(8) (덴마크, 스웨덴, 노 르웨이 등)	3.29	Thomas Ostros	스웨덴	- 스웨덴 산업무역부 장관
OEDRU(1) (러시아)	2.60	Aleksei V. Mozhin	러시아	- 러시아 재무부 국장

그룹명(회원국수) (주요국가)	투표권 비중	현재 이사	국적	주요경력
OEDSA(1) (사우디아라비아)	2.02	Hesham Alogeel	사우디 아라비아	– 사우디아라비아 재무부 근무
OEDST(13) (인도네시아, 말레 이지아, 필리핀, 태 국 등)	4.35	Marzunisham Omar	말레이지아	– 말레이지아 중앙은행 부총재
OEDSZ(8) (스위스, 카자흐스 탄, 폴란드, 세르비 아 등)	2.73	Daniel Heller	스위스	– 스위스 중앙은행 국장
OEDUK(1) (영국)	4.04	Steven Field	영국	– 영국 총리 대변인
OEDUS(1) (미국)	16.54	Sunil Sabbarwal	미국	– 민간부문 근무

부록 5 _ IMF 조직 및 지배구조(Governance)

IMF 집행부(Management)는 사무국의 수장이며 이사회의 의장인 1인의 총재(Managing Director)와 총재를 보좌하는 1인의 수석부총재(First Deputy Managing Director), 그리고 3인의 부총재(Deputy Managing Director)로 구성된다. 총재는 IMF 설립 때부터 줄곧 유럽 출신 중에서 선출해온 전통을 유지하고 있다.

IMF 총재를 유럽 출신 가운데 선출해야 한다는 명문은 IMF 협정문 어디에도 존재하지 않는다. IMF의 총재는 이사회에서 선출된다고만 규정되어 있다. 그러나 이사회에서 가장 높은 투표권을 갖고 있는 미국과 선진 유럽 국가들이 총재의 선임을 좌지우지해왔다. IMF와 월드뱅크의 창설 때부터 이들 국가 간에 IMF는 유럽이, 월드뱅크는 미국이 맡는 것을 일종의 관례(Gentlemen's Agreement)로 유지되어 왔다. 대신 수석부총재 자리는 미국 출신이 맡아 왔다. 그리고 3인의 부총재 중 두 자리는 현재 미국 다음으로 높은 지분을 갖고 있는 일본과 중국 출신이 맡고 있다. 나머지 한 자리는 여성 몫으로 할당되는데 현재 브라질과 이탈리아의 복수국적을 갖고 있는 그라소(Grasso) 부총재가 맡고 있다.

현재 IMF 집행부 인적사항

인적사항		주요경력
Christine Lagarde 총재 (프랑스)		-프랑스 액상프로방 Political Science Institute 석사 -프랑스 무역부 장관(2005) -프랑스 재무부 장관(2007~2011) -제11대 IMF 총재(2011~)
David Lipton 수석 부총재 (미국)		-Harvard 대학교 경제학 박사 -미재무부 국제 담당 차관보(1993~1998) -Citi 그룹 부회장 -대통령 경제보좌관

Carla Grasso 부총재 (브라질, 이탈리아)		–브라질리아 대학 경제학 석사 –브라질리아 Pontifical Catholic 대학 교수 –브라질 정부 근무 –Vale S.A. 부회장(2001~2011)
Mitsuhiro Furusawa 부총재 (일본)		–프랑스 국립행정학교(EVA)졸업 –IMF 이사(2010) –일본 재무부 국제 담당 차관(2013~2014)
Tao Zhang 부총재 (중국)		–UC Santa Cruz 경제학 박사 –IMF 이사 (2011~2015) –중국 인민은행 부총재

주: 인적사항 ( ) 안은 국적이며 Grasso 부총재는 브라질과 이탈리아 이중국적 보유자임

IMF 사무국은 총 17개국(Department)으로 구성된다. 정책업무를 담당하는 9개의 'Functional and Special Services Department'와 지역분석을 수행하는 5개의 'Area Department'와 행정업무 등을 담당하는 3개의 'Support Department'가 있다. 정책부서는 커뮤니케이션국(Communication Department), 자금국(Finance Department), 재정정책국(Fiscal Affair Department), 법무국(Legal Department), 통화 및 자본시장국(Monetary and Capital Markets Department), 조사국(Research Department), 통계국(Statistics Department), 전략정책국(Strategy, Policy & Review Department), 역량개발원(Institute for Capacity Development)이다. 지역부서는 아프리카국, 아태국, 유럽국, 중동 및 중앙아시아국, 미주국으로 구성되어 있다. 지원부서로는 관리시설국(Corporate Services and Facilities Department), 인사국(Human Resources Department), 이사회비서국(Secretary Department)이 있다.

IMF 부서별 국장 현황

국명	이름	국적	주요경력
Functional and Special Services Department			
Strategy, Policy&Review (SPR)	Siddharth Tiwari	인도	– IMF 사무국 국장
Research (RES)	Maurice Obstfeld	미국	– 미 버클리대 교수 – 미 MIT대 경제학 박사
Monetary and Capital Markets (MCM)	Ratna Sahay (여)	인도	– 인도 델리대, 미 콜롬비아대 교수 – 미 뉴욕대 경제학 박사
Financial(FIN)	Andrew Tweedie	뉴질랜드	– IMF 경리국 부국장
Fiscal Affairs(FAD)	Vitor Graspar	포르투갈	– 포르투갈 재무부장관(2011~2013) – 포르투갈 리스보대 경제학 박사
Statistics (STA)	Louis Marc Ducharme	캐나다	– IMF 통계국 30년 근무 – 영국 Sussex대 경제학 박사
Legal(LEG)	Sean Hagan	미국	– 미 George Town대 법학 박사 – 미 뉴욕과 일본 동경에서 변호사로 활동
Communications (COM)	Gerry Rice	영국	– IMF 홍보국 부국장 – World Bank 홍보국 근무 – 영국 글라스고대 역사학 박사
Institute for Capacity Development (ICD)	Shamini Coorey (여)	스리랑카	– IMF 아프리카국 부국장 – 미 Harvard대 경제학 박사
Independent Evaluation Office (IEO)	Moises Schwartz	멕시코	– 멕시코 재무부 국제금융 국장 – 미 UCLA대 경제학 박사 – IMF 이사

국명	이름	국적	주요경력
Area Dept.			
Asia&Pacific (APD)	Changyong Rhee	한국	– 한국금융위원회 부위원장 – 서울대 교수 – 하버드대 경제학 박사
European (EUR)	Poul M. Thomsen	덴마크	– IMF 근무
Western Hemisphere (WHD)	Alejandro Werner	멕시코	– 멕시코 재무부 차관 – 미 MIT대 경제학 박사
Middle East&Central Asia (MCD)	Masood Ahmed	파키스탄	– 영국 대외원조부(DFID) 국장 – IMF 대외국 국장
African (AFR)	Antoinette Monsio Sayeh (여)	라이베리아	– Liberia 재무부 장관 – World Bank 근무
Support Dept.			
Human Resources (HRD)	Kalpana Kochhar	인도	– IMF 아태국 부국장 – 미 브라운대 경제학 박사
Corporate Service& Facilities (CSF)	Chris Hemus	남아공	– IMF 경리국 부국장
Secretary (SEC)	Jianhai Lin	중국	– IMF 근무 – 미 George Washington대 경제학 박사

부록 6 _ **우리나라 IMF 구제금융 일지**

—

1997년 외환위기 당시 IMF 구제금융 관련 일지

일자	내용
1997.10.16	IMF 조사단 한국 방문
1997.11.16	IMF 미셸 캉드쉬 IMF 총재 극비 방한
1997.11.29	IMF 한국에 대한 대기성 차관 협정 합의 발표
1997.12.3	캉드쉬 총재와 임창렬 재경부장관 IMF의 한국에 대한 대기성 차관 제공에 관한 양해각서 체결
1997.12.4	대기성 차관협약 IMF 이사회 승인 (210억 불을 제공하기로 승인했으나 이 중 195억 불만 인출)
1998.12.19	IMF 긴급보완성자금(SRF) 18억 달러 첫 상환
1998.12.30	IMF 긴급보완성자금(SRF) 10억 달러 상환
1999.9.18	IMF 긴급보완성자금(SRF) 135억 달러 당초 일정에 비해 9개월 앞당겨 조기상환 완료
1999.12.24	IMF 대기성 차관 잔액 15억 달러 추가 인출 계획 취소
2000.6.12	IMF 정책협의 최종 종료, 프로그램 3년 동안 IMF와 11회에 걸친 정책협의 실시
2000.12.3	대기성 차관협약 및 프로그램 종료
2001.8.23	IMF 구제금융자금 195억 달러 전액 상환

부록 7 _ **IMF 구제금융 현황**

—

IMF 구제금융 미신청 국가

분류	국가	국가 수
유럽국가	독일, 오스트리아, 덴마크, 룩셈부르크, 몰타, 노르웨이, 산마리노, 스웨덴, 스위스	9
자급자족형 저개발국	보츠와나, 바하마, 부탄, 에리트레아, 레바논, 나미비아, 스와질랜드, 세인트루시아, 통가, 리비아	10
자원부국 등	바레인, 쿠웨이트, 오만, 카타르, 사우디아라비아, 아랍에미리트, 캐나다, 싱가포르, 말레이시아	9
최근 가입국	슬로베니아, 브루나이, 키리바티, 투르크메니스탄, 나우루, 팔라우, 남수단, 마이크로네시아, 마셜군도, 티모르, 바누아투, 투발루	12
합계		40

●

마치며

———

10월 31일 나는 IMF 대리이사 임기를 마친다. 현직 공무원 신분이지만 그것도 많이 남지는 않은 것 같다. 1984년 12월 1일 28회 행정고등고시에 합격하여 1985년 3월 4일자로 공직에 입문했다. 그때의 설렘과 기대가 아직도 느껴지지만 벌써 31년 하고도 7개월이 지났다. 강산이 세 번 넘게 바뀌도록 국록만 먹고 산 것이다. 나름 고위직도 했지만 장·차관을 지낸 동기생들도 꽤 되니 시작할 때의 기대에는 미치지 못했다.

공직생활 동안 네 번의 외국생활을 했다. 외교관과 국제기구 이사를 경험했고, 지역도 세 개 대륙을 걸쳤다. 이 책은 나의 공직생활과 해외근무를 정리하는 마음으로 쓴 것이다. 무대는 미국과 IMF지만 과거의 경험이 많은 것을 볼 수 있게 해주었다. 나의 이 작은 기록이 나를 여기까지 오게 해준 대한민국과 많은 분들께 감사표시라고 생각하며, 쓰는 과정에서의 지루함과 '왜 이런 일을 하나'라는 마음을 덮을 수 있었다.

그러고 보니 살면서 고마운 분들이 많았다. 특히 나는 직장에서 훌륭한 윗분들과 좋은 동료들을 많이 만나는 행운을 누렸다. 경제기획원이라는 엘리트 부서였지만 인간적으로 따뜻하고 마음 씀씀이가 남다른 사람들과 함께 젊은 열정을 불사를 수 있었던 것은 축복이었다. 이름을 일일이 거명하는 게 누가 될 것 같아 하지 않겠다. 모든 분들께 진심으로 감사드리고 싶다.

이 책은 나의 두 번째 책이다. 첫 번째는 2011년에 출간한 『금융제국 홍콩』이었다. 21세기북스 김영곤 사장님 덕분에 귀국 후 2년 만에 가까스로 빛을 보았다. 이번에도 선뜻 받아주어서 출판사 찾는 노력을 하지 않고 귀국과 거의 동시에 책을 낼 수 있었다. 그저 고마울 따름이다. 좋은 책을 만드느라 수고해주신 21세기북스 이남경 팀장님, 그리고 찜통더위를 이겨가며 편집하느라 애쓴 정현미 작가에게도 감사의 뜻을 전하고 싶다.

IMF 이사실에서 나와 함께 일하고 있는 직원들도 빼놓고 갈 수 없다. 이 책의 상당부분은 기획재정부에서 온 박일영 국장과 한국은

행 출신 임현준 과장과의 대화에서 영감을 얻은 것들이다. 특히 임 과장은 휴가 중에도 각종 통계와 사실을 파악하는 데 많은 노력을 해주었다. 김수민 씨는 자료를 정리하는 과정에서 애를 많이 써주었다. 마지막 원고정리 작업을 깔끔하게 마무리해준 월드뱅크에 근무하는 박인혜 씨에게도 감사드리고 싶다. 그들의 앞길에 영광과 행운이 함께하기를 바란다.

이 책의 모든 내용은 IMF나 대한민국 정부의 공식 견해가 아니다. 모두 나의 책임 하에 정리된 것임을 밝혀둔다.

2016년 시월의 마지막 밤 워싱턴 D.C에서 저자

KI신서 6738

IMF 견문록

1판 인쇄 2016년 10월 20일
1판 발행 2016년 10월 30일

지은이 최광해
펴낸이 김영곤
해외사업본부장 간자와 다카히로
정보개발팀 이남경 김은찬
출판영업팀장 이경희
출판영업팀 이은혜 권오권
출판마케팅팀 김홍선 최성환 조윤정
홍보팀장 이혜연
제작팀장 이영민

펴낸곳 (주)북이십일 21세기북스
출판등록 2000년 5월 6일 제406-2003-061호
주소 (10881) 경기도 파주시 회동길 201(문발동)
대표전화 031-955-2100   **팩스** 031-955-2151   **이메일** book21@book21.co.kr

ⓒ 최광해, 2016

ISBN 978-89-509-6738-3 03810